明治短歌の河畔にて

山田吉郎

短歌研究社

目次

Ⅲ　正岡子規の軌跡

Ⅳ　「明星」の台頭と明治三十年代

V　夕暮・牧水・啄木の地平

本書は「氷原」二〇〇七年三月号より一二年六月号まで同題にて連載されたものを大幅に加筆したものです。

明治短歌の河畔にて

山田吉郎

序

明治という時代を膚で実感できる世代はすでにいなくなった。歴史の上では一八六八年の明治維新以降を「近代」とする図式が用いられ、私たちが生活する現代と連続する地平の上に語られてはいるけれども、私たちは明治という時代を思い浮かべようとする時、手探りの指が空《くう》をつかむもどかしさを感ぜずにはいられない。おのずと明治が語られることも少なくなった。漱石や鷗外ももはや古典として扱われるようになっている。「明治」とは何であったのか、「明治」という存在をあらためて問いかけてみたい気持ちが、いま私の中にある。

短歌という文芸に目を向けてみると、詩や小説など他の文芸のジャンルに比べ、明治という時代の意味はことさらに大きかったのではないか、と私はひそかに考えている。子規・晶子・啄木といった近代短歌の巨星たちがひしめいているということだけでなく、今私たちが創作する短歌文芸の骨格が形づくられたのが明治という時代であり、短歌文芸にとってはことさらに、明治という時代が放つ膨大な熱量を思わずにはいられない。

明治の短歌について思いをめぐらす時、おのずと脳裡に浮かび上がってくる石川啄木の一首がある。

秋の風我等明治の青年の危機をかなしむ顔撫でゝ吹く

若山牧水の主宰する「創作」の明治四十三年十月号に掲載された作。「九月の夜の不平」と題する一連の中に置かれている。日露戦争後の経済不況や大逆事件など暗澹とした世相の中で、「我等明治の青年」と自ら呼びうる時代の空気が印象的である。明治という時代を押し上げてきた人々の意識の共通基盤がこの啄木歌にも何ほどかうかがわれ、そこに現代の読者はある種の違和を感じとるかもしれない。現代に生きる私たちは「我等」と自らを呼びうる連帯の意識を持ちうるであろうか。が、にもかかわらず私たちは、この啄木歌に牽引されてゆく自らを自覚するであろう。連帯という固い言葉ではおおいきれない郷愁をまとった共通感情のようなものがその基底にはあるように思われる。それは司馬遼太郎が『坂の上の雲』で描いた時代感情ともつながり、人々が時代の転換期、激動期の渦中で押し上げてゆく感情の大河へと惹かれゆく心であろうか。そうした明治という時代のはらむ気宇の大きさを、明治末の暗い世相に生きる啄木も心の内に引き入れていたにちがいない。

事実、明治という時代は、国家や社会にとどまらず、文学や芸術をはじめ文化全般に及んだ革新のモチーフをはらむものであった。そして、それは圧倒的な西洋の流入という激流の中で展開されたものであった。夏目漱石がいち早くそのような日本文化の外発性を批判したことに明らかなように、その展開は変革、摩擦、反発等さまざまな現象の錯綜する混沌の相を示すものであった。

文学に視点を絞っても、この様相は如実に見てとれるし、文学のジャンルによっても事情は錯綜している。

坪内逍遥が『小説神髄』で論じた近代小説の写実主義は明治の日本に定着し、「小説」という西洋の文芸様式の日本的受容をある意味では豊かに示してゆくのだが、短歌・俳句という日本固有の文芸様式が西洋と出合う時、そこには特殊な受け入れの風景が見られたと想像される。短歌に焦点を絞れば、正岡子規の写生の提唱が複雑なプロセスを経てアララギを主流とする写生短歌を形成してゆく展開や、明星派が果敢に提起したうたうべきモチーフの変革、さらに近現代短歌の宿命的なテーマとも言いうる口語と文語の問題など、明治という時代潮流において固有の特色が見出されると言ってよいであろう。

この小稿では、そのような波乱に富む明治短歌の流れを見わたしてゆこうとするのだが、しかしながら論文調に正面から向き合うというよりも、明治短歌の流れに沿いながら散策し、そのほとりに点在する歌人の風姿を訪ねてみたいと思う。小稿の表題を『明治短歌の河畔にて』と題したゆえんである。

Ⅰ　旧派和歌と近代の足音

薩長の歌人《うたびと》たち

一

最初に明治のはじまりの頃に目を向けたいと思う。

江戸幕府を倒し、明治新政府を樹立する中心となった勢力は、言うまでもなく薩摩・長州であった。必然的に新政府においても、薩摩・長州出身の者たちが、枢要の位置を占めるようになったが、短歌の世界においてもその傾向は認められた。

周知のように短歌（和歌）は古来より朝廷によって厚く庇護されてきた。明治新政府においても、明治四年（一八七一）、宮内省の中に歌道御用掛なるものが設けられ、短歌の創作・研究・指導といった営みが公の機関の中に組み込まれていった。

明治五年、その歌道御用掛に任じられた人物に八田知紀《はったとものり》がいる。薩摩藩士として京都詰となって、桂園派の香川景樹に師事し、古今集を中心とする伝統的な和歌の詠法を体得した人物であった。歌集には『しのぶぐさ』『都島集』ほかがあり、また『古今集正義総論補註論』『敷島考』『和歌死活論』等の著作をあらわしている。

この歌人の作として最も知られているのは、次の歌である。

よしの山かすみのおくはしらねども見ゆるかぎりは桜なりけり

後に短歌革新の狼煙をあげた正岡子規によって、旧派の歌として批判された作である。理詰めの詠風が槍玉にあがったのだが、あらためて読み返してみると、たしかに下の句は説明的だが、上の句には余情のゆらぎがあるようにも感じられる。

八田知紀は、明治の旧派和歌の要《かなめ》の位置にいる歌人である。それだけに、正岡子規の「歌よみに与ふる書」の中で痛烈に批判されることにもなるが、しかしながら、要の位置にあった人にふさわしい風格ある歌も少なくない。加えて八田知紀は、後に御歌所長をつとめる旧派和歌の代表格、高崎正風の師にもあたる人物である。現在ではかえりみられることも少ないこの歌人の風姿を、明治短歌の河畔に訪ねてみたいと思う。

八田知紀は、寛政十一年（一七九九）九月に鹿児島の西田村に生まれ、薩摩藩士として島津家につかえた。亡くなったのは明治六年（一八七三）九月二日、享年七十五歳である。明治の歌人とはいっても、明治にはいってすぐに没している。実質的には近世の歌人と見なすことも可能ではあろうが、先に記したような明治歌壇への影響力の大きさから、この小文でも取り上げようとするわけである。

さて、八田知紀が和歌史に足跡をのこす契機となったのは、京都藩邸の蔵役人として京に滞在したことによる。文政八年（一八二五）、二十七歳の知紀は京の都に滞在したが、翌九年には歌人として知られた香川景樹を訪ねている。そして、景樹が家集『桂園一枝』（文政十一年成立）をまとめた二年後の天保元年、景樹のもとに入門を果たしている。

八田知紀は、世に桂園派といわれる香川景樹門の高弟として頭角をあらわし、天保十四年（一八四三）の景樹没後も桂園派の勢力を継承し、幕末から明治へと至った。

とくに明治政府が樹立されると、薩摩藩出身である八田知紀は皇学所御用掛となった。政府の中核に組み入れられ、宮中の学問をつかさどる役職をつとめるようになる。後に改造社から刊行された『現代短歌全集』第一巻（昭和六年四月）所載の「八田知紀年譜」によれば、明治元年に皇学所の講官となり、同三年宣教使少博士、同四年権中博士、同五年歌道御用掛となっている。この間、明治四年には文部省より編輯寮語彙掛の兼務を委嘱され、さらに同年十一月、大嘗会悠紀方風俗歌二首を詠進してもいる。八田知紀は最晩年に至って、幾多の枢要な役職のなかに置かれた歌人であった。

八田知紀の歌集としては『しのぶぐさ』が知られている。前記『現代短歌全集』所載の『しのぶぐさ』から、知紀の歌風を見てゆこう。

古今集を規範とした香川景樹の薫陶を受けただけに、典雅な風格をそなえた古典的な和歌が多いのは事実である。

おほゐ川かはべの花の朝しめり嵐は山の名にこそありけれ
ふぢなみのかかれるときは音羽山おとせぬ瀧も落るなりけり
波の上にうちなびきても咲きにけり清瀧川のやまぶきの花

古今集の特徴をなす知的な捉え方が見られ、そのことが短歌革新を唱えた正岡子規にすれば、批判の対象にもなるのであろう。しかしながら、八田知紀の短歌世界にはなかなかに心惹かれる面もある。掲出三首目の情景を写しとる描線の鮮明さもそうであるが、次に掲げるような作には知紀歌風の魅力が感じられる。

うぐひすの花のねぐらに宿かりてともにおきつる朝ぼらけかな
大空のかげはわすれて水底の月もてあそぶよはにもあるかな
たらちねの袖にすがりてをりたちし昔こひしきはや川の水

いずれも歌意のすっきりと通った印象のきわやかな作であり、同時にそこにはうるおいある情感が揺曳している。うぐいすとともに目覚めるよろこび、水底の月と遊び戯れる心のうきたち、親の袖にすがって降り立ったふるさとの川への思いなど、典雅な言葉のはこびの中に素直な心の動きが吐露されている。うたおうとする題材に心をはずませている作者の存在が確かである。伝統的な和歌をふまえながらも、その心の動きは意外なほど無邪気であると言ったら、言いすぎであろうか。こうした生き生きとした心の動きに、八田知紀の歌の特色の一つがあるように思われる。

また、こうした心の動きは、ある意味で明治の正岡子規の率直さにもつながるような作を生み出している。

花をのみあはれと何に思ひけむ蛙なく夜のありけるものを
書の上にみゆる昔の人ならで友こそなけれともし火のもと

率直な物言いの歌であり、歌としての完成度はともかくとして、「蛙なく夜」に美を認め、書の中にのみ真の友を見出そうとする偏屈さは、ある意味で近代の抒情である。そんなとらわれのなさが、この歌人にはある。

さらに、上述の心の自在さが雄大な景色や世のありさまと結びつく時、八田知紀独自の歌柄の大きさをもたらす点に注目したい。

おほひえの峯に夕ゐる白雲のさびしき秋になりにけるかな
みだれ蘆のよわたる人にくらぶれば蟹は横にも走らざりけり
ねがはくは今百年をながらへて移りゆく世のさまも見てしが

一首目の「おほひえ」は「大比叡」、すなわち雄大な比叡山のこと。また、比叡山をなす二峰のうち、より高い東側の峰をさすという。比叡山の夕景がみごとに捉えられた一首である。牧水研究で有名な森脇一夫は『近代短歌の歴史』（桜楓社）でこの歌に触れつつ、「師匠の景樹が古今調を理想としたのに対して、知紀は歌論の上でも作品の上でも、記紀・万葉を学ぼうとしていることは注意すべきである。」と述べているが、古今的な典雅な詠風を外枠としながらも、その枠に収まりきらない自在にして雄々しい心の動きがこの歌人には備わっていたということであろう。それは幕末から明治維新へかけての動乱期に薩摩藩士として生きた境涯にも繋がるものではあったろう。掲出の二、三首目に見られる動乱の世へのまなざしには、明らかにその反映がある。

うつせみのわが世のかぎり見るべきは嵐の山の桜なりけり

八田知紀の歌境を端的に示した一首である。この歌人の短歌世界は、風雅の中に律動する荒ぶる魂にその特色があろう。すなわち、伝統的な桜の美を詠みながらも、それは嵐のイメージを底に潜ませた嵐山の壮麗な桜でなければならなかったのである。

二

明治初期のいわゆる旧派和歌の歌人には、八田知紀をはじめとして薩摩・長州の人々が少なくない。薩摩出身の黒田清綱・高崎正風、長州の近藤芳樹などがおり、また三条西季知のように倒幕を図って京を逃れ長州へと落ちていった公家の歌人もいる。彼らはいずれも維新後、明治新政府に招聘されてゆく。当然のことながら御歌所にかかわり、歌道御用掛、文学御用掛等の役職に就いた者もいる。

右にあげた歌人たちの中で、最も年長なのは、近藤芳樹である。八田知紀よりも二歳年下で享和元年（一八〇一）周防国（山口県の東南部）に生まれ、京都に出て本居大平・村田春門らに師事した。やがて帰郷して長州藩の藩校明倫館の助教をつとめた。明治八年、すでに七十歳を過ぎていたが、明治政府に招聘され歌道御用掛、文学御用掛を歴任した。明治十三年八十歳で病没。歌集『寄居百首』のほか、『源語奥旨』『万葉註疏』『古風三体考』などの著作がある。

たちならし桜がもとの独ごとあはれの花といはぬ日もなし

「閑居花」と題する一首だが、やはり下の句がやや説明的叙述に終わっており、森脇一夫『近代短歌の歴史』（桜楓社）が指摘するように、「ややもすれば理になずもうとする傾向がある」ようである。古今集を規範とする旧派和歌の歌人ゆえ理知的詠法に拠ったとも言えるわけだが、しかしながら現代から見れば、三句目の「独ごと」に作者の内面がほの見えて心惹かれるところもある。むろん短歌革新の狼煙があがる以前の明治十三年に世を去っているので、歌材・詠法ともに近世の枠から出ているわけではないけれども、内面的なつぶやきを詠んだ掲出歌などは、心の微動を重視する現代の歌人の心にひびくものもあろう。さらに、次のような作にも、魅力を感じる。

文づくゑの筆のはやしに宿かさむくるゝまで鳴けまどの鶯
思へ人宿の蚊ばしら霜ばしらたゞ時の間にたちかはる世を

いずれも内面的な呼びかけを基調としながら、前者にはユニークな発想が、後者には世の移ろいを把握する歌柄の大きさが感じられる。とくに後者の歌には「宿の蚊ばしら」「霜ばしら」「たちかはる世」というイメージの連鎖が新鮮で現代短歌に通ずる要素をもはらんでいるであろう。

次に、薩摩の歌人、黒田清綱を見てゆこう。黒田清綱は文政十三年（天保元年、一八三〇）に生まれ、幕末から維新にかけて国事に奔走した人物であり、西郷隆盛とも親交があったという。改造社刊『現代短歌全集』第一巻（昭和六年四月）所載の「黒田清綱年譜」によれば、山陰道鎮撫総督参謀（明治元年）、東京府大参事（明治四年）、元老院幹事（明治十五年）、枢密顧問官（明治三十三年）等を歴任している。その間、明治二十年には勲功によって子爵の位を授けられている。なお洋画家の黒田清輝は、清綱の養嗣子である。

和歌は同じ薩摩出身の八田知紀に学んだ。歌集には『瀧園歌集』（初篇〜三篇）『庭の摘草』等があり、また門下の歌を集めた『庭たづみ』も明治八年から大正三年まで三十一篇に及んでいる。さらに大正四年、八十六歳の時には、大嘗祭及大饗悠紀歌詠進の任を果たしている。

前記の『現代短歌全集』第一巻所収の「黒田清綱集」から短歌作品を見てゆこう。当然のことながら「山家鶯」「田家萩」といった題詠が大部分を占めているが、この小稿では、なるべく個性的と思われる歌を取り上げることにする。

夜嵐のふけしづまりし後にこそおつる木葉のおとはきこゆれ
益荒雄が手にとりならす獵弓の束のまたにも忘られぬ君

一首目は、聴覚の冴えが感じられ、加えてうたわれた風景が大きく、心にのこる作である。吹きすさぶ嵐の響きと、葉の落ちる音を聴きとる静けさの対比も鮮明である。

二首目は恋の部にある歌だが、掛詞を駆使したやや武骨な詠みぶりである。勇壮ではあるが恋のテクニックには疎《うと》いますらおの恋の様子さえ浮かんでくるようで、印象深い。黒田清綱の歌風は、伝統的な和歌の規範をふまえながらも、時としてそうした枠を踏み破る雄々しさ、気宇の大きさがあるようである。

さらに痛快なのは、「西郷隆盛が二十年祭に」と注をつけた次の一首である。

年経ればいよいよこひし今の世にまさばと思ふ事のみにして

西南戦争から二十年、明治三十年頃の作であろうか。幕末から明治維新を駈けぬけた同志として、西郷隆盛との熱い絆が今なお伝わってくるような感のある歌である。この一首には、単に歌としての出来不出来を超えて雄渾な覇気が充ちているように思われ、まさに明治の世を背景にモニュメンタルなかがやきをもつ歌だと考えられるが、いかがであろうか。倒幕から明治新政府樹立という激動の時代をともに薩摩の武人として戦いぬいた西郷隆盛との熱い連帯の感情が、黒田清綱という歌人の基底にはゆるぎなく横たわっているのであり、時代の変革期の行動者としての雄ごころが詠ましめた一首と言えるであろう。

今まで八田知紀、近藤芳樹、黒田清綱という薩摩・長州の歌人を見てきたが、古今集を規範とする和歌の伝統に基づきながらも、どこか歌柄に雄大なおもむきがあるように感じられる。いずれの歌人も幕末から明治維新という激動の時代を生きた武士階級の出であるということが関連しているのであろうか。公家を主体とする古今集の歌柄とは異質の、天地を充たす覇気といったものが醸成されているように思われるのである。後に触れる予定だが、これら薩長の歌人たちは短歌革新運動を担った正岡子規によって激しく批判されることになる。しかし、当時において、一見桂園派の流れの上にありながら、その枠に納まりきらない武人としての覇気をおのおの歌柄にひそませていたところに、私は深く魅力を覚えずにはいられない。

三

今まで宮中の御歌所や明治新政府の枢要の地位につく薩長出身の歌人を見てきたが、ここでやや異色の存在に目を向けたい。

それは、三条西季知《さんじようにしすえとも》という歌人である。名前からも明らかなように京都の公家であり、むろんのこと薩長出身の歌人ではないが、幕末倒幕の計画に失敗して三条実美らとともに長州へと逃れてきた七卿の一人である。「薩長の歌人たち」という表題からはややずれるであろうが、ひとこと触れておきたい。

三条西季知は、文化八年（一八一一）に生まれた。父は中納言の三条西実勲である。『日本近世人名辞典』（吉川弘文館、項目執筆・佐々木克）によれば、三条西季知は尊皇攘夷派の公家で、文久二年（一八六二）に国事御用掛となって、翌三年攘夷の国策を時の関白鷹司輔熙に上程したが、同年八月十八日の政変に遭い、三条実美らとともに長州へと落ちていった。再び京都に戻ったのは慶応三年（一八六七）の王政復古後のことであった。明治新政府においては参与、権大納言となって活躍したが、併せて明治天皇のお側近くに仕え、和歌の指導の任にあたった。

三条西季知の歌集としては『恵仁春濃閑計《えにすのかげ》』二巻があるが、森脇一夫『近代短歌の歴史』（桜楓社）の解説によれば、「恵仁春」は「槐《えんじゆ》」のことで朝廷の意に通じ、「閑計」は「陰」の意で、朝廷に長く仕える季知の心情が汲みとれるという。

それだけに、三条西季知の歌人としての詠風は、典型的な堂上派のものである。森脇が前掲書で紹介している二首を引いておこう。

ゆふげたく里のけぶりもうち霞み田面静かに春雨ぞふる
夕されば風も涼しくふきにけりいざおりたたむ庭の松かげ

いずれも伝統的な題詠による作品である。歌調はととのっているが、内容はある意味で予定された通りの展開で、その分だけ平凡な印象はまぬがれない。三条西家という名門の家柄の出であるだけに、古典的な和歌の詠法に忠実であったということであろう。今まで見てきた薩長の歌人の気宇の大きな歌柄と比較する時、やや物足りぬ感が残るのも事実ではあるが、迷いなく古今伝授の教えに則るところにこの歌人の面目があり、おのずからなる行き方があったのであろう。

再び薩長出身の歌人に戻ろう。薩長の歌人の項目では最後に初代の御歌所長となった高崎正風を取り上げる予定であるが、その前にぜひ取り上げておきたい人物がいる。

それは、歌人というよりも明治の政治家として著名な山縣有朋である。山縣有朋は天保九年（一八三八）、萩に生まれ、長州藩に出仕した。改造社刊『現代短歌全集』第二巻（昭和五年七月）所載の年譜によれば、山縣有朋が初めて和歌を詠んだのはかぞえの十三歳の折りで、

窓ちかき竹のあらしは音たえて月影うすき雪のあけぼの

という作であったそうである。雪の題詠とのことであるが、「窓ちかき竹のあらし」というあたり

の感覚的な捉え方や、ととのった調べ、古典的な一首のまとめ方など、堂に入ったものである。

山縣有朋の足跡については今さら記すまでもないであろうが、先述の年譜によって簡略に触れておく。一つの転機となったのは安政四年（一八五七）二十歳の時で、藩命により伊藤利助（後の博文）とともに京都に派遣され、幕末の志士らと交わったことである。こののちの有朋は、吉田松陰の門下生となったり、家老の書を携えて薩摩へ赴いたり、江戸に出て桂小五郎と密談したりする。さらに、馬関（下関）にて列強軍艦への砲撃に参加して、「敵弾飛び来り背嚢中の握飯を貫きて右腕に及び、又胴腹の左右を貫く」重傷を負ったり、傷が癒えると奇兵隊の軍監となったり、会津征討越後国総督参謀に任じられたりといった、あたかも幕末の歴史をひもとくような活動を示す人物である。また、そのさなか、同年譜の元治元年の項に、「剃髪して素狂と号す。」とあるのも、事の仔細は分からぬながら何やら興味深い。明治新政府における活動についてはすでに広く知られているので省筆したいが、内閣総理大臣、枢密院議長などを歴任したことで知られている。大正十一年（一九二二）、かぞえ年八十五歳で逝去。

さて、山縣有朋の歌集としては『椿山集』一冊があるが、それを抄録した前記『現代短歌全集』第二巻よりいくつか見てゆくことにしよう。『椿山集』は、全体が風雲集、風雲集拾遺、年々詠草、常磐会選歌の四部より成っている。常磐会選歌は古典的な題詠が収められているが、他は生涯の折々の所感を詠んだものである。この中でやはり注目したいのは、幕末から明治へかけての波瀾の人生をうたった「風雲集」の歌群であろう。

ひつじのみ群る世こそうたてけれ虎ふす野べに我はゆかまし

淀川の水のこゝろはかはらぬを世はさかさまになど流るらむ

いずれも動乱の世をうたいとっているが、「ひつじのみ群る世」と断言し、「世はさかさまになど流るらむ」と豪快に捉える気宇の大きさが興味深い。

また、高杉晋作の逝去を悼んで、

なき人の魂の行方をつけ顔にをちかへりても鳴くほとゝぎす

と詠み、明治十年の西南の役に薩摩国へ攻め入って戦いつつ、

ともすれば仇まもる身のおこたりをいさめがほにも鳴く郭公

と西郷隆盛の身を案じた歌を残している。

さらに心惹かれるのは、有朋が突如剃髪したことを詠んだ歌である。長い詞書が興味深く、「藩論益々紛擾を極め恢復の目的達せざれば長府侯に依りて主義を貫徹せんために三條其他五卿を奉じて長府に至りけるに俗論日々に盛になりて（以下略）」と記されている。ここに出てくる長州落ちの公家の一人は先に取り上げた三条西季知である。なおも詞書は続くが、最後の部分を、歌とともに引く。

かかる情況なれば国のため尽すべき道は既に絶えければ君側の姦を除くの一事あるのみとなれり。

予は長府有志の士と将来の事ども語りあひてひとり発しけるが感ずるところありて剃髪してよめる。

くれ竹の浮世をすてて杖と笠おもひたつ身ぞうれしかりける

何故剃髪したのか、さまざまな想像が湧く。後半生の政治家・軍人としての歌や、小田原の古稀庵に隠棲する歌なども特色があるけれども、この前半生の変転する境涯を詠んだ歌が何とも魅力的である。

四

最後に初代の御歌所長に就任し、明治期の旧派和歌の世界に大きな影響力をもった高崎正風について素描をこころみたい。

高崎正風もまた、薩長の他の歌人たちと同様、波瀾に富んだ生涯を送っている。天保七年（一八三六）、正風は薩摩藩士の子として、鹿児島郡川上村に生まれた。少年時代にすでに彼は郷党の先輩歌人、八田知紀から和歌の指導を受けていたという。が、嘉永二年（一八四九）、十四歳の時に父が冤罪で自尽し、息子の正風は薩摩藩の士籍を剝奪され、嘉永四年（一八五一）奄美大島に流された。この大島流罪の時代にも、正風は八田知紀の師匠にあたる香川景樹の歌集『桂園一枝』を携え、読みふけっていたと伝えられる。二年後許されて鹿児島に返され、やがて高崎正風は薩摩藩士として幕末、維新の動乱の渦中へと身を投じてゆくことになる。「高崎正風年譜」（改造社刊『現代短歌全集』第一巻、昭和六年四月）に徴すれば、島津久光に従って京の都へ赴き、都の警護の任にあたったり、慶応四年（一八六八）には征討将軍宮軍事参謀をおおせつけられたりしている。さらに明治四年、欧米各国の視察を命じられ、一年半後に帰国、財部課長となり、全権弁理大臣大久保利通の清国派遣の随行員をつとめている。晩年には枢密顧問官に就いてもいる。明治三十七年（一九〇四）、長男元彦（海軍少佐）の戦死に遭うなどの悲運を体験しながらも、明治四十五年（一九一二）七十七歳の天寿を全うした。

和歌の方面では、香川景樹、八田知紀の伝統を引き継ぐ高崎正風の歌風は宮中で重く遇され、御歌掛（明治九年）、文学御用掛（明治十一年）、御歌会始點者（明治十三年）、御歌掛長（明治十九年）となり、明治二十一年には御歌所の設置に伴い、初代の御歌所長に就任した。

このように、歌人としてはある意味で日の当たった道を歩いた高崎正風だが、その作品は生前に歌集にまとめられることはなかった。没後十五年を経て、御歌所関係者によって『たづがね集』三巻が上梓されている。また、前記『現代短歌全集』への収録に際しては、正風を師と仰いだ阪正臣がその選抄にあたっている。『現代短歌全集』から、高崎正風の歌風を一瞥しよう。

春の部から鶯を詠んだ歌を二首引いてみる。

春の日の徒然草をよみさしてまどろむ窓にうぐひすの鳴く
うぐひすの木づたふ影は見えねども声するかたにちる桜かな

渋滞することのない平淡な調べであり、歌意もすっきりと通っている。この二首にはそれなりに情感も揺曳しているがにうかがわれるが、何かもう一つ衝迫がほしい感もあるであろうか。正風の短歌を『現代短歌全集』に収録する任にあたった阪正臣は、その「後記」で正風の歌風について、翁の歌風の特長を一言に申せば、温雅にして過失なき事であると云へやうと思ふ。

と述べているが、掲出の二首はまさにその歌柄に即するものと言えよう。高崎正風の作品全体を見わたしても、たしかにこの阪正臣の評言はあたっているであろう。

高崎正風の短歌作品に接して、筆者の感想を率直に言えば、旧派和歌の代表格という短歌史的位置づけから想像されるような堅苦しさは感じなかった。たしかに古今集や桂園派の伝統に基づいているのであろうが、先ほども述べたように正風の作品には読者の胸にすんなりとはいってくる自然さがあるのである。注目した作をいくつかあげてみよう。

ちりぢりにかへるを見ればかりがねも心のあへる友やすくなき
したしきも疎くなりゆく世の中にかはらぬ友は桜なりけり
三つ二つはちすの若葉うきそめて水なつかしき夏はきにけり
朝雨のふりわけ髪にしらつゆの玉をかざしてたてるなでしこ

一、二首目、雁や桜を詠みながらも、人の世の交わりのはかなさへの思いが流露しており、むしろそれぞれの歌の主眼は景物よりも人の世への所感にあろう。三首目はすなおな叙景歌で、上の句の写生と下の句の叙情がおのずと溶け合っている。四首目も叙景歌だが、朝露をかざしたなでしこから乙女のふりわけ髪への連想にそこはかとない愛恋が流露した佳作であろう。

また、夏の部に置かれた「夏蟲」と題する一首、

むしろもて日影おほへる牛の背にうるさく蠅のたかるころかな

の歌に見られる題材の高雅ならざる点にも、逆に明治短歌としての新しさが看取される。作には、旧派和歌という枠組みから想像される古さはさほど感じられない。明治中期の短歌革新運動ののちに一般化する境涯詠、写生詠と質的には通底するものがあるようにも思われるのである。初代御歌所長高崎正風という堅苦しいレッテルにとらわれることなく、この歌人の歌柄を見てゆくべきではないかと思う。

高崎正風の晩年（明治三十七年）、息子元彦の戦死の折りに詠まれた作がある。

子故には泣かぬ袖をもぬらしけり国のははそのもりの雫に

泣く人をいぶかしげにもうちまもり随ひゆくか父のひつぎに

前者は、皇后宮より弔歌をたまわった折りの返歌であり、上の句にふだんは泣くことをつつしむ作者の哀傷の深さがにじみ出ている。後者は元彦の子正光（七歳）が喪主をつとめているさまを詠んだ作であり、悲嘆を底にひそめつつ孫の姿がきわやかに写しとられている。「温雅にして過失なき」といわれた高崎正風にあって、底ごもるような悲嘆が揺曳する作である。

高崎正風の歌風をひとわたり見てきたが、当然のことながら御歌所長として皇室とのかかわりを詠

んだ歌や、正統的な桂園派の歌風を受け継ぐ作も少なからずある。また、後に正岡子規が指摘するようにあまりに理詰めになって、情感が稀薄になっている作もあることはたしかである。が、併せて、この歌人の資質とも言える歌意のすっきりと通った平明、温雅な歌風が、境涯詠、写実詠の確立へと至る明治短歌の流れの中で、ある種の先取性を示していたのではないかとも想像される。高崎正風の位置づけをどの程度に推し測るかはむずかしいところであろうが、この歌人の歌集をたずさえ、あらためて明治短歌のほとりを歩くのも、意味なきこととは言えないであろう。

旧派女流の光芒

一

明治初期の歌壇に勢力を持った旧派和歌の歌人たちの中では、幕末・維新の動乱を生き抜いてきた薩長の歌人たちが大きな位置を占めていたわけだが、それに近接し、独自の光芒を曳いていた女流歌人たちがいる。明治最初期の文学界にあって、散文や詩においては未だ女流の台頭が認められなかった状況の中で、和歌（短歌）の領域にあっては別格であった女流の存在感を指摘しなければならない。和歌文学の伝統における女流の層の厚みがその背景にはあろう。

思いつくままにその名をあげれば、京都に生まれて薩摩藩士に嫁し、明治維新後宮中の歌文指導の任にあたった税所《さいしょ》敦子、江戸下谷の名主の家に生まれ、幕末に生家が没落し深川の花街の名妓として生きつつ和歌の道に打ち込んだ松の門《まつのと》三艸子《みさこ》、小石川に歌塾萩の舎をひらいて一時千人をこえる門下生を擁した中島歌子などがいる。また、下田歌子、竹屋雅子らの名も逸することができないが、こうした女流歌人の層は、おそらくは現在短歌史に取り上げられているほかにも相当に広汎なものがあったと思われ、今後掘り起こされるべき歌人は確実に存在するであろう。いわゆる明星派台頭以前の女流歌人に目を向けることの意味を問い返してみたいとも思う。

先にあげた歌人の中で、税所敦子、中島歌子の二人にはその生涯に似たところがある。税所敦子は薩摩藩士の、中島歌子は水戸藩士の妻として生き、ともに夫の逝去ののち歌道に打ち込んでゆくのである。ただ、税所が宮中に入り女官として和歌にかかわっていったのに対し、中島は歌塾萩の舎をひらき、民間の歌人として活躍してゆくのである。

この稿では、まず中島歌子を取り上げよう。この歌人は、萩の舎に入門してきた樋口一葉と交流があったことでも知られている。

筑摩書房刊『明治文学全集』の一冊『明治女流文学集（一）』所載の「年譜」（福谷幸子編）によれば、中島歌子は天保十二年（一八四一）江戸日本橋に生まれたという（異説もある）。幼名は「とせ」といった。安政五年（一八五八）十八歳の時に水戸藩士林忠左衛門に嫁ぎ、幕末の動乱の中で天狗党に属した夫を見守りつつ生きてゆく。元治元年（一八六四）筑波山の戦いに出陣した夫が幕府軍との戦いで死去すると、妻の歌子は夫の妹とともに捕らえられ、獄につながれたこともあった。

やがて出獄した歌子は、江戸に戻る。小石川安藤坂に住み、加藤千浪の門にはいって和歌の道に精進した。

明治十年（一八七七）頃、歌子は歌塾をひらいた。萩の舎と号し、和歌のほか古典や書道を教えたという。宮中御歌所の高崎正風や歌子と同門の伊東祐命の知遇を得、良家の多くの子女が萩の舎に学んだ。

その歌塾のたたずまいはどのようなものだったのだろうか。萩の舎に入門した樋口一葉の日記に印象きわやかに記されているので、一瞥しよう。次に引くのは明治二十五年（一八九二）三月の日記の一節で、一葉二十一歳（かぞえ年）の折りのものである。

廿四日　大雨。又文章あまりおもしろからねば、春雨を詠ずる長歌になす、師の君（注─中島歌子）に一覧をこはんとて大雨中家を出づ、（略）師君のもとへ参りつきし頃は羽織もきものもひたぬれにぬれぬ、師君二階の病床におはしき、もの語種々、長歌添刪をこふ、（略）ひる飯たべて少しまて見すべきものありとの給ふにぞ、しばし初心の人の詠草直しなどしてまつ、蔵より一冊の手記と衣服とを取出し来給へり、ながきぬのいたくなへたる様なるに何某《なにがし》くれがしの会などさこそは困《こう》ずらめ、これもて行き調じ直せよなどの給はす、例ながらにいとうれし、この一冊かまへて人に見すまじきものなれどそこには（注─あなたには）などかさけてなんとて、常陸帯《ひたちおび》と表書したる日記みせ給ふ、こは下の巻也、上は師君水戸に下り給ふ道すがらの記也といふ、これは林ぬし（注─歌子の夫、林忠左衛門）江戸へのぼり給ふ別れのきざみよりかきはじめて師の君ひとや（注─牢獄）につながれ給ふ迄の也

明治二十五年ころの萩の舎は一時の盛行はなかったといわれるが、中島歌子が若い有望な女弟子といかに親密に交わっていたかがうかがわれる。一葉に初心の人の歌の添削の手伝いをさせ、歌子が深く秘していた日記を見せたりしている。なお、歌子が二階で寝ていたり、蔵に物を取りに行く光景など、萩の舎の内部のたたずまいが彷彿とする感がある。

さて、中島歌子の歌の世界に目を向けよう。この歌人の著作としては、没後に門下の三宅龍子によって編集された『萩のしづく』（明治四十一年三月刊行）がある。『萩のしづく』は歌子の和歌と随筆を収めた書物であるが、和歌は九一六首が採録されている。まず「雑」の部から三首ほど見てゆこう。（原文には適宜濁点を加えることにする）

わきいづるここちこそすれ吹風に立のぼりくる谷のしらくも　（雲）
はこね山せきの杉むらくらけれどみづ海しろく夜は明にけり　（関路暁）
あすはまた雨にやあらむかかげても焔みじかき閨のともし火　（燈）

いずれも叙景的な作であるが、桂園派らしいやや古風な詠みぶりの中に確かな景物把握の眼が感じられるように思われる。基本的には旧派和歌の延長線上に自らの歌のあり方を規定しているところがある。

が、一方、近代短歌の胎動の一つといわれる明治初期の開化新題和歌に参加しているのは注目される。汽車や電信など文明開化の文物をうたい込んだ歌集が編まれたのだが、そこに中島歌子も出詠しているのである。大久保忠保編『開化新題歌集第一篇』（明治十一年）から二首ほど引く。

小学校
里の子も文の林に入立てみちをもとむる世となりにけり

摺附木《すりつけぎ》
仮そめの人のちからにいづる火を石にのみともおもひけるかな

小学校が設置され、火打石に替わって摺附木（マッチ）が普及した明治の世の中の動きを捉えたものである。表現手法に新しさは感じられないが、少なくとも従来の花鳥風月の枠から題材をひろげようとする意図はうかがわれるようである。

二

旧派女流歌人、中島歌子は、見てきたように典雅な題詠歌を詠みこなすと同時に、開化新題和歌のような新しい試みにも歌を寄せていた。その意味では意外に柔軟なスタンスを保持していた歌人であるが、その背景には、あくまでも民間にあって歌塾をいとなむという境涯も何ほどか影を落としていたであろう。

そうした中島歌子の歌風の要《かなめ》には、どのようなモチーフが横たわっていたのであろうか。これはいくつか想定されるであろうが、その一つとして、夢とうつつ、あるいは過ぎゆきと今とを、歌の器の中に手繰り寄せる技《わざ》の巧みさをあげたいように思う。この相異なる二つの事象を融合させる作歌のあり方は、当然のことながらしばしば生と死を見つめるまなざしと重ね合わされることにも繫がってくる。没後編まれた『萩のしづく』より引く。

何事もすぐれば夢となれるよをうつつありとも思ひけるかな
はるさめのふるき昔をしめやかにかたり合てもくらすけふ哉

一首目は「往事如夢」と題する作。上の句はごくありふれた概念の表出ながら、下の句の「うつつありとも思ひけるかな」に不思議なリアリティーが感じられる。世のもろもろの事柄は過ぎてしまえば夢のようなはかないものだと言いながらも、今この場に生きている手応え（現実感）もたしかに感じられる、というほどの意か。

二首目は「閑談往事　細川侯追悼」と題する一首。細川侯の生前をしのびながら静かに語り合っている今日この場の雰囲気が、閑談する人の息づかいまで感じられるほどにありありと浮かび上がってくる。

これらの二首は、ともに下の句が「思ひけるかな」「くらすけふ哉」というふうに作者の動作と結びついた詠嘆の助詞「かな」で結ばれ、渋滞のない調べと相まって作者の気息が読者の身ちかく感じられるようになっている。

このように、中島歌子の短歌世界には、遠いすぎこしや夢へと心をおもむかせながらも、今この場の現実感をうたいとる傾きがある。歌子の作品の中に、「今」や「けふ（今日）」「明日」といった現在に近い時間をあらわす語が比較的目につくこともその証左の一つではあろう。そうした中島歌子の歌風をきわやかに示すのが、「辞世」と題する次の二首である。

きのふけふと思はであだに過しけり風のまへなるつゆの命を
やうやくに極楽園は近づきぬいざつきはなをあくまでも見む

自らの命終を前にしての心境が吐露されているわけだが、生のはかなさや極楽を思う心に添えて、「きのふけふと思はであだに過しけり」「いざつきはなをあくまでも見む」といった現実感、日常感の表出が、作者の息づかいを如実に伝えている。

このように見てくると、中島歌子の歌風の要諦には、自らの身のめぐりに引きつけての日常感覚があり、それがともすると類型に陥りやすい思念に息を吹き込み、一首にリアリティーを付与していると言えるのではなかろうか。

もっとも、中島歌子の短歌作品を概観して、やや常套的な発想の作が少なくないこともやはり事実ではあるが、旧派和歌の流れの中にあって、それは一人中島歌子に限ったことではない。そこには現代とは異なる発想の基盤があるわけで、それを考えるにはまた別の視点が必要ではあろう。

ところで、中島歌子の『萩のしづく』には、短歌作品とともに随筆が収録されている。「秋の道しば」「枕の塵」「秋の寝ざめ」の三篇であるが、これらはいずれも所々に短歌作品をはさみ込んだ歌日記とも呼べるものであり、生彩に富んでいる。「秋の道しば」は江戸から水戸へと嫁ぐ旅路をつづった紀行文であり、「枕の塵」「秋の寝ざめ」は、水戸にあって国事に奔走する夫の帰りを待つ心情をつづった作である。いずれも古典的な和文を駆使し、さしはさまれた短歌もおのずと溶け合った印象深い作品である。未だ見ぬ土地へ嫁ぐ心細さや、戦いへと発った夫の帰りを待つ妻の心情がせつせつとつづられていて、読者の心に沁むものとなっている。この随筆について細かく見てゆく余裕はないが、とりわけ心惹かれるのは「秋の寝ざめ」の末尾である。元治元年（一八六四）の変に絡んで逆賊の罪を受け、妻や一族の者も囚われの身となる境涯がつづられている。少し長いが、ぜひ引いておきたい。

露のいのちを今日とまち明日とくらして秋もはやはてゝ時雨ふる神無月のいつかといへるにわが君のおほせにより家は更なりあるものすべてさゝげまゐらせうちなるものは　をさなきまで

ひとや（注―牢獄）へまゐるべきおほせかうぶりぬ　かくならむとはかねてより思ひ設けつれば家のうちなにくれとつくろひ清めて　さしも草深く繁りしも皆刈はらはせ迎への人を待ちまうけたる夕　家を立出つと見れば庭の籬に菊の色々うるはしく咲出たるが目もあやにめでたくみえければ

けふにあはむつゆのこの身としら菊に
　はかなく千代を契りつるかな
住む人もあらしの庭のきくの花
　ありしながらににほひうつるな
とぎすます心ばかりはやきたちの
　かひなき身とていかでくもらむ

（第三句の「やきたち」は「焼き太刀」の意）

前稿で引いた樋口一葉日記（明治二十五年三月二十四日）の中で、歌子が弟子の一葉に「この一冊かまへて人に見すまじきもの」と語っていた随筆であるだけに、中島歌子が胸奥に固く秘めていたものがせつせつとつづられている（「この一冊」とは「常陸帯」と題し前記の三随筆を収めたものをいう）。歌子の境涯の変転と、「かくならむとはかねてより思ひ設け」ている心の構え、そうした心境を映す「庭の籬」の菊の花などがおのずからに結びつき、さらに末尾三首の心情表出と叙景の融け合った和歌の配置など、読む者の胸にひびく印象的場面を描出していると言えるであろう。

旧派女流歌人として、あるいは樋口一葉の歌の師として、その存在が認識されている中島歌子だが、その文学の世界は、見てきたように古風な味わいのなかに個性と風格をそなえていた。そのすぐれた随筆作品も含めて、この一女流歌人の足跡をあらためてたどってみたい思いにかられる。

三

前稿で見た中島歌子とおなじく武家に嫁し、夫の死後、和歌の道にはいっていった歌人に税所《さいしょ》敦子がいる。が、民間の私塾萩の舎を拠点にした中島歌子とはちがい、税所敦子は宮中に入り、宮廷の女流歌人として活躍した。嫁いだ先が薩摩藩士であったところから、旧派和歌の指導者高崎正風と親交があり、正風の推輓によるものであった。旧派歌人の中心的女流歌人であり、八田知紀・間島冬道・大田垣蓮月・小出粲・高崎正風とともに明治六歌仙の一人といわれている由である。その肖像も残されているが、女官の正装をまとった厳粛な風姿であり、やや近寄りがたい感がないではない。が、その詠草を読んでゆくと、意外にしなやかな感性が見られ、心惹かれるものがある。

たとえば、「オルゴール」を取り上げて、

松風も波のひゞきも玉くしげこのはこ崎にこめてけるかな

と機知に富んだ抒情ゆたかな作を詠んでおり、また、「洋服和服いづれか便なるといふ事を」と題して、

にひ衣身になれがたくおもふこそ古きにそみし心なるらめ

と伝統にのみ固執しない柔軟な心をうたっている。そうした税所敦子の歌風をあらためて一瞥してみたいと思う。

さて、税所敦子は、文政八年（一八二五）、京都に生まれた。父は林篤国、宮家付の武士であった。（以下、税所敦子の事蹟についての記述は、主として筑摩書房刊『明治文学全集第八十一巻　明治女流文学集（一）』所載の福谷幸子編「年譜」による）幼い時より和歌の素養をさずけられ、前記年譜によれば、すでに六、七歳のころに、

我が家の軒にかけたるくもの巣のいとまで見ゆる秋の夜の月

という作を残している。また、天保六年（一八三五）、十一歳の時には三日間ゆくえ知れずになった逸話がある。その顚末を同じく前記「年譜」より引いてみる。

この年、ある日、郊外に遊びにでて帰らず、両親は狂気の如く嵯峨の辺を尋ねたところ虚空蔵の堂に三日二晩食事もせず寝もせず祈っていた。やっと連れ帰ったが、虚空蔵菩薩に才学勝れた人になりたいとの祈願を思い立ってのことであった。このことを伝えきいた千種有功《ありこと》卿が人を以って詠歌学問を教えて遣すといい、喜んでその門に通った。

税所敦子の学問への志を伝える逸話である。当時一般に女性の置かれた状況を考慮すれば、とりわけて熱い学問への志を示していると言ってよいであろう。なお、ここで敦子に詠歌学問への道をひらいた千種有功は桂園派の香川景樹の高弟であり、薩摩藩の人であった。さらに千種有功の弟子には八田知紀があり、のちに敦子は知紀に和歌の指導をあおぐことになる。

弘化元年（一八四四）、二十歳の敦子は、千種有功の門人でもあった薩摩藩士、税所篤之の後妻として嫁ぐことになる。税所篤之は、国許の妻と離縁し、京都薩摩藩邸詰めであった。

八年後の嘉永五年（一八五二）、夫篤之が肺病のため四十四歳で没すると、翌年、敦子は娘の徳子を連れて薩摩の夫の実家へと向かった。「鬼婆」と評された姑のいる婚家先に入り、前妻の子や亡夫の弟家族など十数人の大家族の中で、敦子はつつましく耐えて暮らしたという。

転機が訪れたのは、安政四年（一八五七）である。薩摩藩主島津斉彬に若君哲丸が生まれ、敦子はお傅役《もりやく》に抜擢された。翌年斉彬が逝去し、世子となった哲丸もその翌年に亡くなったが（その折り敦子は自害しようとして姑に止められたという）、文久三年（一八六三）には藩主島津久光の養女貞姫の後見役の老女に選ばれ、輿入れ先の京の近衛家へと随行した。

こうして再び京都に戻った敦子は、近衛家に仕えながら、和歌の道にも精進し、高崎正風や八田知紀とも交わりをもった。

明治となって近衛家は東京に移転したが、明治八年、税所敦子は高崎正風ほかの推挙によって、皇居に召し出された。時に五十一歳、権掌侍・正七位となり、皇后の和歌のお相手をする女官となった。女官名を楓内侍といった。以後、世を去る明治三十三年（一九〇〇）まで、税所敦子は二十六年間、宮中女官の地位にあって、和歌の道に従った。

歌集としては、明治二十一年十二月に松井總兵衛刊行の『御垣の下草』上下二巻があり、旧派和歌入門の書として広く読まれたという。

さて、『御垣の下草』より、税所敦子の短歌世界を見てゆこう。旧派和歌の正統的位置にある女流歌人であり、当然のことながら歌柄のととのった題詠歌が中心をなしているが、先にも述べたように、その作品には意外にしなやかな感性がうかがわれる。

庭落花
たがやどの梢はなれてけふもまた花なき庭に花のちるらむ
新樹風
朝風の吹かへさずばかへるでの葉隠れにさく花をみましや
雨中螢
いでておふ人しなければ里中に螢とぶなりさみだれのそら

一、二首目の歌は、ともに花を詠んだ作であるが、前者はいずこかの家から吹かれてきた花の、ひそやかな息づかいといったものがつたわってくるようであるし、後者の歌は葉隠れに咲く花のしずけさに一首の要諦がある。いずれも、花のひそやかな姿を見つめる作者のまなざしが感じられる。

三首目の歌は螢を詠んだものであるが、追いかける人もいない雨中の螢の舞に作者の眼はそそがれている。花や螢の美を、ひそやかな景の設定のなかに縁どる詠みぶりが印象的であり、渋滞のないこまやかな韻律も相まって、旧派女流歌人としての力量を示したものとなっているであろう。

四

旧派女流として中島歌子・税所敦子を見てきたが、彼女らは武士に嫁し、人生の変転を経て、旧派女流として高い地位を築いた歌人であった。中島は名門の子女を擁する歌塾をいとなんで没後従七位に叙せられ、税所は宮中の女官として生涯を終えている。

そうした女性たちと、ある意味で対照的な生き方をした歌人として、松の門三艸子《まつのとみさこ》を取り上げたい。松の門三艸子は江戸下谷数寄屋町の名主の家に生まれたが、幕末、生家の没落、破産に遭い、身を深川の花街に投じた女性である。その後は名妓として生きながら歌道に打ち込み、晩年に近く、歌道に専心するようになった。その美貌は聞こえ、山内容堂・陸奥宗光といった歴史上の人物も三艸子の許に通ったという。

が、三艸子は強い女性であったと想像される。名妓の時代、本所の草刈道場で馬術を覚え、深川の千葉氏には剣術を学び、窮地にあっても動じずに事に対したともいわれている。（松の門三艸子の伝記的記述については、以下、筑摩書房刊『明治文学全集第八十一巻　明治女流文学集（一）』所載の福谷幸子編「年譜」による）

さて、松の門三艸子は、天保三年（一八三二）、先述のように名主小川宗兵衛、母壽賀の子として生まれた。「天性の美貌の持主」（前記「年譜」）で、たっての懇望によって、深川の御船用達辻川長之助に嫁したが、三、四年で夫と死別し、実家へ戻った。このとき三艸子は亡夫の子をみごもっており、まもなく出産したが、両親は子を他家へあずけ、三艸子の新たな縁談をもとめようとした。が、三艸子は新たに嫁す意志のないことを告げ、歌道への専心を決意して茅場町の井上文雄の門にはいった。井上文雄（元眞）は田安家につかえる侍医であり、また村田春海系の歌人として江戸では大きな存在であった。三艸子は井上文雄から松の門《まつのと》の名を受け、周囲からは井上門下の注目すべき女流歌人と目された。

ところが、三年後の嘉永四年（一八五一）、主として、大名・旗本に貸し付けていた父の貸金業が破綻し、三艸子は深川の花街へと身をゆだねることになるのである。小川家小三の妓籍で出たが、その美貌と才が評判となり、先述のごとく山内容堂・松平確堂らの諸侯も訪れた。そして、この頃、三艸子は馬術や剣術を学んだという。いわばこの女性は、名妓として幕末の諸侯らの寵を得ながらも、いざという時の武術と覇気を兼ね備えた人物であった。当時の逸話が前記「年譜」に紹介されている。

逸話の一つに、平清楼上に筑波天狗党の浪士が強いてつれて行かんとした時、「たらちねの親のゆるしし敷島の道より外の道や行くべき」と詠み、その連行を拒んだ。又、月明の綾瀬川舟遊びの折、暴徒に大刀をさしつけられて辞世をよめとおどされ、「これといふ事をもなさで徒らに捨つるいのちの惜しくもある哉」と悠々吟じ去った。

こうした「武勇伝」をも残しつつ、松の門三艸子は幕末から維新へかけての動乱期を生きたのである。

やがてそうした名妓としての自らの境涯に区切りをつけ、

永き世の夢のさめたる心地して今ぞ誠のうつつなりけり

という一首を詠み、日本橋檜物町に私塾をひらいて和歌の道に打ち込むようになったという。明治二十四年、短歌雑誌「しきしま」が創刊されると、三艸子は小出粲とともに詠草選者に就いている。旧派歌壇においては、やはり主要な位置を占めた女流歌人の一人と言える。大正三年八月、八十三歳で没しているが、その七周忌に門下の手で『松の門三艸子歌集』（大正九年十二月、松の門三艸子歌集編纂所発行）が刊行されている。

松の門三艸子は旧派和歌の歌人ということもあり、やはり題詠が主要なものであるが、同歌集の恋の部や自選歌には、特色ある作品が見られる。

馬上恋

雲井にもかける月毛の駒なれどわが恋路には行きなづみけり

互思恋

かはらじとかたみに結ぶからくみの糸のよりあふ中ぞうれしき

なかなかに風のまゝなる葛の葉のうらおもてなき恋もするかな

俄逢恋

思ひがけぬ軒ばの萩の上露をむすぶ一夜の夢ぞはかなき

一首目は、馬術をもこなした三艸子の奔放、不羈な面と、恋路に思いをひそめる繊細さが溶け合い、いかにもこの作者ならではの作品と言えよう。つづく二、三首目は、たがいに寄り添う男女の姿を詠んだ作だが、「からくみの糸」や「風のま、なる葛の葉」などの実景をうつしとる中に愛恋の情がこまやかに織り込まれていて、愛誦すべき作品となっている。また、四首目は、名妓として生きた女性の恋のあり方がうかがわれ、そこはかとない哀感がある。

このように恋の部の歌には印象的な作が見られるが、ただ、掲出歌も含め全体として、わりあいに歌柄のととのった作が多い。これは旧派和歌としての詠法に拠ったためとも見なせようが、併せて数奇な生涯を歩んだ作者の胸底に流れる清澄の抒情としても注目しておきたいと思う。前記の『明治文学全集』の「解題」で塩田良平が「詠法にふくらみがあつて、しかも凛乎たる趣を持つてゐる。従つて恋歌なども艶治といふより風趣のあるものが多い。情熱的ではなく理知的で技巧性が目立つ」といっているのもうなずけるところである。

ところで、『松の門三艸子歌集』には、自選歌二十二首が収録されている。さすがに佳作も多く、松の門三艸子の短歌世界のエッセンスが込められている。それぞれ題詠ではあるけれども、この作者の思いのほか枠にとらわれない新味が流露し、惹き込まれる。その自選歌の中でも、とりわけ注目したいのは、「花間蝶」と題する次の一首である。

花びらのちりくとみればすがり居しつがひの蝶のくるふなりけり

庭前の嘱目であろうか。花片が散りかかってくると見えたのが、じつは番《つが》いの蝶が狂うように、もつれ、舞っているのであったという意。二羽の蝶のもつれ合う姿を「くるふ」と捉えたところには、松の門三艸子の情念が刹那のひらめきを示したかのようなおもむきがあり、景物の美しさも相まって、この作者の素顔がのぞいたような一首である。文字通り、歌人松の門三艸子の代表歌と見なしうるものであろう。

五

松《まつ》の門《と》三艸子《みさこ》の詠風は妖艶というよりは理知的な清澄の抒情をたたえており、旧派らしい風姿のととのった作が多い。そのような題詠を主とし、居住まいをただした歌柄の陰に、時折り顕現する情念が印象深い。前稿で私が松の門三艸子の文字通り生涯の代表歌であろうと掲げた、「花びらのちりくとみればすがり居しつがひの蝶のくるふなりけり」の作をはじめ、『松の門三艸子歌集』においては、凛とした歌の姿の陰にうかがえる彩なす情念に注目したい。同歌集所収の自選歌から数首鑑賞をこころみよう。

雛祭

妹と背を結ぶはじめと少女らがかしづきまつる糸ひゝなかな

少女らが寄り集まって雛人形をかざる姿をながめつつ、作者の三艸子には、その無心にあそぶ姿が「妹と背を結ぶはじめ」の所作とうつるのである。三艸子の眼は、無邪気な少女らの遊びの中に、男と女のつながりを、大人の世界を重ねて見ているのである。掲出歌はしらべもよく、純な一首と見えるが、その背後には、浮き世の男女のつながりを見通した松の門三艸子ならではのまなざしが感じられるように思われる。

馬上花

いかばかり遠き道だにむち打て花見んためのかひのくろこま

松の門三艸子が馬術の稽古に励んでいたことはすでに述べたが、この一首にもそうした体験に裏打ちされた気魄がうかがわれる。初句から調子たかくうたい出され、下の句の「かひのくろこま」へと張り切ったしらべが持続しているのが印象的である。一首は題詠であり、直接には「花」をうたったものではありながら、現《うつつ》を超えて美にあくがれやまぬ情念のうねりが、いかにもこの作者らしいと言える。

夏鳥

花ざくろこぼるゝ庭のせゝらぎに水こひ鳥のきては鳴なり

「花ざくろこぼるゝ庭」というのも華やいだおもむきがあり、その庭に「水こひ鳥」が来るというのである。「水こひ鳥」という呼び方には、庭の鳥をいつくしむ以上のある種の情念が込められているようである。一見平易に見える歌であるが、言葉も選びぬかれ、ほのかな艶が添えられている。

月前菊

ひるよりもこと更きくの匂へるは月の桂の露や添らん

月の光を浴びている菊の花を詠み、昼よりもひときわ匂っているという感覚的な捉え方が巧みである。あえかな菊の風姿には、こまやかな愛恋の情が込められているようなおもむきがあり、ややうがった見方をすれば、作者自らもその境涯にあった名妓の姿を想像させるものがあろうか。読み込みすぎかもしれないが、おしなべて松の門三艸子の自然詠にはおのずからこまやかな情愛の色が付与されるような感がある。

以上、歌人松の門三艸子のいわば正調と考えられる、端正な中に情念をひらめかせる作を眺めてきたが、一方で、やや俳諧的な自在な詠みぶりの作も見られる。同じく自選歌から二首引く。

猫

なかなかに人の子よりもよくなれてらうたきものはやどのかい猫

寄獣述懐

吹すさぶ嵐におちし木のは猿より所なきみをいかにせん

飼い猫をながめて「人の子よりもよくなれて」と、見ようによっては皮肉っぽくうたい、吹きすさぶ嵐に木から落ちた「木のは猿」の姿（見立ての手法か）にわが身を重ねる戯画的な詠みぶりなど、旧派歌人とだけでは言い尽くせないこの歌人の奥行きが感じられる。旧派歌人として括られるからといって、古今風の花鳥風月を詠んでいるだけではないことは、今まで見てきた旧派の歌人を含め言えることである。

なお、松の門三艸子の作品の中で、最後にぜひとも触れておきたいものに、明治二十四年の関西への旅を詠んだ一連がある。

すでに六十歳に達していた三艸子は、当時雑誌「しきしま」の選者をつとめており、旧派女流歌人として揺るぎない地位を築いていた。その三艸子が、新橋駅からはるかに西下の旅に出るのであるが、その詳細な詞書のついた一連は、当時の東海道の旅の様子を生き生きと伝えている。併せて三艸子の境涯をも印象深くつづっており、読み応えのある旅の記である。ここで詳しく見てゆく紙幅はないが、冒頭の汽車の旅の歌を数首取り上げることにしたい。（引用にあたり詞書には一部句読点をほどこした）

明治二十四とせ六月九日辰の時ばかり松の門を立出てからうじて新橋なる停車場にいたる。おくりの人々別れををしみて袖にすがるを心つよくも引はなちて車にのらんとて

後髪ひかるゝばかりふるさとの人にわかれのをしまるゝかな

時のまに品川につきぬ。思ふ事有りて

嵐をもはやのがれきて竹しばのうらやすげにもおもはるゝかな

からうじて興津といふ所にきにけり。磯辺に波のよせくるを見て

おきつなみかへるを見ても住なれしふる郷とほくなるぞかなしき

はたトンネルとか山のあなを行くにをりをりいとくらければ

をりをりに物のあやめもわかぬまであなとこやみとなりにけるかな

松の門三艸子ほどの気概ある女性にしても、明治二十四年当時の東海道の旅は心細く、大掛かりなものであったろうことが、あらためて実感される。竹しば、興津と汽車が通過してゆくにつれて旅の心がさだまってゆく様子が見てとれる。三首目までは短歌作品としてはいささか常套的な詠みぶりだが、四首目のトンネルを詠んだ歌は興味深く、一種の心の闇を詠んだ心象詠ととっても味わいのある作であろうし、一脈の新味が感じられる。

開化新題和歌の流行

明治維新は西洋の文物の急激な流入を見たが、おのずからそうした新しい事象に歌人たちの目が向けられることになった。新しい歌材として文明開化がクローズアップされることになったのである。ただ、それが歌人たちの短歌観にどれほどの変革をもたらしたかは即断できないのであるが、ともあれ専門歌人をはじめとして多くの歌人が開化新題和歌を詠み、数種類の歌集をなした点に注目すべきである。

開化新題歌集には、次のようなものがある。

・岡部啓五郎編『明治好音集』（明治八年）
・橘東世子編『明治歌集第一編』（明治九年）
・岡部邁編『明治詩文歌集』（明治十一年）
・大久保忠保編『開化新題歌集』（明治十一年、以後明治十七年へかけて第三編まで上梓される）
・佐佐木弘綱編『明治開化和歌集』（明治十三年）
・佐佐木信綱編『開化新題和歌梯』（明治十四年）

陸続と刊行された観のあるこれらの開化新題歌集は、基本的には蒸気機関車や電信をはじめとする明治維新後の新しい事物を積極的に歌材として取り入れ、歌をなしたものである。

開化新題和歌の短歌史における意義として、文明開化の波に乗って押し寄せたさまざまな新事象を積極的に取り入れたことがあげられる。その点は歌材の新機軸を示したものとして評価できるのだが、しかしながら問題は文明開化の新事象に接した驚きが抒情詩としての和歌（短歌）の器に盛ったときにどのような歌風を示しているかという点である。言うまでもなく相聞歌や挽歌など個人の根源的感情を盛ることに適した短歌形式が、明治維新の新事象をうたうだけですぐれた一首をなしうるかという問題がそこには横たわっていると考えられるのである。そのあたりに焦点を据えながら、具体的に作品を見てゆこうと思う。

この小稿では、以下先述の大久保忠保編『開化新題歌集』第一編を取り上げることにする。この歌集の冒頭数頁を眺めれば、「太陽暦」「電信機」「郵便」「汽車」「人力車」「小学校」といった歌題のもと多くの歌が並び、さらに歌数は限定的ながら、「女教師」「外国語学校」「洋字」「女学校」「農学校」「女生徒」など、その歌材の幅は多様性をはらんでいる。

太陽暦

天津日のあゆみにならふ暦にもひらけゆく世のしるしみえけり　　横山由清

汽車

すすみゆく御世の姿はときのまに千里をはしる車にぞしる　　八木雕

小学校

里の子も文の林に入立てみちをもとむる世となりにけり　　中島歌子

これらの作品は、太陽暦、汽車、小学校など明治維新後の新事象を詠み込みながら、そこに新しき世の姿を見据えている。いずれの歌にも「世」や「御世」の語が用いられ、一首の視界が自分たちが生きる世の中全体に向けられている点に特色があろう。近現代短歌が古典和歌と異なる一つの要素として、社会の激動をそのままに大きく写しとろうとする姿勢を指摘することができるかと思われるが、その最も早い時期のあらわれとしてこの開化新題和歌を指摘できるのではあるまいか。そこには伝統的な花鳥風月の美の規範のみに縛られぬ作歌姿勢がうかがわれ、前掲の中島歌子をはじめとして旧派和歌の系譜にある歌人たちが多くそれに参加している点が注目されるであろう。ただ、これらの歌はともすると概念的なものになりやすいが、さすがに掲出の中島歌子の作には「里の子」の捉え方に情愛が感じられ、一定の作品質を保持しているかと思われる。

次に特色ある作品を三首ほど取り上げ、鑑賞を試みよう。

洋字

鳥のあと今かけたれん横はしる蟹なすもじぞ多くなりゆく　　八木雕

これは、なかなかに技巧的な作である。森脇一夫著『近代短歌の歴史』（桜楓社）の解説によれば、「鳥のあと」は日本の文字であり、「蟹なすもじ」は横に書く西洋の文字（ローマ字）のことである。その西洋の文字が文明開化の世にひろまり、伝統ある日本の文字は消えていってしまうのだろうかと危惧しているのである。この歌の主意は以上のように使用される文字の移り変わりを述べているのであるが、この歌はしかし概念歌に堕してはいない。横に書くローマ字を「蟹なすもじ」と表現した見立てが巧みであり、せわしげな蟹の横歩きと、同じくせわしげな西洋文字の流入が重ね合わされ、おのずと独特の滑稽味をかもし出している。この点で一首は文芸作品としてそれなりの価値を得ていると思われる。

新聞紙

待てさく梅が香よりもうれしきはあしたの窓にひらく一ひら　小中村清矩

「新聞紙」という、明治維新の時代のメディアのあり方を写しとった作。この歌は、森脇一夫前掲書が指摘するように「梅」「香」「ひらく」「一ひら」などの縁語の技法が用いられており、伝統的な和歌の手法に則って詠まれているが、そのモチーフは朝刊をひらく心のはずみを純朴に表現したものである。一首全体に調べがととのっており、とくに下の句のリズムが韻を踏んでいて美しい。少し現代風に言えば、明治の新しき世の人々のライフスタイルの一こまがうかがわれるようで、読者の共感をさそうおもむきがある。新聞の普及という題材自体は必ずしも情感を豊かに引き出すものでもないであろうが、梅の開花を待つ庶民の心を引き合いに出しながら、下の句で「あしたの窓にひらく一ひら」と軽やかにうたいおさめたところに作者の技量が感じられ、決して概念歌に陥ってはいない。

欧花

めになれぬ花のさかりの色みてもその国人のたくみをぞしる　大脇譲翁

文明開化の世となって、西洋のさまざまなものが流入してきたが、西洋の珍しい花もその一つであった。その明治の新事象に接した驚きが率直に詠まれている。掲出歌の歌意自体は素朴なものであって、とりたててその技巧を論ずることもないであろうが、第二句の「花のさかり」という伝統的表現をもって珍しい西洋花に接した驚きを捉えようとしている点には留意したい。

言うまでもなく、和歌にあって花鳥風月は最も基本をなす歌材であり、桜花をはじめとして梅、山吹、萩、菊など伝統的な日本の花々を詠んだ和歌は膨大な数にのぼり、西行や道元の花を詠んだ名歌などがおのずと想起される。すなわち和歌における花のモチーフは、まさに和歌史の基底をなすものと言って過言ではないであろう。そのような豊饒かつ強靱な伝統をもつ花の和歌史の中に、突如全く別種の西洋花が流入し、歌人は西洋花を作品世界に取り込んでゆこうとしたのである。後の近代歌人たちによって、たとえば北原白秋のダリヤの歌をはじめ西洋花の名歌が詠まれてゆくことになるが（正確にはダリヤは江戸末期に普及している）、明治初期においては率直に驚きをあらわにし、「めになれぬ花のさかりの色みても」とうたったのである。このように見てくると、掲出歌は、花の和歌（短歌）の史的展開の中では、ある種の境界に位置する一首とも言えるのではなかろうか。

大久保忠保編『開化新題歌集』第一編より、数首取り上げた。これだけで開化新題和歌の流行を云々するのは危険ではあろうが、やはり全体として、文明開化の新事象の題材化が顕著であり、和歌本来のもつ四季の自然への親炙や恋愛感情、死者への哀悼の情などといったモチーフが引き出す情感に比べ、やや即物的な面があったのは事実であろう。新奇な題材は読者の関心をつよく惹きつけるものの、情感にはやや欠ける傾きがあったのは否めないところであろう。このことは逆に言えば、和歌本来の情感を顧慮するよりも、なおつよい文明開化の新事象への興味、関心が優先された時期があったということであろうか。

ただ、開化新題和歌の作品群を個々に見てゆくならば、先に取り上げた歌のいくつかに明らかなように、短歌作品として一定の評価を付与できるものもあると考えられる。洋字のひろまりを詠んだ八木雕の歌や、新聞を詠んだ小中村清矩の歌、あるいは小学校を詠んだ中島歌子の歌などに、そうした例が見出せるように思われる。また、欧花を詠んだ大脇譲翁の歌のように、一首の作品質としては物足りないものがありながらも、花を主要モチーフとする和歌の伝統を思い合わせるとき一定の位置づけをなしうるであろう作品も見られる。

近代短歌史の流れの中で見れば、開化新題和歌の流行は、短歌形式の内部に根ざす革新運動というよりは、明治維新という社会的な事象の奔流を写し出す器として機能した面はあろう。しかしながら、短歌形式にはそうした事象の断片を簡潔に納める働きにも看過できないものがあり、開化新題和歌をそうした短歌的現象の史的事例として捉えることもできそうである。いずれにしても、こののち近代短歌は、西洋文化流入という時代背景の下、短歌革新運動の大きなうねりの中へと移行してゆくこととなるのである。

『新体詩抄』と近代短歌

一

短歌革新の狼煙が上がるのは明治二十年代に至ってであるが、それより早く、明治十五年に近代詩歌史上、画期的な書物が刊行された。『新体詩抄』の出現である。

『新体詩抄』は、明治十五年八月、丸善より上梓された。この書は、当時東京帝国大学で教鞭をとっていた井上哲次郎（巽軒）、矢田部良吉（尚今）、外山正一（ゝ山）が執筆した詩集である。グレー、テニソンらの訳詩と創作詩からなるものであった。なお、上記の執筆者の三人はその後、井上は貴族院議員に、矢田部は東京博物館長に、外山は文部大臣になるなど、それぞれの分野で名を成してゆく人物である。

ところで、文学史上、『新体詩抄』所収の詩作品の評価は、必ずしもかんばしいものではない。森鷗外をはじめ文学作品としての質の低さを指摘する批評家は少なくなかった。にもかかわらず、『新体詩抄』は近代詩歌史上、注目すべき位置を占めている。

それは、明治十年代の文学状況の中で、新体の詩を主張すること自体に、文学史を動かす大きな力が内包されていたからである。むろん、収録された詩篇の中にも、「グレー氏墳上感懐の詩」（矢田部尚今）のような佳作も含まれていたのだが、それ以上に『新体詩抄』においては、序文等に記された文学的な主張に清新さが流露していたのである。著者三人それぞれが記す序文には、何故自分たちが新体の詩を制作しようとしたかが、わりあい率直に語られている。すなわち、従来の形式にとらわれない平常の語を用いた詩の提唱は、こののちの日本近代の詩歌史の展開を先取りしていた面が少なくなかったのである。そして、こうした流れが、近代の短歌史の流れとも、密接にかかわっていることは言を俟たないところである。

最初に、『新体詩抄』の作品を具体的に一瞥しよう。尚今居士（矢田部良吉）による「シエークスピール氏ハムレット中の一段」と題する訳詩の冒頭を次に引く。

ながらふべきか但し又　　ながらふべきに非るか
爰《ここ》が思案のしどころぞ　　運命いかにつたなきも
これに堪ふるが大丈夫《ますらを》か　　又さはあらで海よりも
深き遺恨に手向うて　　之を晴らすがもの丶ふか
どうも心に落ちかぬる　　扨《さて》も死なんか死ぬるのは
眠ると同じ眠る間は　　心痛のみか肉体の
あらゆるうめき打捨つる　　是ぞ望のはてならん

これはシェイクスピア『ハムレット』の、「To be, or not to be: that is the question.」ではじまる有名な一節である。原文と訳詩とは若干ニュアンスの異なるところもあるようだが、全体が七五調の音律でととのえられている。現在から見ると、一見古風な様式のようにも見えるが、「どうも心に落ちかぬる」のような平常語を用い、加えて連綿とつづく自由な形式は、当時の状況の中で必要とされつつあったものと言える。この七五調のスタイルは『新体詩抄』全体を貫いているのであるが、この七五調について、同書の「凡例」ではこう述べられている。

和歌ノ長キ者ハ、其体或ハ五七、或ハ七五ナリ、而シテ此書ニ載スル所モ亦七五ナリ、七五ハ七五ト雖《イヘド》モ、古ノ法則ニ拘《トラ》ハル者ニアラズ、且ツ夫レ此外種々ノ新体ヲ求メント欲ス、故ニ之ヲ新体詩ト称スルナリ、

同じ七五調であっても、古典の和歌の法則にはとらわれないことが明言されている。古典的な和歌の約束ごとにはとらわれず、思想内容を盛りやすい器として、まずは七五調が採用された事情が語られている。また、同じ「凡例」中には「西洋ノ詩集ノ例」にならって詩句を「分カチ書キ」にしていることが記されているが、この詩句の分かち書きは、「何でもないことのようであるが、重大な変革で、日本在来の長歌は通例、リズムを形成する句の切れ目で行を分けることはなかった」（『角川書店刊『日本近代文学大系明治大正訳詩集』注釈、森亮執筆）のである。

さて、ここで『新体詩抄』の執筆者らが、短歌をはじめ従来の詩形式との違いをどのように認識していたのかを、あらためて見てゆくことにしたい。三人のそれぞれの序文を引いてみよう。

・且ツ夫レ泰西之詩ハ、世ニ随ヒテ変ズ。故ニ今之詩ハ、今之語ヲ用ヒ、周到精緻、人ヲシテ翫読倦マザラシム。是ニ於テカ又曰ク、古之和歌ハ、取ルニ足ラザルナリ。何ゾ新体之詩ヲ作ラザル

カト。（原文は漢文。便宜上書き下し文とした。書き下しにあたっては、前記森亮の注釈を参照した）
（井上哲次郎）

・我邦人ノ従来平常ノ語ヲ用ヒテ詩歌ヲ作ルコト少ナキヲ嘆ジ西洋ノ風ニ模倣シテ一種新体ノ詩ヲ作リ出セリ。
（矢田部良吉）

・殊に近世に至りては、長歌は全く地を払へる有様にて事物に感動せられたる時の鳴方は皆三十一文字や川柳や簡短なる唐詩と出掛け実に手軽なる鳴方なればなり、蓋し其鳴方の斯《か》く簡短なるを以て見れば、其内にある思想とても又極めて簡短なるものたるは疑なし、甚だ無礼なる申分かは知らねども三十一文字や川柳等の如き鳴方にて能く鳴り尽すことの出来る思想は、線香烟花か流星《よばひぼし》位の思に過ぎざるべし、少しく連続したる思想、内にありて、鳴らんとするときは固より斯く簡短なる鳴方にて満足するものにあらず。
（外山正一）

ここには、いくつかの刮目すべき主張が見られる。西洋の詩形式に基づき、「今之語」「平常ノ語」を用いて新しい日本の詩が制作されるべきこと、和歌や川柳など従来の日本の詩形式は「簡短」であって、「少しく連続したる思想」を盛るには適せざる形式であること、等である。こうした主張は太平洋戦争後の第二芸術論の提唱と驚くほど似通ったものであるが、このことはすなわち、日本近代の短詩型文学が背負う課題として、日常語（口語）の採用と、「連続したる思想」の取り込み方の問題が、半ば近現代を通じての普遍的なテーゼとして横たわっているということであろう。これに対して、短歌の領域に焦点を絞れば、大正末の雑誌「日光」の口語歌運動や斎藤茂吉「死にたまふ母」の連作の試みをはじめとして、幾多の変革や試行がなされてきたわけである。

以上のように見てくると、『新体詩抄』収録の詩篇への批判には概して手厳しいものがあったものの、『新体詩抄』序文の意義には、近代の詩形式がはらむ根本的問題を衝いた発言としてきわめて重いものがあったと言えよう。

二

明治十五年という相当に早い時期に、『新体詩抄』は従来の日本の詩形式がはらむ問題点を鋭く指摘していたが、一方でしばしば言及されるように、収録詩篇においては必ずしも結晶度の高い作品が得られてはいなかった。

今、あらためて詩篇を眺めてみても、そうした感は否めないところがあるのは事実であろう。が、先にも触れた「グレー氏墳上感懐の詩」のように現在において佳作と認められているものもあり、さらに明治十年代という詩形式のまさに草創期という時代相をふまえるとき、一定の意義を有する作品もあるかと想像される。今、それらを概括して論ずる準備はむろんのことできていないが、『新体詩抄』中の幾篇かの詩を具体的に読みすすめつつ、それぞれの詩篇がはらむものを見出してみたいと思う。

最初に、『新体詩抄』冒頭の詩「ブルウムフォールド氏兵士帰郷之詩」を一瞥しよう。この訳詩は、ヽ山仙士（外山正一）によるもので、原作はイギリスの詩人ロバート・ブルームフィールド（一七六六―一八二三）の詩「The Soldier's Home」である。

この詩は、二十年の歳月を外地に戦いつづけた老兵が帰郷した感慨をうたったもので、原詩は七十八行よりなる長大なものである。ゝ山仙士が訳したのは、そのうちの四十六行分であり、いわゆる抄訳である。冒頭から数行を引いてみよう。

涼しき風に吹かれつゝ　ありし昔の我父の
椅子にもたれてあるさまは　実に心地克《よ》くありにける
その座をしめし腰掛の　堅く作れる臂掛に
よそぢの昔荒〳〵と　刻みのこせる我名前
猶あり〳〵とみゆるなり　柱に掛し古時計
元にかはらぬ其音色　聞きて轟く我胸に
満る思は猶切に　はりさく如く堪がたし

これは老兵が郷里の家に帰ってきた場面である。詩といっても多分に叙事的な展開があり、風景がわりあい細緻に描かれている点に特色があろう。

この詩は基本的には七五調である。原詩の叙景表現がしっかりしているせいもあろうが、それなりに実感をともなった風景が描かれていると思われる。そして、そうした詩篇は、部分的にみれば、短歌表現の一部と重なるところがあるようにも思われるのである。たとえば、前掲詩篇から、「涼しき風に吹かれつゝ　ありし昔の我父の／椅子にもたれてあるさまは」の部分だけ取り出すならば、この内容を五七五七七の流れに変換することは、それほど難しいことではないのではなかろうか。また、同様に、「堅く作れる臂掛に／よそぢの昔荒〳〵と　刻みのこせる我名前／猶あり〳〵とみゆるなり」や、「柱に掛し古時計／元にかはらぬ其音色　聞きて轟く我胸に／満る思は猶切に」の部分も、それぞれ一首の短歌作品に置換しうるものではあろう。調べも五音と七音から成り、短歌的な調べと共有する部分があるかに思われる。

このように、ゝ山仙士による「ブルウムフォールド氏兵士帰郷之詩」は、新体の詩と銘打ちながらも、実質的に短歌表現との親和性をもちうる面も存したのである。ただ、今述べたような短歌的イメージのまとまりが一篇の各所に認められはするけれども、それぞれのイメージの末尾に、「実に心地克《よ》くありにける」「ありさく如く堪がたし」といった無造作で説明的な所感が添えられており、文学表現としての密度がやや稀薄化していることは否めないであろう。ここに述べたことから『新体詩抄』全体を概括することはもとより無謀ではあるが、『新体詩抄』がその序文等に示された卓抜な先見性に比し、詩作品の方の評価が低い要因の一つとして、この説明的叙述をあげることができるように思われる。『新体詩抄』の中には、たとえば「社会学の原理に題す」(ゝ山仙士)のように、物の道理をそのまま七五調でうたったものもある。一部引いてみよう。

宇宙の事は彼此の　　別を論ぜず諸共に
規律の無きはあらぬかし　　天に懸れる日月や
微かに見ゆる星とても　　動くは共に引力と
云へる力のある故ぞ　　其引力の働は
又定れる法ありて　　猥に引けるものならず

ここにつづられている内容は、本来の詩表現の素材としてふさわしからぬものと言うことができよう。学者としての論説をそのまま七五調の詩作品として置き換えたおもむきがあり、『新体詩抄』における文学意識の問題が横たわっているかと想像されるが、ここでは言及のみにとどめておく。

再び「ブルウムフヰールド氏兵士帰郷之詩」に戻ろう。その詩篇全体の構成に目を向ければ、前記の引用部分について、二十年ぶりに家郷に戻った兵士の嘱目と感慨がつづられてゆき、さらに父との再会、幼い姪との出会いが語られて一篇を閉じている。概して後半は情景描写よりも感慨、回想をつづる部分が多く、「恨はいとゞいやまされ」「せき来る涙関あへず」「心に掛かる雲もなし」といった常套的な言いまわしが目につき、前半に比していくぶん弛緩した印象は拭えないところがあろう。もっとも、何と言ってもこれは明治十五年段階の詩表現であり、当時における新しさを考慮する必要があることはむろんではあるが。

今回見てきたヽ山仙士こと外山正一の翻訳による「ブルウムフヰールド氏兵士帰郷之詩」は、原作の詩自体の卓抜さもあり、長詩として一定のレベルを保っているかと思われるが、注目すべきはその中に、先に見たような短歌的な素材が見られ、それが七五調の調べに乗せて抒情化されている点であろう。いわゆる鉄幹・子規以前の近代短歌的要素の胚胎と見なしうるかどうか若干ためらいもあるが、ひとまず注視しておきたいと思う。

三

『新体詩抄』に収められた作品の中で、最も知られている詩篇を取り上げよう。その中に近代短歌の流れとつながるどのような特色が見出されるだろうか。

矢田部尚今（良吉）による訳詩「グレー氏墳上感懐の詩」がそれである。原詩は、「Elegy written in a Country Church-yard」（田舎の教会の墓地で書かれた哀歌）である。原詩の作者は、トーマス・グレー（一七一六―一七七一）で、ケンブリッジに学び、ヨーロッパ各地を旅した後、母校の特別研究員として古典や中世北欧文学等を研究した人物である。晩年は教授に就任しているが、生涯にわたって母校の学寮でひっそりと研究生活を送り、若い頃から隠遁的な志向をまとった人であった。この辺の人物像もある意味で日本人好みかもしれない。

さて、原詩は、農村の墓地にたたずみながら、人の世の貧しさと富貴のありさまを思い、人生のはかなさを凝視することをモチーフとしたものであるが、矢田部尚今の翻訳は、基本的には原詩の内容をふまえながらも、所々日本的な無常観を濃く揺曳させる形をなしている。逆に言えば、トーマス・グレーの詩のモチーフ自体に、日本的な情感や思想を想起させやすいところがあったとも言えるであろうか。

次に、「グレー氏墳上感懐の詩」の有名な冒頭部を引いてみよう。

山々かすみいりあひの　　鐘はなりつゝ野の牛は
徐《しづか》に歩み帰り行く　　耕へす人もうちつかれ
やうやく去りて余《われ》ひとり　　たそがれ時に残りけり
四方《よも》を望めば夕暮の　　景色はいとゞ物寂し

唯この時に聞ゆるは　飛び来る虫の羽の音
遠き牧場のねやにつく　羊の鈴の鳴る響

猶其外に常春藤《つた》しげき　塔にやどれるふくろふの
近よる人をすかし見て　我巣に寇《あだ》をなすものと
訴へんとや月に鳴く　いとあはれにも声すなり

　原作の叙景表現の巧みさにもよろうが、夕暮れの田園風景が印象鮮明に描かれている。七五調の連続による長詩ではあるものの、七五調を二度重ねて一行となし、さらに三行でもって一連とする詩形式が、日暮れの田園の景のひとつひとつを焦点化し、きわやかに縁どることに成功しているようである。その意味では、「二重七五調三行」（この呼称は、角川書店刊『日本近代文学大系　明治大正訳詩集』の『新体詩抄』注釈で森亮が用いている）というひとまとまりの枠の中に焦点化されたイメージや詩情が、連綿とつづいてゆくわけであり、短歌の連作形式と一脈似通った形をとっていることが注目されよう。むろん、二重七五調三行の形式は短歌形式と比べれば音数の容量も大きく、また短歌形式一首が保持しうるような独立性も稀薄なのであるが、右に引いた冒頭三連を見ても明らかなように一連から一連に移る連想の飛躍には、短歌の連作と似た面が見られるようにも思われるのである。

　ここであらためて第一連に目を向けてみると、その内容はある意味で短歌作品にも転換できそうなものである。たとえば、一連前半の「山々かすみいりあひの　鐘はなりつゝ野の牛は／徐《しづか》に歩み帰り行く」で一首をなすこともできそうであるし、同様に一連の後半を切り取っても（もとより乱暴な所作だが）、一首にならないことはないであろう。そして、詩篇自体の内容の鮮明さもあり、それなりの景と情調をなす短歌作品となりうる可能性もあろう。

このように書くと、我ながらいささか粗雑な論を記しているようにも思えてくるのだが、実は『新体詩抄』が刊行された当時、実際に掲出の部分を短歌作品に置き換えつつ『新体詩抄』を批評した人物がいるのである。

それは桂園派の歌人池袋清風である。この池袋の作品との比較研究はすでに吉田精一によってなされているが（前記『日本近代文学大系　明治大正訳詩集』の「解説」参照）、重要なところなのであえて引く。池袋清風は「国民之友」第三十九号（明治二十二年一月二十二日）誌上で厳しく『新体詩抄』を批評しながら、併せて「グレー氏墳上感懐の詩」の冒頭部を短歌作品や長歌に置き換えている。たとえば、「山々かすみいりあひの　鐘はなりつゝ野の牛は／徐《しづか》に歩み帰り行く」の部分について、

悲しくてけふもくれぬと告る也あすかの寺の入相のかね
くれ渡る野末はるかに声すなり野かひの牛も今かへるらむ

といった短歌作品を詠んで比較を試みている。また、同じ部分を長歌にも詠んでいて、

あし曳の、遠山寺の、入相の、鐘のひゞきは、かへりこぬ、けふの別を、告にけり、
野末はるかに、うちむれて、野かひの牛の、帰り行、声もあはれに、聞えつゝ、（以下略）

と表現している。

このことは、少なくとも「グレー氏墳上感懐の詩」が、その詩篇を分析すれば短歌的な内容と調べをもちえていること、また長歌でも十分に対応できるものであることを暗示しているであろう。池袋の主張は、おそらくは『新体詩抄』が「新体の詩」と称して表現した内容は十分に従来の和歌で事足れるというところにあるのであろう。たしかに池袋の作品は「グレー氏墳上感懐の詩」の詩表現の内容を移し変えているとは言えよう。が、強いて言えば、いささか情調が過多なのではあるまいか。池袋の短歌作品の「悲しくてけふもくれぬ」や長歌の「鐘のひゞきは、かへりこぬ、けふの別を、告にけり」などに見られる悲哀感は、和歌の古典的なモチーフでもあるのだが、「グレー氏墳上感懐の詩」の叙景表現はわりあいに感情表出は抑えられ、絵画的とも言える風景の輪郭のきわやかさがある。先述の吉田精一「解説」の評言にもとづけば、池袋の和歌の「雅言調」に対し、矢田部尚今の訳詩には「句を分け、連を放つという様式の上から、自然句や節の句切りが短く、かっきりとした言い切りをもつことが多い」という印象の鮮明さが認められるのである。そこに近代の詩としての要件を吉田は見ている。

いずれにしても、明治十五年という近代文学の最初期の段階で提出された「新体の詩」は、当初は歌人や批評家から論難されることが多かったものの、個々の作品を仔細に見てゆくとき、汲むべき新味の少なくないことを思わずにはいられない。

萩野由之の和歌改良論

一

『新体詩抄』の項で述べたように、現在短歌界で論じられている口語と文語の問題をはじめとして、短歌形式の容量の狭小さや歌材の問題などは、およそ百年前に現代と同様な課題がすでに提出されていたのである。和歌の伝統に果敢に斬り込もうとする当時の潮流の激しさは驚くほどで、明治維新という歴史上の転回点が醸成する熾烈な変革のエネルギーがなせるわざであったろう。

この短歌変革のエネルギーはやがて正岡子規・与謝野鉄幹らの短歌革新運動へと発展してゆくのであるが、小稿ではその運動に至る以前の胎動を、いましばらくたどってゆくことにしたい。

これから触れる萩野由之もその胎動期を支えた一人である。萩野由之は万延元年（一八六〇）佐渡に生まれ、東京帝大の古典科を出た。その後、東大教授、日本学士院会員をつとめるなど古典研究に大きな業績を残した。その萩野が近代短歌史上にしるした足跡として、和歌改良論は逸することのできないものである。

とくに、「東洋学会雑誌」第四号（明治二十年三月）に掲載された「小言」なる文章が知られている。随筆風なものではあったが、『新体詩抄』や開化新題歌集の刊行など折りからの和歌見直しの流れの中にあって注目された。

その主張は、先に触れた『新体詩抄』の序文等と通底する類いのものであるが、その文中に流露する気宇の雄々しさに特色がある。おそらくは、明治期の近代国家建設へと向かう上昇的な思潮の反映と思われ、その方向性はすでに指摘されているように与謝野鉄幹の「亡国の音」へとつながってゆくものである。

最初に、和歌の本質を両断するがごとき概説の一節を見てゆこう。

抑《そもそも》歌ノ目的ハ、人ノ性惰《ママ》ヲ調和スルニハ、格別ノ功能ヲ有スルモノナリ、人ノ心ノ事ニフレテ、喜怒哀楽ノ種々ニ変動スルコトハ、古モ今モ変ルコトナシ、然ルニ心ノ感動ヲ起サシムル事物ト、感ジテ外ニ発スル詞トハ、時世ニ連レテ異ル故ニ古事記ノ歌ニハ古事記時代ノ事物ト詞トアリ、万葉集ニハ万葉時代ノ事物ト詞トアリ、夕〻吾邦ノミナラズ、支那ノ古歌ニモ、西洋ノ古詩ニモ、皆自《おのづと》其時代ノ事物ト詞トアルナリ

萩野はこのように述べ、「事物」と「詞」とのつながりはそれぞれの時代に固有のものだとする。そして、先に『新体詩抄』の著者たちが述べたのと類似の結論に至る。

サレバ今ノ事物ニヨリテ感動セシ情ハ、今ノ詞ニテ述ブベキ道理ナリ、此道理ヲ推考ヘテ、陋習ヲ破リ、新面目ヲ開クコトヲ勤ムベシ、サスレバ歌モ真ノ有用ノモノトナルナリ

現代の歌は現代の言葉をもってうたえ、とする主張である。ただ、萩野の場合に特徴的なことは、

歌を「有用」なものとならしめんとする姿勢がことのほか顕著な点であろう。文学に対してはっきりと「有用」を求めようとする姿勢は現代から見るとやや違和感があるが、そこに近代国家建設を至上命題とする明治の時代精神を汲むべきであろうか。先の引用文冒頭の「抑《そもそも》歌ノ目的ハ、人ノ性惰《ママ》ヲ調和スルニハ、格別ノ功能ヲ有スルモノナリ」という言挙げにしても、古今集の序の流れを受け継ぎながら、より実践的実利的なひびきがつよい。とくに「功能」という語は、国民の教育、教化の具として捉えているようなニュアンスを帯びている。

さて、萩野は右の概説をふまえ、和歌が「有用ノモノ」となり「新面目ヲ開ク」ための具体的なことがらを、「歌題」「歌格」「歌調」「歌材」の四つの柱を立てて論じている。

まず、「歌題」について見てゆく。萩野は冒頭で、

歌ハ題詠ニナリ、《ママ》テヨリ品下リシハ勿論ナリ

と明確に論断して見せる。ただ、ここで興味深いのは、先述のように「有用」たることを評価軸とする萩野が次のように述べている点である。

サレドモ初ハ題詠ヨリ入ランモ一ノ方便ナリ、但《ただし》詠史ノ題（注―歴史上の事柄を歌の題とすること）ヲ多クシテ、一ハ以テ学問ノ資トシ、一ハ以テ其識見ヲ発達セシムルノ具トナサバ、目的タル感情ニ於テモ、旁及スル利益ニ於テモ大ナルベシ、是モ短歌ノミニテハ窮屈ナル故、長歌ニテ神武東征ノ事、倭 武《やまとたける》蝦夷ヲ撃ツコト、一谷合戦、大塔宮熊野落、或ハ古今ノ英豪、孝子義人等ノコ

トヲモ作リテ詠マバ、悲壮トナリ感慨トナリ、コレヲ児童風誦セバ、不知不識歴代ノ大勢ヲ歌ニテ知ルコトトナリ、大ニ旧習ノ陋ヲ一洗スベシ

ここでは、題詠によって歌を詠むならば歴史上の事柄を詠んで学問の助けとし、併せて識見を高める具とすべきである、と述べられている。短歌文芸の発展というよりは、短歌を用いての学問や教育の発展に萩野の主眼はあるかのようである。

さらに萩野は、短歌では「窮屈」だからもっと大きな容量をもつ長歌を用いて神武東征や一の谷合戦のことなどを教えるべきだと説いている。真正面から和歌の有用性を探究する姿勢は際立っている。現在から見れば一種奇異にも映るが、こうした方向に初期の短歌革新の精神が向けられていたことが、一種の変革のエネルギーを生む原動力であった点は見すごしてはならないであろう。

このほか、「歌題」の項において萩野は、雪月花などの自然の風物の題詠にも言及し、

又雪月花等ノ景物ノ題詠モ、強《あなが》チ悪キニハアラザレドモ、今ノ歌題ハ其瑣細ノ分界ヲ立テ、、窮屈ニスルガ故ニ、意モ詞モ自在ナルコト能ハズ、概《おほむね》千首一轍ナリ、人ノ言ハヌコト言ハントスレバ、繊巧理屈ニ墜チテ風雅ノ旨ヲ失ヘリ、故ニ心アル人ハミナ去テ詩ヲ学ブ

と断じている。題があまりにも細かく分かれていて「窮屈」であるために歌心や表現を自在にはたらかせることができず、心ある人は和歌を捨てて詩の方へ行ってしまうというのである。なお、ここでいう「詩」は文脈から漢詩のことと思われる。この漢詩自体はその後日本近代文学の主流からはそれ

てゆくことになるが（それでも、たとえば漱石が小説を書きながら、一方で漢詩を作っていた事実も興味深い）、こと短歌形式に関する限り、萩野の主張は現代に訴えるものを失ってはいないのではなかろうか。

二

萩野由之の和歌改良論は、具体的には「歌題」「歌格」「歌調」「歌材」の四項目に分けて、和歌のあり方を論じている。「歌題」については前稿で述べたので、その他の三項目について萩野の考えを見てゆこう。

まず「歌格」であるが、これは短歌、長歌等の和歌の形式を指しているようである。

万葉以上ニハ長歌多キニ、古今以下ハ短歌ノ十ガ一ニモ足ラズ

萩野はこのように記し、必ずしも短歌だけを使って表現しなくてもよい旨を述べる。

人ノ心ノ働キハ千変万化スベシ、イツモ三十一字ニテ賄ハルベキニハアラズ、其意境ニ応ジテ、長歌トモ短歌トモナルベシ、句ハ必シモ五七五七ニ限ル可ラズ。上古ノ歌ニ長短均《ひと》シカラザル句アルハ、却テ天真ヲ見ル事アリ

千変万化する人の心の動きを盛る器として、短歌でうたうか長歌でうたうかは、必ずしも固定すべ

きではないという。さらに上古の歌（万葉以前の歌謡類か）の調べの「均《ひと》シカラザル」ところがむしろ「天真」の境地をうかがわせるという。要するに、表現しようとする内容によって「歌格」（和歌の形式）を変えるというのである。

当然のことながら一理ある考え方ではあるが、これは現代の文学観からすると、いささか違和感があるのではなかろうか。現代ではむしろ、各人が選びとった文芸形式を通していかなる表現が可能か徹底して探求してゆくのが一般的ではあるまいか。実際、短詩型文芸では、表現内容によって短歌と俳句を使い分けている人はごく少数であろう。短歌の領域に関して言えば、短歌形式の器の小ささを克服する方途としての連作論や、現代に短歌を生かす方途としての口語や破調（あるいは自由律）の試みなどを指摘できるのであるが、少なくとも萩野自身はそうした短歌の内側からの改革を進める方向には踏み込まなかった。

萩野由之にあっては、短歌なら短歌の、一つの和歌形式の可能性を徹底して究めようとする姿勢がいささか稀薄であったと言えるのではなかろうか。そして、そうした考え方の背景には、前稿でも言及したような短歌の「有用性」を重視する姿勢があったと思われる。このような傾向をどう見るかはむずかしいところだが、萩野の和歌改良論が発表された明治二十年前後においては、時代の気運として短歌形式自体を内部から改革し、その可能性を徹底して探求してゆこうとする方向性がいまだ十分に熟してはいなかったと言えようか。

次に、「歌調」の項に目を移そう。これについての萩野の論は明解で、後の与謝野鉄幹の「亡国の音」につながるものである。

歌ハ恋ヲ主トシテ、物ノ哀レヲ知ルト云フコトヲ口実トスルコト、甚《はなはだ》宜シカラヌコトナリ、物ノ哀レハ怯懦ノ風ヲ導ク本ニシテ、歌調ノ快活ナラザルハ重《おも》ニ物ノ哀レヲ主トスルヨリ来ルコトアリ

恋愛を主題とする和歌に親しむことが、「怯懦ノ風ヲ導ク」因になるという。さらに、世の歌人たちは「鬚眉イカメシキ男子」であっても、月を見ては嘆き、虫の声を聞いては悲しみ、春の明け方や秋の夕べに何かにつけて涙を流すありさまで、「日本国人ガ古来尚武ノ気象」もゆくゆくは消滅してしまうのではないかと危ぶんでいる。現代では、『源氏物語』を中心とする平安文芸の「もののあはれ」の美意識はきわめて高く評価されているのであるが、当時の上昇的な国家建設の状況の中で、あえてこうした断言的なものの見方がされたのであったろう。このような見方の延長線上に、落合直文や与謝野鉄幹のいわゆる「ますらおぶり」の短歌が詠まれてゆくわけである。萩野の和歌改良論の提唱から五年後、第一高等中学校の「校友会雑誌」（明治二十五年五月）に発表された落合直文の有名な作品をあげてみよう。

緋縅《ひをどし》の鎧をつけて太刀はきてみばやとぞ思ふ山桜花

もののふの勇姿と優雅な美意識を融合させたもので、直文は「緋縅の直文」として広く知られたようである。ここから鉄幹の評論「亡国の音」（明治二十七年）や、

韓山《からやま》に、秋かぜ立つや、太刀なでて、われ思ふこと、無きにしもあらず。

などの歌（明治二十八年作）へは、まさにひとまたぎである。落合直文にしても、与謝野鉄幹にしても、必ずしもますらおぶり一辺倒の歌人ではないが、明治二十年代というこの時期にあえて勇壮なる歌を詠ましめる力が、一つの時代思潮としてはたらいていたと言えるであろう。

萩野の和歌改良論に戻ろう。第四の項目として萩野が立てているのが「歌材」である。名所を詠むにあたり、「時ノ変遷、地ノ有無ニモ頓着セズ」一首をなすことを批判し、ほととぎすや花橘などの歌材を昔のままに用いることの安易さを指摘している。さらに興味深いのは、漢字の字音を歌に詠みこむことの是非に触れているところである。

物ノ名ハ電信ニモアレ、汽船ニモアレ、字音ニテ呼ベルモノハ、其儘《そのまま》ニ読ミ入ルベキコトナリ、洋語ナルモ亦然リ、世ニハ字音ヲ嫌ヒテ、電信ヲ糸ノ便リ、汽船ヲ黒船ナド、カヘテ詠ミタルモミユ、カリテハ後ノ人ノミカハ、今ノ人モ解シ難カルベシ

当時、短歌にはなるべく字音を混ぜない方がよいという考え方が一部にあったらしく、こうした主張を述べているのである。たしかに開化新題和歌の作品にはそうした傾向の作が多くある。萩野はその考え方には例外もあることを述べて（例として、たとえば源実朝の「時によりすぐれば民のなげきなり八大竜王雨やめたまへ」の歌をあげている）、要は「運用ノ工拙ニヨルベキ」ことを提唱している。

以上、萩野由之の和歌改良論の四項目の主張について見てきた。なお、最後に萩野は、短歌が事実

をどう詠むかについて、重要な発言をしている。

尚、末ニ言フベキコトハ、歌モ他ノ書画ナド、同ク、事実ト美術トノ二ツノ性質ヲ具フルモノナレバ、アラユル歌ハ、悉ク事実ノミニ為シガタキコトアラン

歌は、事実を踏まえつつも、美術の部分が必要とされる旨を述べている。いわば美的要素を肝要とし、場合によっては虚構のはいり込む余地を認めているのであるが、それを「美術」と呼んでいるのは印象深い。そこに萩野の美的価値観がうかがわれるように思う。

Ⅱ　落合直文とあさ香社

落合直文の登場

一

緋縅《ひをどし》の鎧をつけて太刀はきてみばやとぞおもふ山桜花

明治二十五年五月の第一高等中学校「校友会雑誌」にこの歌が発表されると、生徒たちの間に熱く支持され、かれらは高らかにこの歌を朗誦したという。作者は当時教鞭をとっていた落合直文であり、生徒たちから「緋縅の直文」と呼ばれ、絶大な共感を得た。明治初期の欧化主義に対する反省が見られ、国粋主義的な気運が高まりつつある時代の空気も、この歌への支持を高からしめたと言えようか。日清戦争が起こるのはこの歌の発表された二年後である。

落合直文は国文学者であると同時に、歌人たることを本領とした。そして、緋縅の歌を発表した翌年には、あさ香社を設立し、近代の短歌革新運動の拠点として多くの歌人を輩出した。与謝野鉄幹、尾上柴舟、金子薫園など、その後の明治短歌史を牽引する歌人たちは落合直文の許から飛躍していった。そのような落合直文という文学者のありようを、しばし立ち止まって考えてみたいと思う。

最初に、落合直文研究において必読の書である前田透の遺著『落合直文―近代短歌の黎明―』（昭和六十年十月、明治書院）にもとづき、直文の横顔をたどっておこう。

落合直文は、文久元年（一八六一）陸奥国本吉郡（現在の気仙沼市）に生まれた。父の鮎貝太郎平盛房は、仙台藩伊達家の重臣であった。直文は次男で、幼名を亀次郎といった。のちに、あさ香社を設立した直文をたすけ、与謝野鉄幹とも交流をもった鮎貝槐園（房之進）は三男、直文の弟にあたる。

直文は明治七年、仙台にあった神道中教院に入学したが、その中教院の総督落合直亮に才を見込まれ、養子となった。その後、伊勢の神宮教院に学んだのち、明治十五年、東京大学古典講習科に入学を果たした。同窓には、後に和歌改良論を唱えた萩野由之がいる。

在学中の明治十六年頃、直文は落合直亮の次女竹路《たけじ》と結婚するが、翌十七年には兵役のため大学の中途退学を余儀なくされた。連隊では看護卒を志願したという。この兵役は思いもよらぬ事態で、大学側も学業による免除を当局に願い出たが、かなわなかった。

除隊後は、皇典講究所、国語伝習所、第一高等中学校、東京専門学校、国学院等で教鞭をとるようになる。

そうした中で、明治二十一年「東洋学会雑誌」に発表した「孝女白菊の歌」、翌二十二年「国民之友」夏期附録『於母影』に発表した訳詩「笛の音」によって広く注目され、詩人としての地歩を築いた。その後、明治二十六年にあさ香社を設立、後に近代短歌を背負う歌人たちを輩出してゆくことになる。

このように、落合直文の活動はきわめて精力的なものであったが、やがて病（糖尿病）を得て第一高等学校教授の職を辞し、療養生活にはいっている。そして、明治三十六年十二月十六日、四十三歳で没している。その後、『萩之家遺稿』（明治三十七年）、『萩之家歌集』（明治三十九年）、『落合直文集』

（昭和二年）等の著作が明治書院より刊行された。

右のような落合直文の文学活動について、その初発とも言うべき「孝女白菊の歌」をめぐり、まずは一瞥しようと思う。

「孝女白菊の歌」は、明治二十一年から翌年にかけて「東洋学会雑誌」に分載され、詩人落合直文の名を高からしめた作品である。全篇が典雅な七五調で統一されているが、そのゆたかな情調とともに看過できないのは、その叙事性である。書かれている内容自体は、ほとんど短篇小説といってよいものである。もともとは井上巽軒（哲次郎）の漢詩「孝女白菊詩」（四〇四行の長大なもの）にもとづいたものであるが、その抒情と叙事の融合した形式は興味深い。

作品の筋は、九州阿蘇の山里に暮らす少女白菊が、狩りに出たまま帰らぬ父（西南の役で賊軍に加わって敗走し、阿蘇の地に逃れていた）をさがしに家を出て、さまざまな運命に遭う物語である。それは波瀾万丈といってよいものである。最後は、再び帰ってきた父に兄を加え、白菊と三人むつまじく暮らすところで終わっている。

このように、「孝女白菊の歌」は物語としてもおもしろく、当時評判となったのもうなずけるのだが、それでは、この作品を近代短歌を考える側から眺めたとき、どのような特色が見出せるのであろうか。物語のおもしろさもさることながら、詩としてのゆたかさがそこに包摂されていなければならないであろう。

阿蘇の山里、秋ふけて。ながめさびしき、夕まぐれ。
いづこの寺の、鐘ならむ。諸行無常と、つげわたる。」

をりしもひとり、門に出て。父を待つなる、少女あり。」
袖に涙を、おさへつゝ。憂にしづむ、そのさまハ。
色まだあさき、海棠の。雨になやむに、ことならず。」
父ハ先つ日、遊猟《カリ》に出て。今猶おとづれ、なしとかや。」
軒端に落る、木の葉にも。かけひの水の、ひゞきにも。
父やかへると、うたがハれ。夜な〳〵ねぶる、をりもなし。」
今宵ハ雨さへ、ふり出でて。庭の芭蕉の、音しげく。
鳴くなる虫の、こゑ〳〵に。いとゞあハれを、そへてけり。」

「孝女白菊の歌」の冒頭の数行である。なお、原文は読点が白ゴマ点となっているが、引用においては便宜上通常の読点を用いた。また、原文の文字にはおびただしく圏点が付されているが、これもすべて省いたことを諒とされたい。

本文を眺めてみると、七五調が延々とつづいているわけであり、基本的には『新体詩抄』と同じ形式であるが、一つ目新しいのは、カギカッコの使用法である。閉じるカギカッコだけが行末に置かれている。これは、どうやら内容のひとまとまりをあらわしているようである。叙事的でありながらも、詩としての一定のまとまりを示しており、それが連続して数珠つなぎになっているようにも受けとれる。現代の短歌の連作とはちがう形ではあるが、ある種の類似点もあるかに思われる。

たとえば、引用文中の、最初の二行（「阿蘇の山里〜諸行無常と、つげわたる。」）までをとり出してみると、そこだけで短歌一首のイメージの量とほぼ等量であることが看取される。同様に「袖に涙を〜雨になやむに、ことならず。」の二行も、「今宵ハ雨さへ～いとゞあハれを、そへてけり。」の二行も、叙景表現の中にそこはかとない心情が流し込まれ、短歌一首とほぼ相当する内実を有している。また、それぞれに自然の風物の描写に見るべきものがあり、文学的価値にも一定のものがあるように思われる。

このように「孝女白菊の歌」は、音数律は短歌とは異なりながらも、短歌的抒情と連繫するものが色濃く認められたのである。

二

落合直文の長詩は、「孝女白菊の歌」をはじめいくつかある。鬼界が島に流された親子の境涯をうたった「孝女しのぶの歌」（「少年園」明治二十三年一月～三月）、楠木正成に材をとった「桜井の里」（「国文」明治二十六年五月）などが、歴史的な素材をふまえた同系統の作品としてある。森脇一夫『近代短歌の歴史』（桜楓社）によれば、

青葉茂れる、桜井の、
里のわたりの、夕まぐれ、
木の下陰に、駒とめて、
世の行末を、つくぐ〵と、
忍ぶ鎧の、袖の上に、

散ハ涙か、はた露か」

で始まる「桜井の里」は、楠木正成の最期をうたい、のちに「楠公の歌」として多くの人に愛誦されたという。

が、こうした歴史に材をとった詩篇は、現代から見れば、その叙事的性格に高い評価を与えにくい面があろう。なにゆえ詩を用いて表現しなければならないのか、という問題がそこには浮上してくるであろう。散文によらず、詩表現によらねばならない必然性が問われるのである。しかしながら、一方で、登場する女性に仮託した情念の表出には、芳醇ともいえる豊かな情調が感じられるのではなかろうか。私見によれば、こうした繊細な内面の表現力に落合直文という文学者の美質の一端があるかとも考えられる。よく知られているように、落合直文には、「緋縅《ひをどし》の鎧をつけて太刀はきてみばやとぞおもふ山桜花」の歌に代表されるような男性的作風にも見るべきものがあるのだが、同時にまた、その感性には意外にこまやかな美意識が底流しているように思われるのである。

こころみに、「孝女しのぶの歌」の一節を引いてみよう。幼い頃に父母とともに鬼界が島に流されたであろう「しのぶ」という娘の境遇がうたわれている。

をさなきをりより住みなれて
うきをつねなるこゝろには
かなしき嶋のほかにまた
国のありとはしらざらむ

友もなきさにたちいでゝ
いかなる貝をひろふらむ
よせくる波に袖ぬれて
あそぶもあはれ嶋千鳥

年ふるまゝにおのづから
ものゝこゝろもしりつらむ
わがふるさとのなつかしく
しのびやるこそあはれなれ

ここには、しのぶという十二歳の少女がひとり、友もなき島の岸辺でたわむれる姿が哀感を帯びて描かれていて、読者の胸をうつ。七五調四行でそれぞれひとまとまりの詩になっているが、掲出のそれぞれの連は短歌形式への移し変えもできるかのような内容と情調を備えているのではなかろうか。とりわけ掲出二連目は、少女が孤独にたたずむ浜辺の風景がきわやかである。

このように、落合直文という文学者にあっては、長詩にすぐれた作が見られ、またそれらが愛誦性に富み、多くの読者を獲得するという特質を有していたのである。

さて、こうした落合直文の詩の才に注目したのが、森鷗外であったと想像される。

明治二十一年九月、あしかけ五年にわたるヨーロッパ留学から帰国した森鷗外は、西洋の文芸・文化の紹介を中心に旺盛な文筆活動を展開するようになったが、「国民之友」を創刊した徳富蘇峰から西洋詩の訳詩の企画を持ち込まれた。鷗外は数人の人物に協力をもとめ、当時「孝女白菊の歌」を発表して話題になっていた落合直文にも声をかけた。鷗外が直文を知った経緯については、前田透『落合直文―近代短歌の黎明―』によれば、次のように記されている。

鷗外が直文を知ったのは明治二十二年の始め頃である。それは井上通泰の紹介であった。井上は医科大学の学生で、一年先輩の賀古鶴所《つるど》の関係で鷗外の家に出入りしていたが、二十一年冬、陸羯南《くがかつなん》の招宴の席で始めて直文に会い、以来直文に傾倒して、和歌で門弟格になっていた。

こうして落合直文は鷗外を中心とした文学グループに組み入れられてゆく。年齢は直文が鷗外よりも一つ年長で、鷗外は直文から国語国文関係の教示を受けたようである。

さて、前述の訳詩の仕事は、森鷗外、落合直文のほか、井上通泰、市村瓚次郎、それに鷗外の妹の小金井きみ子等によって進められていった。そして、その成果は、明治文学史上に高く位置づけられている訳詩集『於母影』へと結実してゆく。

『於母影』は、明治二十二年八月、「国民之友」第五十八号の夏期附録として刊行された。訳者は「SSS」と署名がなされていたが、これは鷗外を中心とする文学結社・新声社のことであった。

この『於母影』には詩篇それぞれに訳者の名は記されていない。したがって、その訳者の特定については、いくつかの説があるようだが、落合直文が訳した詩としてほぼ特定されるのはバイロンの「いねよかし」と、シェッフェルの「笛の音」である。このうち注目したいのは、「笛の音」である。

次章で紹介するが、この作品には、藤村の『若菜集』を想起させるような豊かな詩情が流露しているのである。

三

森鷗外を中心に刊行された訳詩集『於母影』において、落合直文の存在感には大きなものがある。それは、言うまでもなく直文の訳詩の秀抜さによるのであるが、なかでも「笛の音」の訳詩は注目された。ヴィクトール・フォン・シェッフェル（一八二六—八六）の物語詩「ゼッキンゲンの喇叭手—ライン上流地方の一歌謡」（Der Trompeter von Sakkingen—Ein Sang vom Oberrhein、標題の訳は角川書店刊『日本近代文学大系　明治大正訳詩集』の頭注による）のごく一部を訳出したものである。

その直文の訳詩はたいへんに浪漫性ゆたかなもので、多くの人に愛誦された。後の島崎藤村『若菜集』とも一脈通い合うような抒情性に富んだもので、その情感の流露には短歌的な要素も濃いと思われる。以下、「笛の音」を取り上げながら、その抒情のあり方を一瞥してみたいと思う。

有名な「少年の巻　その一・その二」を引いてみよう。

その一

君をはじめて見てしとき
そのうれしさやいかなりし
むすぶおもひもとけそめて

笛の声とはなりにけり
おもふおもひのあればこそ
夜すがらかくはふきすさべ
あはれと君もきゝねかし
こゝろこめたる笛のこゑ

その二

君をはじめて見しときは
やよひ二日のことなりき
君があたりゆ風ふきて
こゝろのかすみをはらひけり
おぼろ月夜のかげはれて
さやけき光のそのうちに
みゆるかつらのその花は
うれしや君が名なりけり

原詩とは少なからず相違がある訳詩ではあるが、そこに流れる浪漫性は当時高く評価された。たとえば、「その二」に出てくる「おぼろ月夜」は原詩にはないものであるけれども、訳詩の読者にとっては魅力的な香気をはなつ情景表現であった。

この訳詩は、「その一」「その二」ともに八行からなる。原詩も八行からなるが、ただしそれぞれ四行で一連をなしている。つまり、原詩では「その一」「その二」ともに各二連から成り立っているのである。

訳詩をあらためて眺めると、「その一」も「その二」もともに四行目と八行目が終止形または名詞止めで終わっていることに気づく。つまり、原詩に忠実な形で、四行ごとに内容的なまとまりをもっているのである。

そこで、こころみに「笛の音」の「その一」の前半四行を見てみよう。「君をはじめて見てしとき／そのうれしさやいかなりし／むすぶおもひもとけそめて／笛の声とはなりにけり」は、ほぼ短歌一首に置き換え可能な内容をはらんでいるのではなかろうか。先に『新体詩抄』の項でも述べたような七五調四行でひとかたまりの詩内容が指摘できるように思われる。むろん、かりそめに「その一」前半四行を短歌表現に移しかえる所作は慎むけれども、君をはじめて見たうれしさの流露と、その想いが笛の声となるという情景を結びつけて短歌一首となすことは、ある程度可能なのではないだろうか。以下、例は省くが、「笛の音」のそれぞれの七五調四行は、ほぼ短歌一首と等量の詩内容を有していると思われる。

ところで、「笛の音」のもつ浪漫性にも注目したい。「その一」の笛の音のモチーフは、たとえば島崎藤村『若菜集』（明治三十年）の「おさよ」の次の一連との類似性を感じさせる。

乱れてものに狂ひよる
心を笛の音《ね》に吹かん

笛をとる手は火にもえて
うちふるひけり十《とを》の指

藤村が直接、落合直文の訳詩「笛の音」を下敷きにしてうたったかどうかは定かでないが、笛の音に恋情を託す青年の浪漫性という点で、明らかに共通性を有している。さらに、「笛の音」の「その二」の前半四行「君をはじめて見しときは／やよひ二日のことなりき／君があたりゆ風ふきて／こゝろのかすみをはらひけり」の詩句は、純粋、芳醇な恋情が揺曳し、とりわけ文学性の高い箇所である。詩句の具体的類似は指摘できないけれども、やはり『若菜集』中の代表作「初恋」の一節、

まだあげ初めし前髪の
林檎のもとに見えしとき
前にさしたる花櫛の
花ある君と思ひけり

の詩句を想起させずにはおかないであろう。

以上見てきたように、落合直文の訳詩は、その浪漫的詩情の形象化において鮮烈な存在感をまとっていたと想像されるのである。

それでは、落合直文の当時の短歌の実作はどのようなものだったのであろうか。訳詩集『於母影』の刊行された明治二十二年当時の短歌作品を一瞥してみよう。

琴の音もかきたえにけりわれのみとおもひしものをはつほととぎす
柴の戸ををりをりたたく秋風に夢もながくはみられざりけり
もみぢ葉のはかなき人をしのぶにもまづしぐるるはたもとなりけり

『改訂落合直文全歌集』（伊藤文隆編集、平成十五年十二月、宮城県気仙沼市落合直文会発行）より引いた。全体として伝統的な古典和歌の詠風をうかがわせるが、たとえば三首目などには詩情が流露している。しかし、詩情の芳醇さという点では、訳詩の領域が落合直文の文学的仕事において最も尖鋭なものを秘めていたと考えられる。

落合直文の歌風

一

短歌史の上からみれば、落合直文は明治二十六年にあさ香社を設立し、短歌革新の狼煙をあげた存在として捉えられるのであるが、実際に当時の直文の歌風はどのようなものだったのであろうか。直文の短歌作品を発表年代順にまとめた『改訂落合直文全歌集』にもとづき、あさ香社設立当時の歌風を見てみよう。

人口に膾炙した、

緋縅《ひをどし》の鎧をつけて太刀はきてみばやとぞ思ふ山桜花

の歌が発表されたのが明治二十五年である。二十五年から二十七年までの作を抄出してみる。

（市村君の入唐をおくりて）

月かげののぼらんをりは我を思へかたぶくときは君をしのばむ
月琴の音するあたりとめくればあれしかきねにカボチャ花さく
いくつねて春にならむと父母にとひしむかしもありけるものを

をさな子の死出の旅路やさむからむこころしてふれ今朝の白雪
　をとめ子がまねく袂をよそにして心たかくもとぶほたるかな　（長女ふみ子の身まかれる日）

一首目は、唐にわたり玄宗皇帝につかえた阿倍仲麻呂が日本を偲んでうたった和歌「天の原ふりさけ見れば春日なる三笠の山にいでし月かも」（古今集）をふまえつつ、人を中国へ送る心情を詠んでいる。「月」と「我」と「君」に単純化させた歌柄の大きな詠風が魅力的である。

二首目は、風雅の情調が高まる流れの中で、「カボチャ花さく」と詠みおさめたところに、一脈の新しさがあろうか。優雅な雰囲気と日常的な素材をつなぎ合わせている。

三首目は一読して歌意は明瞭で、かつノスタルジックな情調が揺曳している作である。

それに対し四首目は、幼くして逝ったわが娘への挽歌で、惻々として胸をうつものがある。「今朝の白雪」によって「をさな子の死出の旅路」を清めようとする父の願いが込められていることは言うまでもない。

五首目は、螢を見てはなやぐ乙女の風姿と、その袂をこえて高く舞い上がる螢の自在さが巧みに結びつけられている。

以上五首あげたが、三首目をのぞいた四首は、いずれもうたわれた景がきわやかに、読む者のまなうらに浮かぶ心地がする。景の構成、描写が巧みなのである。のちに正岡子規が唱える写生とは趣を異にするが、伝統的な言いまわしのうちに景を鮮明に浮かび上がらせる手法に直文は長けていたと言えるのではなかろうか。私見によれば、この点は落合直文歌風の要諦に位置すると考えられ、子規の写実の運動とは別の流れとして注目しておきたいと思う。

ところで、落合直文があさ香社を設立し、和歌の革新に心を向けた当時は、日清戦争（明治二十七年〜二十八年）という大きな時代のうねりが起こっていた。あさ香社に加わっていた与謝野鉄幹がますらおぶりの歌を詠んだことは広く知られているが、落合直文はどのような作を詠んでいたのであろうか。

朝夕に手をばはなたぬ筆すてて太刀をとるべき時はきにけり

（日清戦役の頃、予備軍の召集を受けて）

鞍はみなあけに染りて主もなき駒ぞ嘶くなる山かげにして

（従軍行といふ題にて）

手にもてるやまとをのこの弓矢をば知らでも空に鶩のとぶらむ

（日清戦役の頃二首　注—そのうちの一首）

一首目は国を挙げて戦争にのぞむ、いわばハレの歌である。二、三首目も同じ傾向のものであるが、ハレの思いの表出よりも叙景の方に若干重点があるかと思われる。加藤孝男著『近代短歌史の研究』（平成二十年三月、明治書院）では、公の思いをうたう〈ハレ〉の歌と日常詠などの〈ケ〉の歌という二重の構造が近代短歌に見られることを指摘して注目されるが、落合直文の短歌にもたしかにそうした特質が認められる。ただ、直文の歌には、掲出の作品に関する限り、「朝夕に手をばはなたぬ筆」という個の日常をうかがわせる要素や、先述の叙景表現への傾斜が認められるように思う。この特色をどこまで敷衍できるかは定かではないが、つとに有名な緋縅の歌にしても、ハレの歌のもつ単一な主題への詠嘆の中に、鎧と山桜を結びつけた視覚的な美の描出が見られるように思われるのである。

もう少し、直文のハレの歌を見てみよう。

大空もひとつ緑に見えにけりわか草もゆるむさし野の原
（紀元節の日「野若草」といふことを）

手向するぬさにまじりて白旗の神の御前にちるもみぢかな
（行軍吟草）

みくるまは時雨ならねどめぐり行くその里ごとに袖ぬらすらむ
（北白川宮御柩車をおがみて）

右の三首も、それぞれに公の思いを主題にして表出しながら、同時にむさし野原の若草や、ぬさに混じる紅葉の落葉、柩車に涙する里人の情景などが印象深く詠み込まれている。つまり、落合直文が詠むハレの歌のいくつかには、ハレの場を枠組みとしてうたいながらも、その主意の表出のプロセスを経て、叙景の詠嘆をもって着地するようなおもむきがうかがわれるのである。

このように見てくると、落合直文短歌の特質として、景の描出をもって括られる一首の構成法を指摘することができるように思われるが、どうであろうか。それは、先にも述べたように正岡子規の写生とも小説の写実主義ともちがい、一種の景物の配合、配置の妙であるかとも考えられる。いずれにしても、伝統的な和歌の素養の上に形成された作歌上の特色であることはたしかであろう。

以上、明治二十年代の落合直文の歌風を一瞥した。この時期の作品では、ほかに二十八年十二月に逝去した養父直亮を追悼した挽歌「藤衣」三十四首や、森鷗外の父の死に際して詠まれた挽歌などが注目されるが、今は省略に従う。次章では、明治三十年代の直文の歌風に目を向け、併せて、明治という激動の時代にあって落合直文という存在がどのようなものであったのか、あらためてふりかえってみたいと思う。

二

落合直文は、明治三十六年に四十三歳（かぞえ年）で世を去るのだが、あまりにも早い晩年ともいえる明治三十年代の歌風はどのようなものなのだろうか。

明治三十年代といえば、与謝野鉄幹が新詩社を興し、「明星」が創刊されて、与謝野晶子『みだれ髪』をはじめとする浪漫主義短歌が文字通り華麗にはなひらいた時代である。また、正岡子規が俳句から和歌に目を向け、根岸を拠点に短歌革新の狼煙をあげたことで知られる。そうした、ある意味では短歌の疾風怒濤の時代にあって、落合直文はどのような歌風を拓いていたのであろうか。

まず注目されるのが、明治三十二年の詠である。この前の年に直文は、第一高等学校教授の職を辞している。病のためであろうが、詳しい事情は定かではない。前田透は『落合直文—近代短歌の黎明—』の中で、「従来の年譜等によると退職は糖尿病が悪化したためとなっているが、国学院や東京外国語学校にはその後も勤め、明治大学、中央大学にも没年まで出講しているから、専任校である一高を真先に自らやめるというのはちょっとおかしい気がする。」と疑義を呈し、「背後に何らかの事情があったのではないか。」と記している。結局、詳しい事情は不明であるが、ただ直文が明治三十二年以降、小田原や千葉、静岡その他の海岸に療養をしていたのは事実で、病体であったことは確かである。伊藤文隆編集『改訂落合直文全歌集』所載の年譜では、明治三十一年の項に「喀血、糖尿病にかかる。」と記されており、糖尿病のほかに結核の兆候があったのかとも思われるが、詳しいことは分からない。ともかく、当時の短歌作品からも自らの命を深く見つめるような心境がうかがわれ、予断をゆるさぬ病状であったと想像される。明治三十二年の作は、こうした人生の大きな節目において詠まれたものである。

明治三十二年の「病床雑詠」十八首（「国文学」同年六月号）を見てゆこう。引用は、以下『改訂落合直文全歌集』による。

ねもやらでしはぶく己がしはぶきにいくたび妻の目をさますらむ
上野山はなはさかりになりたりとききつるものを身は床にあり

現在から見ても、写実的な病床詠である。歌調、歌語の斡旋等にも洗練されたものがあろう。さらに、この病床詠十八首の中には、文字通り落合直文の代表歌と目されるものが含まれている。

父君よ今朝はいかにと手をつきて問ふ子を見れば死なれざりけり

子を前にして自らの命を惜しむ哀切な一首である。この歌からは、島木赤彦最晩年の名作「隣室に書《ふみ》よむ子らの声きけば心に沁みて生きたかりけり」の歌が想起されるが、子の愛しいさまを目にして「死なれざりけり」「生きたかりけり」と一気にうたいあげる直情が読者の胸をうつ。ともに文末を「けり」というつよい詠嘆の助動詞でうたいおさめている点にも留意したい。上掲の歌が詠まれた当時の直文の生活状況に目を向ければ、長男直幸（十三歳）、次男直道（十一歳）、次女澄子（七歳）、双子の四男直兄（三歳）五男直弟（三歳）らの子どもがいた。ここでうたわれている子がどの子かは特定できないけれども、「父君よ今朝はいかにと手をつきて」という叙述にうかがわれるような端然とした子の立居ふるまいが、いっそうけなげに感じられ、病床に臥す作者の心情が哀切に伝わってくる。言い古された評語だが、写生と心情表出が渾然と溶け合った作である。

このままにながくねぶらば墓の上にかならずうゑよ萩のひとむら

いのちがこのまま果てたとしても、墓の上には、自らの号（萩之家）にちなむ萩をひとむら植えてほしい、という意。病に対して心弱くなっているさまが見てとれるが、第四句のつよい命令形には、毅然とした思いもうかがわれる。歌人・国文学者としての自らの標《しるべ》を言挙げしたおもむきがあり、哀切ななかにも一脈の覇気が感じられよう。同じ一連中には「よむままにやまひも我は忘れけり歌やこの身のいのちなるらむ」のように和歌を詠むことに没入した作もあり、直文の生を支える和歌の姿が実感される。

このように病と辞職という大きな人生上の転機を経て、落合直文の歌風は、さらなる深化を示してゆくのである。以下、亡くなる明治三十六年までの作からいくつかを取り上げ、鑑賞を試みよう。

霜やけのちひさき手して蜜柑むくわが子しのばゆ風のさむきに

明治三十三年作。「歌反古」（十八首、「心の華」三ノ二）所収。「家におくりたる葉書に」の詞書が付せられている。この年の一月に療養のため滞在した千葉県北条町（現在の館山市）で詠まれたものである。落合直文の短歌には、わが子を詠んだものに佳作が多いと思われるが、その根底には直文短歌に通底する情のこまやかさがあろう。掲出歌も、上の句の「霜やけのちひさき手して蜜柑むく」の写生に情感が流露し、加えて「風のさむきに」とおさえた結句に余韻が生じている。ここでわが子を詠んだ晩年の佳作をあげておく。

よる波をこはしといひしをさな子も貝ひろふまで浦なれにけり　（明治三十二年）
あけなばと羽子板抱きて母のもとにねたるわが子よ罪なかりけり　（明治三十三年）
さくら見に明日はつれてとちぎりおきて子はいねたるを雨ふりいでぬ
小屏風をさかさまにしてその中にねたるわが子よおきむともせず
去年の夏うせし子のことおもひいでてかごの螢をはなちけるかな
いざ子ども文車ひきこ今日もまたかの絵まき物説ききかせてむ　（明治三十四年）
子等と共に貝合せして雨の日を一日くらせり大磯の里　（明治三十五年）

一首目は、療養生活を送った小田原での作。四首目、五首目は亡くしたわが子を思いやる歌。「ねたるわが子よおきむともせず」が痛切である。六首目、七首目は、最晩年の直文が子とひとときをすごす歌で、絵巻物や貝合せに興じる子の息づかいが伝わってくる作である。

三

前稿では子を詠んだ落合直文の歌に佳作が多いことを述べたが、引きつづき直文晩年の歌風を見てゆこう。

わが宿は田端の里にほどちかし摘みにもきませすずなすずしろ

「明星」創刊号（明治三十三年四月）掲載。「鶴唳《かくれい》」十二首中の第七首。「春のはじめつかた友のもとへ」と詞書が付せられている。愛すべき小品とも呼べるような一首である。とくに下の句の韻律が繊細でひびきがよく、友へのなつかしみと、田端の里の風情がおのずからに伝わってくる。とりたてて目新しい素材ではないけれども、調べのよさとともにこまやかな情感に心を留めたい。

また、「すずなすずしろ」という草の名のたたみかけが効果的である点にも注目したい。こうした物の名をつらねる手法は、この歌のほかにも散見される。

さきつづくすみれたんぽぽなつかしみもとこしみちをまたもどりけり
旅行くと麻の小袋とり見れば去年《こぞ》のままなり筆墨硯《ふですみすずり》
夜車に乗りあひし人は皆いねて大磯小磯にひとりうたおもふ

詠む対象を一つに絞りきるのではなく、「すみれたんぽぽ」「筆墨硯」「大磯小磯」とつらねるイメージのひろがりとリズムのよさが、一首の構成に奥行きと余情をもたらしていると言えよう。
なお、掲出歌にある田端の里は、直文が住んでいた本郷区駒込浅嘉町から近いところにあった。日頃から直文の心を遊ばせる風景として慣れ親しんでいたのであろう。掲出歌のほかにも、

田端にて根岸の友にあひにけり蛙なくなるはるの夕ぐれ
をさな子にそそのかされて鮒とると田端の里に今日も来にけり

のような心ゆかしき作がのこされている。

竹三もと蘭こゝのかぶいはほ四つその岩めぐり清水ながれぬ

「明星」第七号（明治三十三年十月）掲載、「白雁」十四首中の第八首。竹と蘭と岩と清水という四つの景物を取り合わせた叙景的な一首ととらえられよう。とりわけて目立つ作ではないけれども、落合直文の短歌の特色がよくあらわれていると思われる。一つは物の配合によって一首をなす点であり、二つ目はその数え歌的な発想とリズムのよさである。以前にも述べたが、直文短歌における物の描写は、西洋的な写生よりも物の配合によってなされる点がある。その際、数字を織り込んだ数え歌的な手法をとることがある。

窓の外に二もと三もと竹うゑてさびしき夜半の雨をきくかな
梅の花三枝たをりて三枝めにえたるこの枝君におくらむ
一つだにすくひあげよと三つまでも水に流れぬ白菊の花

このように、数える呼吸といったものを一首のリズムに生かした作に新鮮さが感じられる。のちの与謝野晶子の歌にも比較的数字を詠み込んだ作が目につくが、直文短歌との関連もあるいは考えられるかもしれない。なお、亡くなる前年（明治三十五年）の作に、

わが墓をとひこむ人はたれたれとねられぬままに数へつるかな

という歌がある。やはり数え歌的な発想の中に、容易ならぬ死生観を包摂した一首である。

さわさわとわが釣りあげし小鱸《をすずき》のしろきあぎとに秋の風ふく

「明星」第六号（明治三十三年九月）掲載、「白萩」十六首中の第十首。感覚的な作品として知られる一首である。釣り上げた小鱸のあぎと（えら）の白さと、秋風の吹く季節感とを取り合わせた作で、新鮮な感覚の発露が見られる。初句の「さわさわと」には心地よい秋風が撫でる皮膚感覚があり、それに鱸のあぎとの白さ（色彩感覚）とかそかな秋風のひびきが結びつき、加えてア音を主とする音の並びが軽やかな韻律を形成している。「わが釣りあげし」という「われ」の動作も爽やかさを演出し

ていようか。

このように掲出歌は現代短歌としても通用する感覚の清新さが認められるのだが、併せて武川忠一は『新編和歌の解釈と鑑賞事典』（笠間書院）の中で、「このいかにも秋にふさわしいところに、直文の美観が、どこか伝統的なものとかさなり、伝統的な美の中から歌っているような一面をとどめる要素がある。」と指摘している。これは落合直文歌風を把握した重要な指摘で、基本的には秋の部に配置されるような題詠的な要素が看取されるということであろう。日常の断片を鮮やかに切り取るという近代の文学意識よりも、伝統的な和歌意識の方に傾いていると言えるであろうか。

萩寺は萩のみおほし露の身のおくつきどころここときだめむ

「明星」第十三号（明治三十四年七月）掲載。「初萩」八首の末尾の作。第二句に異同があるが、小稿では初出による。この歌に出てくる「萩寺」は、江東区亀戸にある竜眼寺のこと。直文は、明治二十六年十月に、弟の鮎貝槐園や与謝野鉄幹とともに竜眼寺を訪れ、萩を観賞している。後に同歌の歌碑が建てられている。

一首は、懸詞や縁語などが用いられた古典的な詠風だが、自らの「おくつきどころ」（墓所）をうたい込めており、併せて「萩」が直文の号「萩之家」にもつながってくるところから、歌人落合直文の標《しるべ》とも見なされている一首である。

先述のように、直文が竜眼寺を訪れたのは明治二十六年であるが、この歌の発表は最晩年の明治三十四年である。かつて訪れた萩寺の風景とおのが命を見つめる感慨とが結びつくところに生まれた一首であり、その切実な中にもゆったりとした調べが死生観の深さを実感させる。古典的な調べに乗せることによって、落ち着きと自足の思いがそなわったおもむきがある。

以上、あさ香社を興した落合直文の歌風を一瞥したが、次稿ではあさ香社の設立の頃にさかのぼり、あさ香社の文学活動そのものに目を向けたいと思う。

あさ香社の歌風

一

落合直文を中心にあさ香社が設立されたのは、明治二十六年二月のことであった。森脇一夫『近代短歌の歴史』（桜楓社）によれば、直文をはじめ鮎貝槐園、与謝野鉄幹、大町桂月など三十名ほどが加わり、つづいて金子薫園、久保猪之吉、尾上柴舟、服部躬治らが参加したという。明治二十九年四月までの間に、正岡子規の関わっていた新聞「日本」や、「自由新聞」「二六新報」などに作品を発表した。後に近代短歌の歴史の構築に参加する歌人たちが少なからず参加していたという意味で、注目すべき団体であった。

それでは、あさ香社はどのような活動をしていたのであろうか。上記の新聞をつぶさにあたればよいのだが、今その余裕はなく、とりあえずあさ香社の設立された明治二十六年創刊の「二六新報」（十月創刊）に焦点を絞り、その活動の一端をうかがってみようと思う。

「二六新報」には、しばしば文芸欄（「詞叢」という欄）が設けられており、落合直文や高崎正風、小出粲など当時の一流の歌人の詠草を載せていたが、併せてあさ香社関係の歌人たちに対してもかなり紙面を割いていると考えられる。「二六新報」全体を見わたすことは今はできないので、明治二十六年十月の創刊号からその年の暮れまでの紙面を一瞥してみよう。全体を示せば次のごとくである。なお、あさ香社として署名のあるもののほか、個人名で掲載されたものについては、この場では直文・鉄幹・槐園が出てくるものを取り上げた。

・一首（落合直文）十一月一日付紙面（以下、日付のみ記す）
・「時雨五首」（あさ香社新作、個人名なし）十一月二日
・一首（落合直文）十一月五日
・一首（落合直文）十一月七日
・三首（あさ香社、個人名なし）十一月八日
・「菊」（鉄幹、随筆、槐園の評あり）十一月十六日
・一首（落合直文）、一首（落合直亮）十一月十九日
・「霜五首」（鉄幹）十一月二十三日
・「落葉」（鉄幹、随筆、槐園の評あり）十一月二十五日
・一首（落合貞亮、直亮のことか）十二月一日
・「近詠五首」（あさ香社、個人名なし）十二月三日
・「近詠五首」（あさ香社、個人名なし）十二月十日
・一首（落合直文）十二月十五日
・「反古歌（一）」（鉄幹、随筆）十二月十六日
・「反古歌（二）」（鉄幹、随筆）十二月十七日
・「反古歌（三）」（鉄幹、随筆）十二月二十一日
・一首（落合直文）、一首（与謝野寛）十二月二十二日

・「反古歌（四）」（鉄幹、随筆）十二月二十三日

なお遺漏もあるかと思われるが、「二六新報」に関する限り、あさ香社の作品は頻出していると言えよう。「あさ香社」の署名（個人名は伏せられている）で詠草が載せられているほかに、直文と鉄幹の活躍が目立っている。実弟の槐園や養父の直亮など直文の親族も登場するが、とくに直文の鉄幹推挙には熱いものがある。たしかに鉄幹の作には、短歌だけでなく、その散文にも才気が迸っている。明治二十六年の「二六新報」を見る限り、あさ香社は与謝野鉄幹を強く押し出している感があることに注意しておきたい。

まず、「二六新報」掲載の直文の短歌作品に目を向けよう。

庭紅葉

秋もなほ人は訪ひけりわが宿の桜のもみぢ色あかくして　（明治二十六年十一月一日掲載）

行軍の中に加りて鎌倉に宿りける折

武夫のともしすてたる篝火のけぶり残りて夜はあけにけり　（明治二十六年十一月五日）

山暮秋

かなしげに鹿ぞなくなるおくやまの紅葉ふみ分け秋やゆくらむ　（明治二十六年十一月七日）

大洗磯崎にてよめる

大荒《ママ》磯崎われおり立てば裾のあたりよせてくだくる八重のしら浪　（明治二十六年十一月十九日）

鎌倉なる雪の下にて
ふるきよをしのぶ袂にかぜさえてふみぞわづらふ雪のした道　（明治二十六年十二月十五日）

伝統的な和歌の型をふまえて詠まれている。紅葉、鹿、しら浪、風、雪といった伝統的歌材だけでなく、その主題や言い回しにも、古典和歌に造詣深い落合直文の手馴れた手腕が見てとれる。また二首目の作は、明治二十六年十月末、直文が勤務していた第一高等中学校の生徒たちを引き連れて鎌倉で行われた軍事演習の中で詠まれた作。いにしえの鎌倉武士たちの姿を想像してうたっている。その叙景の手法は、もののふ、篝火、けぶり、夜明けの空といった景物を巧みに配置して鮮明なイメージを浮かび上がらせるという、すでに指摘してきたような直文短歌の特色がうかがわれる。全体に新しさはそれほど感じられないが、叙景と心情のしっくりと溶け合った歌の姿は安定感がある。

次に、「あさ香社」と署名のある詠草について。先のリストで明らかなように、十一月二日、八日、十二月三日、十日の四回（それぞれ三首ないし五首）見られるが、作者名は明かされていない。一般的に考えればあさ香社の歌会等での詠草かとも思われるが、いろいろな可能性も排除はできないであろう。ともあれ、新聞というメディアに定期的に掲載されているだけに、文学集団としてのあさ香社の存在感には際立ったものがある。こころみに、十一月二日掲載の詠草を引く。

時雨五首　　　あさ香社新作
道塚の松にかゝりて立つ虹のきゆる末よりふる時雨かな
山路ゆく車のほろのほろほろと鳩さへなきて時雨ふるなり

櫨紅葉薄く染出でてきのふけふ時雨がちにもなりにける哉
いかにせむ夕虹きえて道塚の石のほとけに時雨ふるなり
花のころ母と来て見し山里のさくらの林しぐれそめけり

景を叙し心情をつづる手法にもこなれたところが見られ、一定の作品質を有した歌群である。一首目の写生のこまやかさ、二首目に見られるリズムや歌材の新鮮さなどに注目したい。

二

右に見てきたように、明治二十六年の「二六新報」紙上におけるあさ香社の活動は、落合直文の出詠をはじめとして、相応の位置を占めていたと考えられる。直文以外では、与謝野鉄幹と鮎貝槐園がたびたび登場するが、中でも鉄幹の活躍は注目に値する。あたかも主宰者落合直文が、鉄幹をあさ香社の新星として押し上げてゆくような感がある。ここでは、明治二十六年の「二六新報」紙上における鉄幹の活動に焦点を絞って見てゆくことにしたい。

鉄幹の作品は、同紙上にしばしば登場する。ただ短歌作品は二度ほどの出詠で終わっているが、散文の方では継続して起用されている。

最初に、鉄幹の短歌作品を一瞥しよう。

明治二十六年の「二六新報」において（といっても創刊が十月であるから二、三か月ほどであるが）、鉄幹が出詠しているのは十一月二十三日付の「霜五首」と十二月二十二日付の一首である。後者は、第一面の下部の「詞叢」欄に、落合直文、高崎正風、小出粲、遠山英一らの大家と並んで「与謝野寛」の名で掲載されており、明らかに抜擢と言えよう。以上の二回のほか、個人名の明らかにされていないあさ香社の詠草にも鉄幹の作があるかと推測されるが、それについては確定はむずかしく、今は触れない。

最初に、「霜五首」を見てゆこう。なお、「二六新報」の紙面では、上の句と下の句が分かち書きになっているが、本稿における引用では便宜上一行書きとする。

夜嵐のなごりやさえしさそひたるもみぢのうへのけさの初霜
木の芽さくうしろの岡に霜見えてさむげにも啼く山鳩のこゑ
かたゐらが着すてし後の朽むしろ朽目より立つ霜ばしらかな
上野山さゆる鐘の音ひとつきこえふたつきこえて霜降にけり
塗り鞘のなかさへさゆる霜の夜にうきねかさねつ太刀枕して

全体に旧派和歌の詠みぶりが認められるであろう。とくに一首目、二首目の作にその感が深い。それに対し、四首目、五首目の作には、注意すべきものがあるように思われる。四首目の「ひとつきこえふたつきこえて」という数の詠み込み方には、師である落合直文の歌風とのつながりが感じられる。さらに、五首目の「塗り鞘」「太刀枕」などの語を詠み込みつつ、もののふの姿を浮かび上がらせたところには、鉄幹のいわゆる「ますらお調」が看取される。日清戦役直後に鉄幹が有名な、韓山《からやま》に、秋かぜ立つや、太刀なでて、われ思ふこと、無きにしもあらず。（『東西南北』）

の歌を詠むのはまもなくのことであり、いわばそうした鉄幹の代表歌の先蹤としての意味をもつであろう。

鉄幹が明治二十六年の「二六新報」に、大家に伍して載せたもう一首の短歌は次のようなものである。

川千鳥

さよ千鳥月にさわぎていにしへの夢おどろかす富士川のあたり

源平の富士川の戦いを素材にした作であるが、その詠みぶりは古典的なものである。高崎正風や小出粲など一流の歌人たちに伍して出詠している欄だけに、伝統的な詠法に従ったとも見られようが、しかしながらその題材には先述のますらおぶりの予兆のようなものが見てとれるのではなかろうか。以上見てきたように、鉄幹個人の署名を付した出詠は未だ少ないながらも、それなりの力量と個性を示しはじめていると言えよう。

それに対し、「二六新報」紙上の鉄幹の散文活動には瞠目すべきものがある。明治二十六年十一月から十二月にかけてのわずか二か月の間に、「菊」（十一月十六日）、「落葉」（十一月二十五日）、「反古歌（一）～（四）」（十二月十六日、十七日、二十一日、二十三日）を寄稿しているのである。おそらく落合直文にしても、随筆の方が鉄幹を推挙しやすかったという面もあろう。すべて見てゆくわけにはいかないので、ここでは「落葉」を取り上げる。

落葉

さえわたる霜夜の鐘、はや五更をや告ぐらむ。書読みさしてねぶらむとすれど夢成らず。枕いだきて物思ひ居るに、柴の戸ほとほとと音づるるは、約なきに何の友ぞ。窓押しあけて見出せば、月にこぼるる木の葉、ひとつ又ふたつ、あはれその音にやありけむ、人の影もなし。

ほろほろと紅葉こぼれてわが門の柴の戸よりぞ秋はいにける

窓打さして枕につけば、遠く聞ゆる矢叫びのこゑ。事なきに何の敵ぞ。千軍万馬こなたをさして寄せきたると覚えたり。やがてはらはらと木梢を伝ふは、たまにやあらむ。窓うつ音におどろきて、刀ひきさげ見出せば、木の葉吹き捲く山おろし、一陣はた二陣。あはれその音にやありけむ、敵の影もなし。

ちよろづの仇か寄すると出でて見れば木の葉ふきまく山おろしの風

前半は、柴の戸を打つ木の葉の音を趣深くつづり、すぐれた散文となっている。霜夜のふけわたる情趣や、ひとり書を読みさして寝ねやらぬ人の境涯がおのずからに伝わってくる。末尾に付された和歌には下の句にややこなれないところがあるかと思われるけれども、散文の筆の冴えには伝統をふまえた深みもあり、見るべきものがあるであろう。

後半は、落葉を千軍万馬の押し寄せるひびきと聞く鉄幹の「ますらおぶり」がうかがわれるものであり、韻律のよい、覇気のこもった散文である。

なお、この鉄幹の「落葉」については、末尾に鮎貝槐園による「評」がついている。

槐園評　一気呵成の文、前一半は幽寂を寓し、後一半は悲壮を寓す。筆力遒勁、和文家の常套を脱せり。二首の歌、尤も吾兄の技倆を見るに足る。

このように与謝野鉄幹は、すでにあさ香社設立時において、文字通り注目すべき若手として頭角をあらわしていたと言えるであろう。とくにその「ますらおぶり」には一貫したものがうかがわれるようである。ただ、その和歌にしても散文にしても、基本的には伝統的な作法をふまえて創作されている感が深く、鉄幹が新派和歌運動の旗手として大きく変貌をとげるにはなお数年を待たねばならなかった。

Ⅲ　正岡子規の軌跡

正岡子規の上京

司馬遼太郎の『坂の上の雲』の冒頭にこんな一節がある。

> まことに小さな国が、開化期をむかえようとしている。（中略）
> この物語の主人公は、あるいはこの時代の小さな日本ということになるかもしれないが、ともかくもわれわれは三人の人物のあとを追わねばならない。そのうちのひとりは、俳人になった。俳句、短歌といった日本のふるい短詩型に新風を入れてその中興の祖になった正岡《まさおか》子規《しき》である。

『坂の上の雲』は、日本の明治維新以後の近代化の歩みをたどった壮大な物語だが、司馬遼太郎は、その物語の軸として伊予松山出身の三人、正岡子規、秋山好古・真之兄弟を追っている。秋山兄弟は周知のように日本の陸海軍にかかわってゆく人物だが、正岡子規にも「小さな日本」の軌跡を追う役割を付与しているところが興味深い。

正岡子規は、慶応三年（一八六七）、伊予松山藩士正岡隼太の長男として生まれた。長じて松山中学に学ぶが、やがて東都遊学の志が高まり、明治十六年十七歳（かぞえ年）の時に松山中学を退学し、海路上京を果たすこととなる。こうした東京志向は決して珍しいことではなかったらしく、秋山真之も子規と同じく松山中学を中退して上京を果たしている。そのような当時の青年たちの空気を、司馬遼太郎は同書でこう記している。

その廃藩置県から、子規や真之の中学上級生のころまでに十年そこその歳月が経《た》っている。わずかその程度の歳月であるのに、

「なにをするにも東京だ」

という気分が、日本列島の津々浦々《つづうらうら》の若い者の胸をあわだたせていた。日本人の意識転換の能力のたくましさ、それにあわせて明治の新政権というものの信用（とくに西南戦争で薩摩の土着勢力をつぶしてからの）の高さというものが、これひとつでも思いやることができるであろう。

子規の東京へのあこがれも、こういう時勢の気分のなかに息づいている。

明治維新以後の日本社会の空気と若者の意識を分析した言葉だが、このような意味で、正岡子規も時代の普遍的な青年像をうかがわせる人物であったのである。したがって、子規は最初から文学志望であったわけではない。政治家、ついで哲学者等を志したらしいが、やがて新聞「日本」に入社し、短歌・俳句の革新運動へと大きく舵を切ってゆくことになる。

ただし、子規の文学への興味は少年時代から息づいていた。滝沢馬琴の小説本をはじめ『西遊記』、『水滸伝』等の物語類に親しんでいたといわれる。また、短詩型文学にも触れていた。ちなみに、子規が上京前の明治十五年に、松山で詠んだ和歌がのこされている。

隅田川堤の桜さくころよ花のにしきをきて帰るらん

講談社刊『子規全集』第六巻所収の『竹乃里歌』の冒頭に載せられている作である。「壬午の夏三並うしの都にゆくを送りて」と詞書がある。友人三並良にあてた一首であるが、下の句の「花のにしきをきて帰るらん」に、当時の子規の東京遊学への思いと功名心がうかがえるであろう。おそらく当時十六歳の子規は、上京した友人の前途をことほぎつつ、自らもじりじりした思いで上京の機を待ちのぞんでいたのであろうと思われる。

が、ここで詠まれた和歌は、未だ本格的なものではない。子規の『筆まかせ』では、こう記されている。

余が和歌を始めしは明治十八年井手真棹先生の許を尋ねし時に始まり、俳句を作るは明治二十年大原其戎宗匠の許に行きしを始めとす。

俳句よりも二年ほど早く和歌に本格的に親しんだことが知られるが、その後の歩みは周知のごとくまずは俳句の革新運動がなされてゆくことになる。

ところで、いわゆる正岡子規の短歌革新運動が展開される明治三十年代については、後の章で触れることにしたい。ここではもっと初期の、子規が東京遊学の志と一種の功名心をもって活動した青春期に目を向け、その中で短歌がどのように意識されていたのかをうかがうことにする。

上京した子規は、旧松山藩主久松家が創設した常盤会にはいって勉学をつづけてゆく。常磐会は、松山の郷党の秀才を東京に学ばせて明治政権に送り込み、松山の名を高めようとした「育英団体」(『坂の上の雲』)である。子規は、須田学舎、共立学舎に学んだ後、明治十七年の七月に東京大学予備門の入試に合格する。

こうして学業に従いながら、しかし一方で、この予備門時代は文学への関心が急速に深まってくる時期でもあった。この時期、英語の学力に問題のある子規はやがて落第の憂き目にあい、子規の軸足はしだいに文学の方へと移ってゆく感がある。当時の子規の和歌を前記の『竹乃里歌』より見てゆこう。

まず、明治十七年の作から。

新樹

むら鳥のなく声ばかり聞ゆなり若葉をぐらき山の夕暮

五月雨

定めなきうき世のさまもかくやあらんはれみくもりみ五月雨ぞふる

松下泉

しばしとて松の根泉くみながらすゞしき夢をむすびつるかな

『子規全集』の『竹乃里歌』では、底本の「子規自筆歌稿」中で抹消されている歌も活字の大きさを変えて収録されている。掲出の一首目、二首目は抹消歌であることをおことわりしておく。さて、掲出の三首は基本的には旧派和歌の詠みぶりと言えようが、ただ一首目の聴覚と視覚の取り合わせ、二首目の題材の大きさなどには、子規らしさがいくばくか感じられるようである。三首目はすなおな詠みぶりで、松の根方の泉水に憩い、ひととき「すずしき夢」を結ぶ人の心のくつろぎが実感される佳作であろう。この時期は未だ井手真棹に師事する以前で、独学にちかい形での詠作であろうが、子規独特のゆったりとした言葉の運びと調べが見られる点は注目しておきたい。

青年期の子規と短歌

正岡子規は、三十歳頃までは俳句革新に取り組み、そののち短歌に本腰を入れたという見方が一般になされている。子規の生涯を大きな流れでみればそういうことも言えなくはないけれども、子規の短歌の創作は俳句よりも早い。また、三十歳以後、短歌に専念しているわけではなく、俳句活動ももちろん続けている。正岡子規という文学者の形は、基本的には俳句、短歌、随筆などに常に通路が開かれているという相関性の中にあって、それが時間的な営為において微妙にバランスを変えてゆくというふうにも捉えられるであろうか。ちなみに、明治三十年代以降急速に短歌に舵を切る契機としては、あきらかに与謝野鉄幹に代表される新たな短歌運動の勃興が指摘できるであろう。子規が新聞「日本」の記者というジャーナリストであったことと直接関係があるかどうかは分からないが、子規の時流を見る目には鋭敏なものがある。

さて、初期の子規に戻って、その短歌創作のあり方を見てゆこう。

すでに触れたように正岡子規の作歌は、明治十八年（一八八五）の夏に松山に帰省の折り、井手真棹という歌人に指導を受けたことにより本格化する。井手真棹は、藤川忠治『正岡子規』（昭和三十八年一月、南雲堂桜楓社）によれば、蓬園と号し、香川景樹や八田知紀らを尊敬し、調べを重視していた桂園派歌人であったということである。

このころ（明治十八年）の子規の作をいくつか引いてみよう。

水郷夏

にぎはしき都のちまた夫よりも河べの里に夏は住ばや

蓮

葉がくれにひれふる鯉の過つらん蓮の露のこぼれぬる哉

いずれも題詠であり、おそらくは井手真棹の指導を受けている作かと推量されるが、基本的には旧派和歌の骨格がうかがわれるであろう。が、それとともに、子規らしさが見られなくもない。前者の歌では、上の句の「にぎはしき都のちまた夫よりも」に子規の東京生活の反映が、すなわちその年に学年試験に落第した苦い思いが看取されよう。また、後者の歌は、何気ない叙景歌であるが、鯉の動きに蓮の露がこぼれるというこまやかな写生が見られ、後の子規の文学活動と繋がるものがあるように思われる。

さらに次のような旅先の歌が注目される。

眉のごと見えにし山もつかの間に手にとるばかりなりにける哉

おしあけて窓の外面をながむれば空とぶ鳥も後すさりせり

路の辺の木立草村見えわかずたゞ一色のみどりのみにて

一首目は、明治十八年七月末に帰省中の子規が友と美津の浜から厳島へと向かう折りの作で、「これより舟はますますあゆみをはやめ大海原にのり出したれば」という詞書がある。大海原に乗り出すにつれて、それまで眉のように見えていた山容が今は手にとれるばかりに感じられるようになった、という写実的な歌である。視覚による画然たる対象把握が印象に残る。

二、三首目の歌は、一首目の旅よりひと月ほど後、明治十八年の八月末に東京へ戻る途次の作である。「翌日神戸に上り三の宮より汽車にのりて大坂へ赴かんとするにその早きにめでゝよめる」という詞書がある。一首目と同じく移動する乗物から景色が移り変わってゆくさまを詠んだものだが、二首目はあるがままを写しとり、三首目は汽車の速度のために路傍の草木が一色のみどりに見えるという風景の発見をうたっている。いずれも基本は視覚にもとづく写生である。

このように見てくると、正岡子規の文学の第一のメルクマールといえる写生は、作歌体験のごく初期からあらわれていたことが分かる。一般に子規の写生は友人の洋画家中村不折から示唆を受けてはじめられたと捉えられているのであるが、実際には子規が西洋画の写生を意識する以前から、その短歌作品には写生的な要素が濃厚に認められるのである。子規短歌の文学徴標としての「写生」は、その歌人生涯を通して底流していると言えるであろう。

いま少し、この時期の子規の短歌作品を数首見ておこう。

猪

絲萩の花を枕にむすびつゝ臥猪も蝶の夢やみるらん

明治十八年作。猪が絲萩の花を枕に蝶の夢を見るという異色の発想の作だが、子規の随筆「我が俳句」（明治二十九年）に、「俳句は先づ譬喩的の句を見て始めて面白しと思ひたり。例へば（中略）、高尾が気に染まぬ客に伏猪の画の讃を望まれて『猪にだかれて寝たり萩の花』と詠みたりといふが如き、皆我が最愛の句なりき。」とあり、あるいはこの句から発想された短歌かとも思われるふしがある。ともかくも、その自在かつ柔軟な発想に見るべきものがあろう。

清水うしのみまかりしを思ひ出で、

むさし野に消えにし露の名残にや我のみ今も袖しぼるらん

明治十九年作。同じ下宿にいた友人清水則遠が脚気衝心で亡くなった折りの作である。切実なる挽歌であり、この歌の場合には古典的な詠法に則っている。

五月廿九日帝国大学の競技会にまかりて競争を見る

千さと行くたつの馬とても及ぶまじまなびの道もかくやいそがん

柵飛を見て

しがらみを早くこえ〳〵すゝむ也世のさまたげもこえてゆかまし

明治十九年作。詞書にもあるように帝国大学での競技会を詠んだ作であるが、いずれも走者の姿を写しとりながら、「まなびの道もかくやいそがん」「世のさまたげもこえてゆかまし」と半ば諧謔をまじえた感想を記しているところがユニークである。子規の本来有する自在かつ快活な精神がのぞいているようである。

霧降瀧

岩ふみて落ちくる瀧を仰ぎ見れば空にしられぬ霧ぞふりける

同じく明治十九年作。歌柄の大きな格調ある一首である。下の句に発想の冴えが見られ、空に知られぬ霧の中に自らがあることに心ひそかな充足を感じているおもむきがある。佳作であろう。
以上、正岡子規の初期の短歌作品を一瞥したが、全体としては、井手真棹から手ほどきを受けた古典和歌の詠法に拠りながらも、写生的要素の顕現に加え、自在な見立てや諧謔等をまじえた新味が見られると言えよう。この初期の短歌作品の魅力を、あらためて考えてみる必要があろう。

子規の転回点

一

明治二十年代の正岡子規は、急速に俳句の方へ傾斜していったようである。とくに明治二十四年（一八九一）に俳句分類の仕事に着手すると、子規の俳句に対する鑑賞眼が肥え、併せて俳句創作への志向が高まった。「我が俳句」という文章の中で、子規はこう記している。

明治二十五年以後は殆ど俳句を生命とし、古書を読み句を作り以て今日に及べり。従つて此年以後作る所の句数、以前に比して十倍二十倍の多きに上れり。

文学者としての正岡子規に、俳句への傾斜という大きな転回点が訪れていたと言えよう。それはまた、当時の子規を取り巻く周りの人々によって多分に増幅されていたものでもあろう。寄宿舎の監督となった内藤鳴雪をはじめ、飄亭、古白、非風や、虚子、碧梧桐といった人たちとの交わりが子規の俳句熱を高め、明治二十年代後半期の子規の文学に豊かな結実をもたらしたのである。

ところで、この時期の子規は人生の上でも節目にあった。明治二十五年の初めの学年試験に落第し、やがて東京大学国文科を中途退学、その年の十二月から新聞「日本」に入社している。併せて母と妹を東京に呼び寄せ、病身でもある子規の新たな生活がはじまった。そして、最初は薄給であったようだが、比較的安定した生活が営まれてゆくのである。しかしながら、やがて日本と清国との間に緊張が高まり、日清戦争へ突入してゆく。この戦役に子規は病身ながら従軍記者として加わり、よく知られているように帰途喀血をくり返し、後半生の子規を寝たきりの状態へと至らしめるきっかけともなってゆくのである。そして、この時、子規の短歌創作に新たに動きが出てくるように見受けられる。

この辺の経緯に焦点をあてて、やや詳しく見てゆこう。

正岡子規は明治二十二年、かぞえ年二十三歳の折りに喀血し、いわば病体であった。その子規は、日清戦争がはじまって周囲の新聞記者たちが従軍記者として大陸へと渡ってゆくなかで、自らも従軍を熱望した。周りの者は、当然のことながら、子規の病状を慮って止めた。しかし、子規には言い出したら聞かないところがあった。その辺の子規の様子を、司馬遼太郎『坂の上の雲』では次のように描いている。

「従軍したい」

ということは、ことあるごとに社長の陸羯南《くがかつなん》にたのんだ。子規がねだるたびに羯南は、

「いや、それはどうですかな」

と、渋面をつくった。どう考えても子規のからだではむりである。

子規のねだりは戦地にいる同僚にまできこえて、そういう方角からも反対してきた。（略）

それでも子規は耳を藉《か》さなかった。子規の性分であった。

虚子はいう。

「子規居士は自分たちをあのように説諭したが、思いたてばひとの忠告もあらばこそ、矢もたて、もたまらなくなるのは子規居士こそそうである」

編集室のたれもが反対した。

このように、子規の執拗さには特筆すべきものがあった。しかし、日本新聞社の社主であり、子規の援助者でもあった陸羯南は、強く反対した。羯南は子規の叔父にあたる加藤恒忠の友人であった。ところが、『坂の上の雲』によれば、明治二十八年も二月《ふたつき》ほど経つと、従軍記者が一人足りなくなった。子規は懇請をくり返し、羯南はとうとう「根負け」して、ついに子規が派遣されることになったのである。子規は雀躍し、「生来、希有《けう》の快事に候」と友人にあてて書いたという。

かくして子規は、明治二十八年四月に日本を発ったが、周知のようにこの従軍は子規の健康を著しく損ねた。

大連港からの帰国の船中で喀血し、神戸港に着くと、そのまま担架で神戸病院に運ばれた。一時は重篤な状態に陥り、高浜虚子が看病に駆けつけ、やがて母も見舞いに訪れた。結局、神戸病院に二か月入院し、さらに須磨保養院に一か月、郷里の松山に二か月の静養を経て、東京に戻ることになる。しかし、やがて腰痛を発症し、足腰の立たぬ、いわゆる病牀六尺の生活へと移行してゆくのである。

右に見てきたような子規の日々の中で、短歌はどのように詠まれていたのだろうか。以下、『竹乃里歌』から当時の作品を見てゆこう。

まずは、明治二十七年の作から。

大海原八重の潮路のあとたえて雲井に霞むもろこしの船
焼太刀を抜きもち見れば水無月の風冷かに龍立昇る
　　ある人に代りて韓山に在る某に寄す
君が着る羅紗の衣手をさをあらみな吹きすさみそから山颪
　　三韓舟中の作に擬す
雲かあらず煙かあらず日の本の山あらはれぬ帆檣の上に
ことさへくから山颪秋立ちて大砲の音に馬いはふなり

日清戦争の開戦前後という時代状況が反映している作であり、与謝野鉄幹を連想させるような一種のますらおぶりが見られると言えようか。また、その詠みぶりは伝統的なものを曳きながらも、それぞれの歌には意外にくきやかな描線とでも言うべきものが見られるように思われる。すなわち、海路に霞むもろこしの船や、水無月の風の冷やかさ、羅紗の衣の風合い、帆檣の上にのぞむ日本の山々、大砲の音など、景物の輪郭が鮮明に浮かび上がるような作なのである。ただ、これらの作は想像力によって詠まれている傾きがあり、後に子規が主唱するような実景に即する写生とは同質ではないであろう。しかし、この描線の確かさは、子規の短歌の全体を通して見られるように思われ、あるいはこうした子規短歌の個性がまずあって、子規をしておのずからに後年の写生論の提唱へと向かわせたとも言えるであろうか。

二

日清戦争従軍から帰国した子規はそのまま神戸病院に入院し、その後、須磨や松山で静養の日々を送ることになるのだが、そうした日々を背景にした明治二十八年（一八九五）後半期の作を見てゆこう。

この年の夏の部、秋の部に、須磨で詠まれた作が並んでいる。まず夏の部から。

須磨の松の苗を手紙の中に封じこめて都の何がしにおくるとて
都べはあつくぞあるらしいねがての枕に通へすまの松風
夜の戸をさゝぬ伏屋の蚊帳の上に風吹きわたり螢飛ぶなり
うつせみの人目もまれにわぎもこの二布吹きまく沖つ浪風

風流の心にまかせた詠みぶりである。螢やわぎもこ（誰のことであろうか）がうたわれ、須磨での静養におのずから身をまかせている心の静まりが見てとれる。一時は重篤であった神戸病院入院時からの快復が背景にあるのだろうか。古典的な詠風の中に見られる一種のゆとりが印象的である。が、秋の部になると、静養の日々の移ろいの中で、望郷の思いがつのってくるようである。

すまの浦に旅寝しをれば夏衣うら吹きかへす秋の初風

すまに住みける頃伊予へわたらんとこゝろざしながらいたつきのために心ならぬ日をおくりければ

秋風のふくにつけても月の入る山の端いかにこひしかるらん

基本的にはゆったりとした詠みぶりだが、静養の日々を重ねる中で、心の内にさわだつものを感じとっている。

つづく冬の部には、郷里松山に滞在後、東京への帰京の歌が置かれている。子規が松山を立ったのは十月十七日、十九日に三津から乗船し、月末に東京に着いた。叙景表現の中に、次のような心のかそけさを伝える歌が並んでいる。

風あるゝ伊勢の浦わの濱荻の枯れて音なき冬は来にけり
我門に立てる枯木のほの見えて星まばら也夕やみの空
舟つなぐ三津のみなとの夕されば苫の上近く飛ぶ千鳥かも

この帰京の折りにはすでに腰痛が発症して歩けない状態に陥ったこともあったのだが、まだこの段階では子規本人はリウマチと思っていたようである。むろん結核の悪化した予後ということもあり、掲出の作に見られる静かな叙景歌には、そうした心の内側を見つめる寂とした心境もうかがえる。ただ、あくまでも叙景に即する形で、心の動きをあらわに出さぬところにこの時期の子規短歌の特色があろう。

こうした詠風は、ある程度子規短歌全体を通してうかがわれるようである。しかしながら一方で、そうした枠にはまらない振幅の激しさにも子規短歌の魅力があるであろう。明治二十八年の雑の部には次のような一首が置かれている。

病やゝいえし頃
一たびはつなぎとめたる玉の緒のいつかは絶えんあすかあさてか

重篤な状況をくぐりぬけての率直な心情が吐露された作だが、初句から第四句までの文語脈の表出のあと、結句の「あすかあさてか」という口語表現が直情をつよく打ち出している。伝統的な和歌表現はおのずから風雅と格調を重んずるものであり、そうした詠法を踏襲しながらも、突如として投げつけるように表出された「あすかあさてか」の語はなまなましい存在感を放っている。そして、そこに子規の痛切な思いがこもり、この歌のリアリティーを形成している。

ところで、講談社刊『子規全集』の「『竹乃里歌』拾遺」には、明治二十八年七月二十九日付の西芳菲山人宛て書簡に記された和歌四首が収録されており、病気と向き合っている子規の心境が率直に詠まれている。そこには、今まで見てきた子規短歌とはいささか異なったおもむきの詠みぶりがうかがわれる。

病中
一声は死出の田長か極楽の道はと問へど二の声もなし

須磨に病をやしなひて

夏の日のあつもり塚に涼み居て病気なほさねばいなじとぞ思ふ

病の少しくおこたりそむると共に養生もおのづとおろそかに人の忠告も聞捨勝なるこそおぞましけれ

横にふるかうべの里を立ちいでゝ又こりずまに鳴くほとゝぎす

此頃の雨天つゞきに気もむすぼれてとけぬ折柄かゝる御消息のうれしく覚えて閑居の心をなんなぐさめ侍る

お手紙の狂歌あすかとまつ風にまた日数ふる村雨の空

特定の個人を読者に想定した作品だからこそそのものでもあろうが、今まで見てきた歌に比べて子規自身の心をひらいた、きわめて率直で、軽口もまじえた詠みぶりが印象深い。とくに三首目の「又こりずまに鳴くほとゝぎす」や四首目の「お手紙の狂歌あすかとまつ風に」などの諧謔には独特の味わいがある。明治三十年代以降の子規短歌には時折りこうしたざっくばらんな感じの歌が見られるが、その先蹤として注目される。とにもかくにも、子規の生《なま》な息づかいが感じられ、歌の姿の端正さ、心の姿の端正さを重んずる伝統的和歌の詠法とは一線を画したところに、子規が自らの歌の落ち着く先を見ているような感はあろう。

以上、明治二十七、八年の子規短歌を一瞥してきた。生涯の転回点をなす従軍と大病を背景に、歌の姿は基本的には伝統的和歌の端正さを保持しているとは言えよう。そして、そこに子規ならではの写実の眼や、叙景に添う形での心境の吐露が見られるのである。しかし、そんな中で突如としてなまなましい直情表出や、諧謔をまじえた破格な詠風が見られる作もあり、子規短歌の幅の広さをうかがわせる。

ところで、この時期の子規の俳句には、どのようなものが見られ、子規の短歌創作との間にはどのようなかかわりがあるのであろうか。この小稿は正岡子規の歌人としての軌跡をたどるところに主眼があるのだが、この当時の子規の作句数には膨大なものがあり、当然のことながら俳人としての子規を看過することはできない。たとえば、須磨療養中の作かと推測される俳句に、

夏痩の骨にとゞまる命かな

という完成度の高い句があり、こうした子規の俳句活動との関連がやはり問われてくるのである。次稿では、その一端に触れたいと考えている。

子規の俳句と短歌

前稿では日清戦争従軍から病気療養に至る正岡子規において、その短歌作品にどのような展開が見られるかを考察した。そして、伝統的な和歌の規範に即しながらも、叙景と境涯との融合や諧謔をまじえた作に独特な味わいが見られる点を指摘した。ただ、当時の子規の文学を考える上では、成熟期にさしかかった俳句活動の面を看過することはできず、同じ時期にどのような俳句が詠まれていたのか、その俳句作品と短歌作品がどのような関係にあるのか、といった点を、本稿では見てゆくことにしたい。むろん当時の子規の俳句活動全体を扱うわけにはゆかず、ここでは日清戦争従軍から病気療養に至る時期の俳句を数句取り上げるにとどめる。以下、講談社版『子規全集』より明治二十八年（一八九五）の俳句を引く。

従軍の時

行かばわれ筆の花散る処まで

金州

古城やいくさのあとの朧月

金州城外

一村は杏と柳ばかりかな

神戸病院を出で、須磨に行くとて

うれしさに涼しさに須磨の恋しさに

病起

夏痩の骨にとゞまる命かな

須磨保養院

人もなし木陰の椅子の散松葉

病後

あけ放す窓は上野の小春哉

病中

庭の雪見るや厠の行き戻り

随意な引用ではあるが、従軍の折りの句には古城や村の風景、心の昂ぶりなどを大きく写しとろうとする子規独特の気の動きがあり、一方病にかかわる句には切実な作が並んでいる。後半部は、病中の嘱目と心境が溶け合い、作者の境涯が読者の心にひびいてくる。子規俳句の熟達が見られる時期だけに、写生のたしかさが感じられ、句の完成度は高いと言えよう。

ところで、当時の子規の短歌作品と俳句作品とをつき合わせてみると、どのようなことが言えるのであろうか。いろいろ想定されるであろうが、とりあえず私は次のような点に着目したいと思う。それは、俳句では主として一点への場面の集中と形象化に特色が見られるのに対し、短歌では五七五七七というその器の容量にもよるのだろうが、叙景と心情表出に一定の間《ま》を包摂した場面の移りが見られると思われるのである。

たとえば「夏痩の骨にとゞまる命かな」「人もなし木陰の椅子の散松葉」「庭の雪見るや厠の行き戻り」などの句を見ると、それぞれ「夏痩の骨」「散松葉」「庭の雪」へと一点に収斂してゆく風景の純化と定着が見られるのに対し、短歌の場合には、ひとまとまりの事柄からもうひとまとまりの事柄への一種の繫ぎや受け渡しがなされ、一首としての完成を見るようである。前稿で引いた子規短歌から例を引けば、

舟つなぐ三津のみなとの夕されば苫の上近く飛ぶ千鳥かも
夏の日のあつもり塚に涼み居て病気なほさねばいなじとぞ思ふ

の作なども事象の受け渡しや移りゆきが認められるであろう。

そのような「詠まれる事象の移り」の妙技に、俳句にはない短歌の特色があると言えようか。この点を強調するといささか一般論になってしまう傾きがあるのだが、こうした「移り」を詠むことへの関心が子規の心の一隅にきざしたと言えるのではなかろうか。

むろん、この当時の正岡子規は、短歌には未だ深くかかわっていたとは言えない時期であろう。子規自身も述べていたように、俳句に打ち込んでいた時期である。しかしながら、日清戦争従軍と大病という一身の激動の跡を定着させる中で、短歌形式が今までにない重みを帯びて子規に意識されはじめたと言えるのではなかろうか。ただ、『竹乃里歌』では、翌明治二十九年の作はなく、その翌年の

明治三十年の末から本格的な短歌活動が開始されてゆくのであり、明治二十七、八年の日清戦争当時の作歌がそのまま三十年代の子規の短歌革新運動に直結するわけではない。そのあたりの潮目の移り変わりには、なかなかに微妙なものがあるであろう。

ちなみに明治二十九年、三十年の子規の動向を徴すれば、俳句関係の事跡が多い。この頃はいわゆる足腰の立たぬ病牀六尺の生活にはいっていった時期で、病気がリウマチではなくカリエスであることが判明して衝撃を受けているが、俳句方面での子規の仕事は大成の季《とき》を迎えている。「早稲田文学」や「めざまし草」に俳句の寄稿をつづけ、また松山から「ホトトギス」が発刊されて子規の俳句方面の活動が規模を広げていった。新聞「日本」での執筆を含め、この時期、正岡子規の俳句革新運動が頂点を迎えている印象がある。

また、当時の子規において、その視点が俳句のみならず、和歌や小説、新体詩などに広くまたがるようになっていることが注目される。「日本人」に連載した「文学」では主として和歌・俳句・新体詩・漢詩等の現状を分析、批評した文章を載せているし、一方で、小説の実作にも手を染め、小説『花枕』を「新小説」（明治三十年四月）に発表したりしている。併せて、新聞「日本」に、「松蘿玉液」「俳句問答」「俳人蕪村」の連載などをつづけている。極度に限定化された日常において、その旺盛な執筆活動はむしろ驚嘆すべき幅の広さを示していると言えよう。

そうした中で、正岡子規の眼はしだいに短歌革新へと向けられてゆくのである。前出の「文学」という評論では、和歌の現状に触れて、

和歌は老人の専有物となりて少年の之に熱心従事する者無し。是に於てか和歌は活気無き者とな

り了れり。和歌は国学者の専有物となりて他の之に指を染むる者無し。

と記しているが、そのような和歌の現状の変革に自ら乗り出してゆくのが明治三十一年からである。
そこには、文学者である子規の内部において、俳句から短歌へと向かう必然性があったことと想像されるが、その内実はなかなかに微妙である。以下、子規の短歌革新運動を見てゆく中で、その辺の事情を探りたいと思う。

歌人子規の道程

明治三十年代は、正岡子規という文学者の内部で短歌への取り組みが急速に高まった時期である。明治三十年（一八九七）当時において、俳人としての子規の評価にはすでに不動のものがあったが、この三十年代の作句数は、それまでと比べて減少してきていることは確かである。むろん藤川忠治が『正岡子規』（昭和三十八年一月、南雲堂桜楓社）で記しているように、その俳句の作品質は高まっているのであるが、現実の問題として、子規の関心が短歌の革新に向かっていったことは否めないところである。

一般に正岡子規の短歌革新運動は、明治三十一年初頭の評論「歌よみに与ふる書」にはじまるとされる。それは激越な旧派和歌否定の論調に貫かれていたのだが、それよりやや早く、むしろ静かな形で子規の実作がはじまっていたことに心惹かれる。それは前年（明治三十年）の十月に天田愚庵に与えた歌である。愚庵和尚より柿を送られた感懐を詠んでいる。

柿の実のあまきもありぬ柿の実のしぶきもありぬしぶきぞうまき
世の人はさかしらをすと酒飲みぬあれは柿くひて猿にかも似る
御仏にそなへし柿ののこれるをわれにぞたびし十まりいつゝ

これらはありのままの事実と感想を率直に吐露した作であるが、注目すべきは、その歌材の選択と詠み方の自在さであろう。激しい論調で終始する「歌よみに与ふる書」と比べて、その実作品の詠みぶりには演技の色がない。そして、子規の作歌に関する限り、このおのずからなる詠風は持続し、ここに子規短歌の魅力の一端があると思われる。

ともあれ、まずは子規の短歌革新の狼煙ともなった「歌よみに与ふる書」を見てゆこう。この評論は、明治三十一年の二月から三月へかけて新聞「日本」に十回にわたって連載されたものだが、その第二回で示された旧派和歌否定、なかんずく古今集否定の論調は有名である。

貫之は下手な歌よみにて古今集はくだらぬ集に有之候。其貫之や古今集を崇拝するは誠に気の知れぬことなどと申すものの、実は斯く申す生も数年前迄は古今集崇拝の一人にて候ひしかば、今日世人が古今集を崇拝する気味合は能く存申候。崇拝して居る間は誠に歌といふものは優美にて古今集は殊に其粋を抜きたる者とのみ存候ひしも、三年の恋一朝にさめて見れば、あんな意気地の無い女に今迄ばかされて居つた事かと、くやしくも腹立たしく相成候。（適宜、読点を付した）

ある意味で単純明快に過ぎる発言であるが、子規としても古今集や編者の紀貫之を全面否定しているわけではないであろう。そこには多分に子規のジャーナリストとしての一面が影を落としているように思われる。

ただ、十回にわたる「歌よみに与ふる書」を丹念に読んでゆくとき、そこには歌人として改革をはじめようとする子規のたしかな批評眼をうかがうことができる。そうした子規の短歌観の一部を引いてみる。

歌は感情を述ぶる者なるに理窟を述ぶるは歌を知らぬ故にや候らん。（「四たび歌よみに与ふる書」）

小さき事を大きくいふ嘘が和歌腐敗の一大原因と相見え申候。（「五たび歌よみに与ふる書」）

只自己が美と感じたる趣味を成るべく善く分るやうに現すが本来の主意に御座候。（「十たび歌よみに与ふる書」）

ここには短歌という文芸様式を冷静に分析する子規のまなざしが感じられる。短歌は理屈ではなく感情を表白するものだという発言には、世態・風俗の描写よりも人情の描写を重視する坪内逍遙『小説神髄』の考え方と呼応するものがある。また、「小さき事を大きくいふ嘘」を戒め、「自己が美と感じたる趣味を成るべく善く分るやうに現す」ことを提唱する写実的姿勢には、明らかに子規の文学の代名詞ともいえる「写生」の概念とのつながりがうかがわれる。激しい旧派批判の評論として有名になった「歌よみに与ふる書」には、その基底に想像以上に緻密な文芸構造把握の視点が据えられていたことを知らねばならないであろう。

ここで、もう少し子規の短歌についての発言をたどっておくことにしたい。

一般にいへば歌は倫理的善悪の外に立つ処に妙味はあるなり。（「人々に答ふ」明治三十一年）

由来歌よみといふものは景色を見て作るにもあらず、将《は》た空想なりとも其景色を目前に浮べて作るにもあらず。只無暗に文字を並ぶるを唯一の芸とする故斯るつまらぬ歌は出来るなり。固より此種の失敗は歌よみ全体に常にある事なり。（「一つ二つ」明治三十一年）

歌は全く空間的の趣向を詠まんよりは少しく時間を含みたる趣向を詠むに適せるが如し。（「歌話」明治三十二年）

歌にて上四句を客観的具象的に詠みて結一句を主観的抽象的にするは極めて結び易き法なり。（「短歌愚考」明治三十三年）

ここには短歌という文芸様式について、きわめて犀利な分析的論評が見られる。短歌のモチーフにおける倫理観の問題や、写実の手法の取り込み方、五句構成の扱い方、時間と空間の構造など、短歌形式に対する重要な問題が提起されている。現代から見ても、その鋭さは新鮮である。とりわけ、「歌は全く空間的の趣向を詠まんよりは少しく時間を含みたる趣向を詠むに適せるが如し。」という言は、子規がそれまで打ち込んできた俳句との差異を自覚してのものと受け取れないであろうか。ここで子規が直接に俳句のことに言及しているわけではないので論証はできないのだが、本格的に短歌の革新運動に向き合うことになった正岡子規が、前稿で言及した短歌形式がはらむ一種の事象の移りに着目し、そこに時間を含む要素のあることを推論したのではなかろうか。

以上、明治三十年代の子規の短歌観についてその一端を見てきたが、もとよりここでその全体をおさえることはできない。が、少なくとも子規の短歌についての発言が、自ら俳句革新を果たしてきた視点に立ってなされていることは留意すべきと思われる。俳句形式を見通した眼で短歌形式に向き合っているのであり、短歌固有の表現の可能性に多分に意識的になっていたと考えられるのである。

子規短歌の世界

正岡子規の短歌活動は、ほぼ明治三十年代の五年ほどの期間である。その間、作歌の主軸は、やはり「写生」にあったと言ってよいであろう。が、そのわずか五年ほどの間にあって、写生歌の様相には少なからぬ違いが見られる。そこには、おそらく子規の病状の悪化と死生観の深まりがかかわっているのであろうが、併せて対象の写し方自体にも変遷が認められるようである。

明治三十一年（一八九八）の写生歌を見よう。

椽先に玉巻く芭蕉玉解けて五尺の緑手水鉢を掩ふ

夕立の車も馬も馳せ去りて大きなる牛のぬれつゝぞ行く

とりあえずは客観写生の歌と言ってよい作であろう。一首目はとくに子規の名歌として知られているものであり、視覚によるクリアな写生は、縁先の庭の空間とみずみずしい緑の色彩感を鮮やかに伝えている。また、同じ年の作には、

うちはづす球キヤツチヤーの手に在りてベースを人の行きぞわづらふ

のような、たくまざる滑稽味をただよわせた写生歌もある。

こうした作風は、翌明治三十二年においても基本的には引き継がれていると考えられる。「絵あまたひろげ見てつくれる」歌として知られる、

なむあみだ仏つくりがつくりたる仏見あげて驚くところ
木のもとに臥せる仏をうちかこみ象蛇どもの泣き居るところ

などの作は文字通り、絵画表象を言葉によって引き写したものである。

ただ、このころから子規の短歌は、純粋写生の作と、病の境涯を融合させたものの二方向に分かれていったようである。同じ三十二年の作から後者の作を引こう。

臥しながら雨戸あけさせ朝日照る上野の森の晴をよろこぶ
四年寝て一たびたてば木も草も皆眼の下に花咲きにけり

それぞれ初句に「臥しながら」「四年寝て」と境涯が記述されているが、一首目の方が二首目と比べて境涯の流し込み方は淡く、その分だけ「上野の森の晴」の風景描写に重点が置かれている。

明治三十三年の作においては、さらに病の境涯を投影させた作が目立つようになる。

いたつきの閨のガラス戸影透きて小松の枝に雀飛ぶ見ゆ
冬こもる病の床のガラス戸の曇りぬぐへば足袋干せる見ゆ
病みふせるわが枕辺に運びくる鉢の牡丹の花ゆれやまず

これらの三首も、先に引用した作と同じく、一首の前半で病の境涯が語られ、後半で叙景へと移行しているものである。「いたつきの閨のガラス戸」「冬こもる病の床」「病みふせるわが枕辺」というように、同系統の病床の場がしつらえられているが、しかしいずれも特段に強い印象を与える表現は用いられず、調べのなだらかな地味な表現でおさめている。そして、下の句に雀の飛ぶ影や干してある足袋、牡丹の花といった景物が写しとられているのである。これはこの時期の子規短歌の一つの基本構造とも言えるものであるが、その要諦は境涯の表出が「いたつきの」「病の」「病みふせる」というように一語句におさえられ、その病の境涯よりもむしろ写しとられる景物の方に重点が置かれているということであろう。後の斎藤茂吉が唱えたような実相観入説とも異なり、注目しておきたい。そして、このことはまた、同じ明治三十三年の制作になる写実詠の佳作、

くれなゐの二尺伸びたる薔薇の芽の針やはらかに春雨のふる
松の葉の葉毎に結ぶ白露の置きてはこぼれこぼれては置く

などの歌と基底で一脈つながっているように感じられる。

この二首は、境涯を直接感じさせる語句は詠み込まれず、薔薇の芽や松の葉などの細部に目を凝ら

すところにポイントがある。客観写生の作と言いうるであろうが、注目すべきは薔薇の芽や松の葉に向かう視線である。よく言われるように、微細なところを精緻に写しとった写実の力量を示すものでもあるのだが、もう一つ留意しておきたいのは、その対象に向かう視線とともに感じられる一種の気息であり、作者の心の静謐である。ここに私は、先にあげた「いたつきの〜」「冬こもる〜」「病みふせる〜」の歌三首とのつながりを感じる。この三首では病を養う心の静まりが下の句にくる叙景をきわやかに浮び上がらせていたのであるが、薔薇の芽や松の葉を詠んだ客観写生の作では、そうした前提を置かず、対象を縁どる一首の運びの中でそうした静謐をもたらしている。描線と気息との融合に子規の写生歌の到達点を見ることができるのではなかろうか。

右の歌が詠まれた明治三十三年の書簡（三月十八日付推定、坂井辨宛）で、子規は短歌における客観写生のむずかしさに触れ、こう述べている。

> 只一昨年と今年と少しく考の変りたるは、短歌は俳句の如く客観を自在に詠みこなすの難き事、又短歌は俳句と違ひて主観を自在に詠みこなし得る事、此二事に候。一昨年頃は俳句に詠み得る景色は何にても三十一文字に入れ得べきやうに信じ候ひしかども実際経験を積むに従ひ短歌は俳句の如く軽快なる微細なる景色を詠み難きを発明致候。

ここで子規は俳句と比較し、短歌において景色を客観的に写しとることの難しさを吐露している。十七文字の俳句で写せる景色が三十一文字の短歌では写しにくいと述べているのである。逆に作者の心情とか境涯など主観的なものは自在に詠みうると言っている。こうした短歌の特性についての子規の考えを念頭におくとき、薔薇の芽や松の葉を客観的に写しとったと思われる前掲の子規の短歌作品は、短歌では詠みこなすのが難しいところに挑み、成功させた例と言えようか。病を養う境涯を吐露せずに、対象だけを丁寧に縁どった描線が印象的だが、おそらくその難事を成功させているのは、やや逆説的な物言いだが、薔薇の芽や松の葉を写しとる作者子規の主観の流れであろう。それも具体的な境涯を示す語は詠み込まず、ひそやかな気息という形の主観がしっとりと一首に流露しているのである。現代でも一般に吟行におもむいた場合、俳句に比して短歌は即詠をなしにくいといわれるが、その事情の一端はここにあるのではないか。景色を写しとる歌人において、景色自体の描写と同時に、その一首に充たしめる感情の流れへの心配りが大事なのであろう。明治三十三年の子規の写生歌は、そのことの重要性をさりげない形で示唆しているのである。

子規最晩年の歌境

正岡子規は明治三十五年（一九〇二）の九月に世を去るが、その前年の明治三十四年五月十三日に子規が伊藤左千夫に送った書簡の中に、こんな歌がある。

藤の歌山吹のうた歌又歌歌よみ人に我なりにけり

「藤の歌」や「山吹のうた」と詠みついで、この頃の自分はすっかり歌人の一人となったことよ、といった意味であろうか。ここで言及された藤や山吹の歌とは、

裏口の木戸のかたへの竹垣にたばねられたる山吹の花

瓶にさす藤の花ぶさみじかければたゝみの上にとゞかざりけり

など人口に膾炙した子規短歌の代表作を含む一連の作をさすのであろう。

これらの歌はいずれも明治三十四年に新聞「日本」に連載された「墨汁一滴」の中に見られるもので、子規の短歌の到達点を示すと一般に考えられているものである。この藤の歌、山吹の歌の一連

に、「しひて筆を取りて」の一連を加えると、子規最晩年の歌人としての代表歌がそろう感がある。すでにさまざまな子規論で言われているように、最晩年の子規の境涯を詠んだ作には絶唱と言えるものが多い。とくに「しひて筆を取りて」の一連中、

佐保神の別れかなしも来ん春にふたゝび逢はんわれならなくに
いちはつの花咲きいでゝ我目には今年ばかりの春行かんとす
夕顔の棚つくらんと思へども秋待ちがてぬ我いのちかも
いたつきの癒ゆる日知らにさ庭べに秋草花の種を蒔かしむ

などの作は、限られた命の時間の中に植物や四季のめぐりを縁どろうとする歌ごころが哀切であり、読む者の心を深くとらえて放さないであろう。掲出歌の叙述の構造は現在から見ればある種の型を感じさせもしようが、しかしながら、それぞれの歌の調べが歌句のすみずみにまでゆきとどいていて、一首の感動を揺るぎないものにしている。

ただ、この小稿で私は、最晩年の子規の、むしろ病の告白にとらわれない叙景の作に目を向けてみたいと思う。その作品は、「墨汁一滴」の明治三十四年四月三十日に記された山吹の歌の一連である。以下、この一連について、やや詳しく立ち入ってみたい。

さて、今まで触れてきた藤の花の一連や「しひて筆を取りて」の一連でもそうなのであるが、山吹の歌の一連も含め、これら子規晩年の連作の佳篇は、いずれも「墨汁一滴」という毎日連載形式の随筆の、ある一日の枠の中で発表されたものである。すなわち、基本的には「随筆」という枠組みの中

で日々の思いがつづられ、その中核部に短歌の一連が置かれているのである。これを短歌だけ取り出して分析する方法もないわけではないが、それではやはり子規本来の意図に添わないものになってしまうと思われる。

「墨汁一滴」四月三十日付の欄を見ると、山吹の歌十首の前後に一定の長さの散文が置かれている。いわゆる詞書とは同質とも言えず、また『伊勢物語』のような歌物語ともちがう、考えてみれば不思議な形式である。そして、前後に置かれた短文が、何とも言えぬ味わいをかもし出しているのである。

まず、一連の前に置かれた短文を引いてみる。（引用は岩波文庫『墨汁一滴』による。ただし、ルビは省いたところがある）

　病室のガラス障子より見ゆる処に裏口の木戸あり。木戸の傍、竹垣の内に一むらの山吹あり。この山吹もとは隣なる女《め》の童《わらは》の四、五年前に一寸ばかりの苗を持ち来て戯れに植ゑ置きしものなるが今ははや縄もてつがぬるほどになりぬ。今年も咲き咲きて既になかば散りたるけしきをながめてうたた歌心起りければ原稿紙を手に持ちて

みごとな、心ゆかしき一文である。女の童と山吹の取り合わせが趣深く、淡々とした筆致のうちに読む者の心に沁みてくる。詞書と見なすにはあまりに文芸的な魅力をもった短文である。基本的にはコラム的な随筆の中に山吹の歌の一連が置かれているのであって、新聞「日本」の読者も短歌欄を読むのではなく半ば随筆を読むようなスタンスで接していたであろうと思われる。

山吹の歌の一連十首を次に引く。

裏口の木戸のかたへの竹垣にたばねられたる山吹の花
小縄もてたばねあげられ諸枝《もろえだ》の垂れがてにする山吹の花
水汲みに往来《ゆきき》の袖の打ち触れて散りはじめたる山吹の花
まをとめの猶わらはにて植ゑしよりいく年経《とせ》たる山吹の花
歌の会開かんと思ふ日も過ぎて散りがたになる山吹の花
我庵をめぐらす垣根隈《くま》もおちず咲かせ見まくの山吹の花
あき人も文くばり人も往きちがふ裏戸のわきの山吹の花
春の日の雨しき降ればガラス戸の曇りて見えぬ山吹の花
ガラス戸のくもり拭へばあきらかに寝ながら見ゆる山吹の花
春雨のけならべ降れば葉がくれに黄色乏しき山吹の花

これらの作は、いずれも結句が「山吹の花」とうたいおさめられ、形式的にととのえられている。体言止めの結句のつらなりによるリズムが刻まれているが、十首それぞれの歌の内容は、発想ものびやかで、多彩なものとなっている。

一、二首目で裏口の木戸の傍らにたばねられた山吹をうたい、三、四首目で水汲みに通り過ぎる人や、山吹の苗を植えた童女など、人と山吹のかかわりをうたう。さらに五、六首目では歌会や自らの小庵のことなど子規自らの日常をのぞかせ、七首目ではあき人（商人）や文くばり人（郵便夫）の通る往来に視点をひろげて詠んでいる。そして、末尾の三首では、雨の日をこもる子規の日常と山吹の花がおのずから向き合い、山吹の花の写生とともに、それを見つめる作者の気息が伝わってくる。しかしながら、その際、病にかかわる語が詠まれてはおらず（わずかに九首目に「寝ながら」の語はあるが）、山吹の花自体を詠みつつ作者の日常の感情を浮び上がらせているのは注目に値する。

このように、山吹の花をうたった一連十首は、連作としてもととのった構成をなし、併せて病床にある作者の境涯を直接持ち込まない形で日常感を揺曳させた、子規最晩年の歌境の奥行きを想像させる作品と言えよう。

次稿では、山吹の花の歌から数首取り出して、やや詳しい鑑賞文をつづってみたいと思う。

子規晩年の短歌鑑賞

この稿では、前稿で触れた山吹の歌一連十首（新聞「日本」明治三十四年（一九〇一）四月三十日付「墨汁一滴」所収）より三首を取り上げ、やや詳しく鑑賞をこころみようと思う。

裏口の木戸のかたへの竹垣にたばねられたる山吹の花

十首の冒頭に置かれた作。上の句は空間的な場の設定。カメラ・アイ的な手法で漸次焦点を絞ってゆく。短歌ではしばしば見られる表現だが、「裏口」「かたへ」といった語のかもし出すひそけさといったものが、静謐な情調を揺曳させている。こうしたひそやかな沈潜の場をしつらえた上の句に対して、つづく下の句では一首の主眼である山吹の花がうたわれる。それも「たばねられたる」山吹の花なのである。可憐な花が一緒くたに小縄でくくられているわけであり、一見何の変哲もない客観写生でありながら、実は一首を通してひそやかな哀切感とでもいった感情の流れがみとめられるのである。そこにこの歌が読者をとらえるゆえんがあろう。ただ、山吹の花を、たとえば「女の童」と重ね合わせるような象徴化にまでは至っていないという点は肝要であろう。子規の場合、景物はあくまで景物として詠む傾向があり、のちの斎藤茂吉短歌がもつ象徴性は帯びていない。

ところで、この「たばねられたる山吹の花」という下の句は、平凡そうに見えて決して即興的に得られた表現ではないようだ。藤川忠治著『正岡子規』（南雲堂桜楓社）の「鑑賞篇」では、この歌の第四句「たばねられたる」をめぐり子規の俳句と関連させて次のように指摘している。

第四句は、「麦蒔やたばねあげたる桑の枝」（二十五年）「連翹やたばねられたる庭の隅」（二十九年）「無雑作にくゝりあげたる芒哉」（三十年）など、俳句の方では種々試用ずみのものである。

簡潔な叙述ながら鋭い指摘である。正岡子規という歌人を捉えようとする場合、単に『子規全集』の短歌関係のところだけを見ていたのでは埒があかないことを端的に示してもいる（これが実際なかなかの難事である）。ともあれ、藤川が引いた句のうちではとくに「連翹やたばねられたる庭の隅」に注目したい。「庭の隅」というひそやかな場面設定やたばねられた連翹の哀切感という点で、掲出の山吹の歌とほとんど同工異曲の感がある。

歌の会開かんと思ふ日も過ぎて散りがたになる山吹の花

一読して歌意の明快な作だが、藤川は前掲書の評釈で、この歌が作られた頃はすでに子規の病が重く、子規庵での月例歌会は取り止めになっていたことを指摘し、こう述べる。

歌会を開く予定が何らかの支障があって開かずじまいに、その日がすぎたというのではない。

一、二句は、山吹の花をみながら歌会でも開けたらなあという、願望のこもった気持だという事を、分りきったことのようだが、断っておく。

一般の読者はおそらく、何となく歌の会を開きそびれたというふうに受け取って読むことが多いかもしれない。その解釈でも、一首は佳作だと思う。いや、誤読をおそれずに言えば、その日常の事象と「散りがたになる山吹の花」の取り合わせに、やや軽みを帯びた日常感覚といったものが縁どれ、味わいある一首になっているように思う。むろん、作者正岡子規のおかれた境遇をふまえて解釈をこころみれば藤川の指摘するような歌意になるであろう。それはむろん、短歌研究の本道としてしかとおさえる必要がある。が、その上に立って、なお、この歌のはらむ、何か茫々とすぎてゆく日常の時間の捉えがたさみたいなものをモチーフとした点に、現代から見てなお新しさがあるのではないかと思っているが、どうであろうか。そして、このことは、われわれが短歌を鑑賞する際に、作品内部の表象と、作品外部の情報（たとえば作者についての情報など）をどのように斟酌するかという問題にもかかわってくる。

あき人も文くばり人も往きちがふ裏戸のわきの山吹の花

日常的な風景ながら、構図のととのった、きわやかな印象の作である。商人や郵便夫が通り過ぎる往来の風景と、裏木戸の脇に息をひそめて咲く山吹の花の静かな風景がおのずとつながり、趣深い一首となっている。「墨汁一滴」では「根岸の道は曲りくねつて居る」ので家が分かりにくいとも記されており（明治三十四年五月二十一日付）、大通りというわけではないけれども、それなりにいろいろな人たちが通りすぎていったのであろう。その意味で、「あき人も」「文くばり人も」とくり返される「も」の助詞がひろがりを想像させ、意外に歌柄の大きな作であることを思わせるのである。

なお、河東碧梧桐が描いた子規庵の平面図によると、この裏木戸は、南側の庭の先にあったようである。玄関は北側にあり、南に面してガラス戸がはめられた子規の病間がある。そこから糸瓜棚や芒、松などが見え、その先に裏門がある。その裏門の傍らの山吹の花なのである。垣根の向こうを往来する商人や郵便夫の動きは、ガラス戸の内の子規と対照をなすが、ちょうどそのなかだちをするように見えるのが、たばねられた山吹の花なのであろう。こうした子規の視点を考え合わせると、山吹の花に込められた子規の思いには、単なる愛憐にとどまらないものがあったであろう。

以上、正岡子規晩年の山吹の歌一連から、三首ほど取り出して鑑賞をこころみた。一連の前書きにあったように、「うたゝ歌心起り」て短い時間に詠み継がれたものかもしれないが、注目すべき作が並ぶ。「墨汁一滴」では、この一連を記したあと、

粗笨鹵莽《そほんろもう》、出たらめ、むちやくちや、いかなる評も謹んで受けん。吾は只歌のやすやすと口に乗りくるがうれしくて。

と述べている。むしろ「歌のやすやすと口に乗りくる」集中した歌心の流れの中でこそ、子規の境涯や写生観、俳句を含めた文学体験等が一瞬にして結晶する場を得たと言えるであろうか。次稿では、今までの記述から洩れた子規短歌についての私見を補足風につづり、子規の項のまとめにかえたい。

子規短歌の可能性

明治三十五年（一九〇二）九月十九日午前一時、正岡子規は東京根岸の子規庵で三十五年の生涯を閉じた。よく知られているように、辞世の作は、前日にしたためられた俳句三句であった。

糸瓜咲て痰のつまりし仏かな
痰一斗糸瓜の水も間にあはず
をととひのへちまの水も取らざりき

短歌ではなく俳句がしたためられたところに、子規の最晩年における文学観のありようがうかがえる。実際、亡くなる明治三十五年に詠まれた短歌は俳句に比べて少ない。明治三十年代を短歌革新に打ち込んだ子規の中で、再び俳句への回帰がなされていたのであろうか。また、この時期（明治三十四、五年）は与謝野鉄幹・晶子の明星派が一世を風靡した時期と重なっており、子規の短歌観の微妙な推移が見られたのかもしれない。

しかしながら、わずか四年ほどの子規の短歌革新運動が、後の短歌史に及ぼした影響は測り知れないほど大きい。それは言うまでもなく、後のアララギ派写生短歌の基礎を築いた点にあった。ただ、子規の短歌の魅力という点から見てゆくと、写生短歌以外にも看過できない作風が見出される。子規短歌の幅の広さを感じさせるというよりは、むしろ意外な感を与えるのは次のような作である。

春の夜の衣桁に掛けし錦襴のぬひの孔雀を照すともし火
君が倚る朱のおばしま小夜更けて雪洞の火に桜散るなり
くれなゐのとばり垂れたる窓の内に薔薇の香満ちてひとり寝る少女
美人問へば鸚鵡答へず鸚鵡問へば美人答へず春の日暮れぬ

これは、新聞「日本」（明治三十三年三月二十九日付）に、「艶麗といふ題にて」と詞書が付されて発表された十首中の作である。講談社版『子規全集』第六巻所収『竹乃里歌』では、明治三十三年の部に「艶麗体」と題して収められている。

右の四首は何とも耽美的な作である。作者の名を伏せれば、子規とは想定しにくい歌柄であろう。一、二首目は、ともに上の句で艶麗な女性美の気配をただよわせながら、下の句で「孔雀を照すともし火」「雪洞の火に桜散るなり」というように、景物が火に照らされる空間的な設定の巧みさが感じられる。この作品が発表されたのと踵を接するように、明治三十三年四月、与謝野鉄幹の「明星」が創刊されるわけで、どこかしら「明星」創刊の機運を意識して詠まれたような感もある。おばしまに倚る艶麗なイメージは与謝野晶子『みだれ髪』に幾度かうたわれるイメージであるし、その他艶麗体と称する歌群には『みだれ髪』に頻出する祇園や花街を連想させる作が目につく。子規にすれば、このような美的な歌も詠めるということを示したつもりかもしれないし、また、そうした才も十分にうかがえるように思う。

さらに、とくに注目したいのは、前掲の三、四首目の歌である。「くれなゐのとばり垂れたる窓の内に薔薇の香満ちてひとり寝る少女」「美人問へば鸚鵡答へず鸚鵡問へば美人答へず春の日暮れぬ」の二首は、西欧的な雰囲気を織り込みながら、耽美派画家の筆になる絵画を鑑賞するような艶麗にしてクリアな表象を定着させている。現代から見ても、新鮮な作風である。とくに「美人問へば鸚鵡答へず～」の歌は、美的な雰囲気の中に時の移りや一種のアンニュイの感じを揺曳させていて、注目すべき作に思える。結果として正岡子規の歌風は写実的な方向に推し進められていったのはまぎれもない事実であるけれども、ここに取り上げた「艶麗体」のような作も歌人正岡子規の奥行きを実感させるものであることは確かであろう。

また、艶麗体の作と同じように、上質の想像力を感じさせる作として、一種の夢幻的な歌群を指摘できるように思う。

百中十首（「日本」明治三十一年三月六日）

武蔵野の冬枯芒婆々に化けず梟に化けて人に売られたり

病中（「日本」明治三十一年四月五日）

うつら〳〵病ひの床を出づる魂の菫咲く野を飛びめぐりつゝ

病床の夢（「日本」明治三十一年六月九日）

陸を行き雲居をかける夜半の夢のさむればもとの足なへにして

ガラス窓（初出不明、講談社版『子規全集』収録『竹乃里歌』明治三十三年）

ビードロの駕をつくりて雪つもる白銀の野を行かんとぞ思ふ

これら四首の作品に見られる想像力の発露に目を向けたい。一首目の民話を連想させる発想の新奇さ、二首目の幽体離脱を思わせせつつ菫咲く野の美的形象を浮かび上がらせた歌の完成度、三首目の存分に想像をめぐらせた果ての境涯の哀切さ、四首目の透明感ある美的幻想の質の高さなど、それぞれ味わい深い作となっている。とりわけ、一首目の民話めいた面白さと、四首目の質の高い美意識は、現代短歌から見ても逸することのできない佳作であろう。

以上見てきたような想像力と美意識の発露は、正岡子規の短歌評価の主潮流からはいささかそれているかもしれないけれども、子規短歌の可能性の奥行きをあらためて示しているものでもある。実際、子規の随筆などを見ると、その縦横無尽とも言える伸びやかな想像力には目をみはるものがある。たとえば「墨汁一滴」明治三十四年五月二十一日の項の、閻魔大王のもとへおもむいて深刻かつ珍妙なやりとりをする小話などは、その随一の作として推奨したい。「私は根岸の病人何がしであるが、最早御庁《おんちよう》よりの御迎へが来るだらうと待つて居ても一向に来んのはどうしたものであらうか」と閻魔大王の庁舎へわざわざおもむいた「余（子規）」に対し、律義にそのとりちがえた事情を調べる閻魔様の様子など、じつに生き生きと活写されていて、子規の並々ならぬ想像力と筆力を実感する。新しい時代の短歌・俳句において写生の重要性を洞察し、それを第一義においた子規の慧眼とともに、子規の本来有していた縦横無尽とも言いうる文学的資質にあらためて注目したい。

ともあれ、少なくとも近代短歌史において子規は、みごとなまでに短歌革新の役割を果たした。わずかに四年ほどの短歌革新運動ではありながら、現代においても子規の位置づけはきわめて重い。そこに私は、次稿で述べる新詩社の与謝野鉄幹・晶子とはちがった意味で、歴史の激流の中でその動向を見通す子規の眼のたしかさを感じずにはいられない。

Ⅳ　「明星」の台頭と明治三十年代

「明星」をあらためて読む

一

子規鉄幹不可併称の論が明治短歌史の展開の軸として語られて久しい。明治三十年代の短歌史の両雄、正岡子規と与謝野鉄幹は鋭く対立しながら根岸短歌会と「明星」を拠点に覇を競っていたかのように捉えられがちであるが、両者の間には必ずしも交流がなかったわけではない。その一端を初期の「明星」の中に見ることができる。

今まで「明星」に目を通さなかったわけではないのだが、あらためて創刊時の「明星」を眺めてみて実感されるのは、主幹与謝野鉄幹の編集者としての懐の深さであった。

こころみに「明星」創刊号（明治三十三年四月一日発行）を眺めてみれば、それはあたかも総合文芸誌といった広汎な内容を包摂している。タブロイド判十六頁からなるものであるが、落合直文・久保猪之吉・服部躬治・金子薫園・与謝野鉄幹らの短歌作品、島崎藤村・蒲原有明・薄田泣菫らの詩作品、廣津柳浪の小説、新詩社社友の詠草、漢詩・端唄・ドイツの詩の評釈、歌壇批評（「歌壇漫言」署名は「かなへ」）、色彩についての諸家へのアンケート（泉鏡花・小栗風葉などの名が見える）、外国人による和歌論（「アストン氏の和歌論」梅澤和軒訳）など実に多彩である。さらに中学教育に関する論説や投稿等を掲載し、巻末に「文庫」「新声」をはじめ数多くの出版広告を載せている。執筆陣や掲載領域の充実ぶりがうかがわれ、創刊時の「明星」はいわゆる啓蒙雑誌的色彩が強く、必ずしも短歌領域の革新に絞った編集方針ではない。

こうして出発した「明星」の誌面において私がとくに注目したのは、「明星」第二号（明治三十三年五月一日発行）の構成である。二十頁からなる誌面の第一頁に、いきなり正岡子規の短歌・俳句作品と与謝野鉄幹の短歌作品とが併載されているのである。四段組みの誌面の三段目から竹の里人（正岡子規）の「病牀十日」が掲載され（子規の短歌・俳句が交互に十作品並ぶ構成）、そのあとに与謝野鉄幹の「小生の詩」と題する短歌十四首が掲載されているのである。明らかに寄稿者の正岡子規を先に立て、そのあとに自作を据えている。また、同号には十三頁に鉄幹自ら「歌壇小観」を草して、「子規氏の近作で僕の面白く感じた」作を五首紹介し、さらに「日本」紙上に掲載された子規の和歌批評二篇（「草徑集を読む」「磐之屋集（丸山作樂著）を読む」）を紹介している。鉄幹が「歌壇小観」で引いた子規の作は次のようなものである。

高殿に春の寒さを垂れこめて朝いし居れば花を売るこゑ
いたづきの床辺の瓶に梅いけて畳にちりし花を掃はず
美人問へば鸚鵡答へず鸚鵡問へば美人答へず春の日暮れぬ

一、二首目は子規の提唱する写生的作品と言えるであろうが、単なる写実ではなく、それぞれの結句に「花を売るこゑ」「花を掃はず」とあるように一脈艶な雰囲気がただよっている。そこに明星派の浪漫歌風と類似する面があるようにも思われる。さらに三首目の作は、いわゆる「艶麗体」として子規が創作した歌で、前稿でも触れたが、アンニュイの雰囲気の中に西洋風の耽美的場面を描出した佳作である。子規の異色作であると同時に明星歌風にも通ずる華やぎをまとっている。

右のような子規の歌に着目し引用した鉄幹の慧眼を認めるとともに、こうした艶麗な歌をも詠むことのできた歌人子規の懐の深さにあらためて目を向けねばならないであろう。

さて、ここで「明星」第二号の冒頭部に並んで掲載された子規・鉄幹の作品に触れることにする。子規の作品は「病牀十日」と題するもので、明治三十三年（一九〇〇）四月四日から十三日まで一首（または一句）ずつ短歌と俳句が交互に配置されている。すなわち、四月四日、六日、八日、十日、十二日の偶数日には短歌が、同様に奇数日には俳句が置かれている。次に抄出をこころみる。

四月四日（春暖かに体温高し）

かひ鳥の小鳥の餌にと植ゑおきし庭の小松菜花咲きにけり

四月五日（貧厨一日の富あり）

もらひ鯛もらひ鯉春の厨かな

四月六日（宋景祁の画帖を見る）

から桃の花を活けたるかやはらに玉の小櫛を取りあはせし図

四月七日（仏者不可得来る）

仏を話す土筆の袴剝ぎながら

四月八日（俳句月次会）

句つくりに今日来ぬ人は牛島の花の茶店に餅くひ居らん

（中略）

四月十日（終日雨）

ガラス戸の外面さびしくふる雨に隣の桜濡れはえて見ゆ

日付とその日のできごとを添えた詞書に情趣があり、その詞書をふまえた短歌・俳句もおしなべて佳作と言えるであろう。この日付ごとに短い詞書を添え一首を記す形式は、現代歌人によっても試みられることがあり、遠く短歌革新期の正岡子規が採用していたことを思えば、その新鮮さが想像されよう。おそらく、日付・詞書・短歌（俳句）という飛び石めいた軽い連想が、読者の意識にある種の心的リズムを呼び起こし、作者の日常風景や境涯をおのずと奥行きをもって浮かび上がらせる効果を付与しているのではなかろうか。たとえば、引用末尾の四月十日の歌についても、「四月十日（終日雨）」という添え書きがあるのとないのとでは、およそ印象が異なってこよう。「四月十日（終日雨）」という桜の散り際の雨の一日という状況設定が詞書によってなされ、病室のガラス戸越しに眺める隣家の桜の風景がひとしお読者の心にひびくものになっているであろう。

また、右の子規作品「病牀十日」では、庭の小松菜や画帖を写す写生的な短歌作法も実践されて、子規なりの短歌観を披瀝している。さらにおもしろいのは、四月八日の「句つくりに今日来ぬ人は牛島の花の茶店に餅くひ居らん」の歌で、これは「読売新聞」（明治三十一年四月十日）に掲載され晶子が鉄幹に心酔する機縁をつくった鉄幹歌「春あさき道灌山《だうくわんやま》の一つ茶屋に餅《もち》くふ書生袴《はかま》つけたり」を、暗にふまえて子規が詠んだものではなかろうか。「明星」への寄稿ということを充分に意識した子規のはからいであったとも言えようか。

二

前稿では、「明星」第二号の冒頭部に掲載された正岡子規の「病牀十日」を見てきたが、同じ第一頁には子規作品につづく形で与謝野鉄幹の「小生の詩」十五首が対峙するように載せられている。まずはこの鉄幹の「小生の詩」を見てゆこう。

山ふかき春の真昼のさびしさにたぐりても見るしら藤の花
わが好きは妹が丸髷くぢら汁不動の呪文しら梅の花
地におちて大学に入らず聖書よまず世ゆゑ恋ゆゑうらぶれし男

冒頭の三首を引いた。一首目は、伝統的な詠法の中に、そこはかとない孤愁をただよわせた作である。奇をてらうところは微塵もなく、情感の行き届いた佳作であろう。

それに対して二首目の作は、趣向に工夫があり、新味を感じる歌である。「妹が丸髷」「くぢら汁」「不動の呪文」「しら梅の花」という連想のつながりが意外性があって魅力的であり、作者鉄幹の才を感じる。現代から見ても刺激を受ける作である。

三首目は、鉄幹の境涯をのぞかせた作として興味深い。「大学に入らず」というところに一種の悔しさがほの見える。特段の学歴のない鉄幹の心のやわらかな部分がのぞいているようなおもむきがある。下の句の「恋ゆゑうらぶれし男」には、前年、明治三十二年の浅田信子との離別（信子との間に生まれた娘が生後ひと月ほどで亡くなった）、林滝野との同棲など女性関係の変転がその背後にある。

以上冒頭の三首を見てきたが、当時の与謝野鉄幹の歌風の輪郭は知ることができるようである。その詠法は伝統的なものをふまえていて、安定感があり、喧伝されているますらおぶりの鉄幹歌は一部であって、その全体ではない。鉄幹の歌の素地としての伝統性には深いものがあろう。また、それとともに、名詞の羅列による連想の意外性や率直な境涯の吐露など新たな短歌のあり方を示している点も見逃してはなるまい。

さらに「小生の詩」から何首か抄出してみよう。

君を相す尋常詩家の派にあらずみづから棄つな負けじだましひ
おぼろ夜を竹屋の渡しのりあひのなかにおはしぬ萩の家先生
人ならば酒をも強ひん枕刀さびし幾とせ善き仇もあらず
二の糸の切れしさながらつがであれな眠れる蝶の夢もこそ破れ
痩せ痩せて手力はなし然かはあれど歌にひとりの君を泣かせぬ
永き日を蓮の根嚙みて蓮の糸のつきぬが如も物おもふかな

先にも述べたように、基本的に歌の骨格は伝統をふまえている。その上に立って、ますらお的なつよい調子の歌から、繊細な美意識を感じさせる歌まで、幅広い歌柄が見てとれる。「君を相す～」の歌の「尋常詩家の派にあらず」は文学の同志の誰かを詠んだものであろうが、おのずから鉄幹自身の文学に対する自恃を呼び起こそうとするかのような調べがある。「おぼろ夜を～」の歌の「萩の家先生」とは国文学者・歌人の落合直文のこと。鉄幹は明治二十五年（一八九三）の上京後、この落合直文に入門してあさ香社に参加し、さかんな文学活動を展開することになり、鉄幹の恩人のごとき人物である。直文の有名な歌としては日清戦争間近に作られて広く喧伝された「緋縅《ひをどし》の鎧をつけて太刀はきてみばやとぞ思ふ山桜花」のますらおぶりの一首があり、鉄幹の『東西南北』の歌にも影響を与えたことはよく知られているところである。が、落合直文本来の歌風は典雅流麗な面が濃く、掲出の鉄幹歌にうたわれた竹屋の渡しの直文の姿には温容をたたえる歌人の風姿がきわやかである。さらに掲出の「二の糸の〜」の鉄幹の歌に見られるこまやかな美意識や、「永き日を〜」の歌に見られる古典的詠法にも巧みなものがある。

以上見てきたように、「明星」第二号の第一頁に、正岡子規の作品と並ぶ形で掲載された鉄幹作品「小生の詩」十五首は、伝統的な和歌の骨格をふまえつつ奥行きのある短歌世界を現出させており、鉄幹としても子規作品を意識しつつ対峙する気概をもって出詠したものであろう。正岡子規の病床の日常を写生的に詠んだ短歌・俳句作品を先に掲げ、その直後に、勇壮な気概と繊細耽美な美意識の両翼をそなえた「小生の詩」を置くことにより、根岸派と新詩社の違いを印象づけるねらいがあったとも言えようか。そのねらいは、十分に果たされているように思う。ただ、前稿でも記したように子規の作品も、詠まれた世界は病床に限定されたものでありながら、透徹した写生と子規ならではの人なつかしさがよくにじみ出ており、趣深い作品に仕上がっていて、甲乙つけがたいところであろう。このように見てくると、子規・鉄幹の両作品が「明星」誌上に相並ぶことにより、明治三十年代前半の歌壇の最も尖鋭化した状況を示したということができるように思う。

いささか「明星」第二号巻頭の子規・鉄幹作品に執しすぎたきらいがあるが、以下同号の他の部分についても触れておこう。薄田泣菫の詩作品や川上眉山の小説（あるいは小品）、落合直文・佐佐木信綱・服部躬治・久保猪之吉・金子薫園の短歌作品、英詩・漢詩・独詩の評釈や、高濱虚子「俳句評釈（二）」などさまざまな作が掲載されており、その誌面の充実ぶりには主幹与謝野鉄幹の編集上の手腕を見てとることができる。

さらに、この第二号に掲載された鳳晶子（与謝野晶子）の作品に目を向けておきたい。十一頁の下段に、「花がたみ」六首が出詠されている。これは晶子が「明星」に出詠した最初のものであるが、「新詩社詠草」という同人欄ではなく、独立した扱いをされており、主幹鉄幹に注目されていたことがうかがわれる。三首ほど引く。

春の歌の中に

ゆく春を山吹さける乳母が宿に絵筆かみつゝ送るころかな

すみれ

しろすみれ桜がさねか紅梅か何につゝみて君に送らむ

折にふれて

肩あげをとりて大人《おとな》になりぬると告げやる文のはづかしきかな

さすがに才を感じる詠風である。これは未だ晶子が鉄幹に出会う前の作だが、掲出歌に流れる調べののびやかさや、「絵筆」「しろすみれ」「肩あげ」などの素材を取り上げつつ恋ごころを流露させる一首の運びなど、自然な中に巧みさが潜んでいるように思われる。すでに晶子の才には看過できない何かが秘められているであろう。

「明星」出発期の晶子

与謝野晶子の登場は明治三十年代の文学界に衝撃的ともいえる影響を与えたが、それはやはり歌集『みだれ髪』の発刊に拠るところが多いであろう。作者の晶子自身でさえ追いつけぬほどの鮮烈な女性像を『みだれ髪』は造りあげたとも言えるが、ここで晶子の出発期に目を向け、その歌柄をあらためて眺めてみるとき、後の『みだれ髪』の作者のイメージとはいささか異なるものがあるようにもうかがわれる。少なくとも人口に膾炙した、

やは肌のあつき血汐にふれも見でさびしからずや道を説く君

の歌に代表されるような一種あくの強い歌柄はいまだ顕在化はしていないように思われる。そんな初期の晶子短歌の美質を最初期の「明星」をひもとく中で確認してゆきたいと考えている。

さて、前稿でも触れたが、晶子は「明星」第二号から出詠を開始している。その「花がたみ」一連には、「ゆく春を山吹さける乳母が宿に絵筆かみつゝ送るころかな」や「肩あげをとりて大人《おとな》になりぬると告げやる文のはづかしきかな」など青春期の自らの情念をにおいやかにうたう晶子歌風の片鱗が見られたことを述べた。この稿では以下、前稿に引きつづき「明星」初期の晶子の歌を見てゆくこ

とにしたい。

「明星」三号（明治三十三年六月）においても、第二号の「花がたみ」と同じく晶子は抜擢された形で一般の詠草欄とは別に独立して掲載されている。すなわち「小扇」一連九首がそれである。第二号の「花がたみ」に比べて、より相聞世界が色濃く表出されている感がある。

さゆり咲く小草が中に君まてば野末にほひて虹あらはれぬ
野ばら折りて髪にもかざし手にも持ち永き日野べに君まちわびぬ
木下闇《こしたやみ》わか葉の露か身にしみてしづくかゝりぬ二人《ふたり》組む手に
卯の花を小傘《をがさ》に添へて褄《つま》とりて五月雨《さみだれ》わぶる村はづれかな

前半の四首を引いた。一、二首目は「君を待つ」抒情が表出されているが、とりわけ「野末にほひて虹あらはれぬ」という野の華やぎの描写はみずみずしい。その待つ抒情の美しさは、『みだれ髪』の代表作の一つである「なにとなく君に待たるるここちして出でし花野の夕月夜かな」に通うものがあろう。この「なにとなく〜」の歌も初出は明治三十三年九月の「新潮」であり、「小扇」所収の歌と三か月ほどしか発表時期は離れていない。明治三十三年の半ば頃までの晶子短歌において、恋人を待つ抒情には華やぎと純朴さがおのずから融け合ったナイーブな美的世界が形成されているようである。

掲出の三首目では、恋人との逢瀬と思われる場面が描かれる。が、それは「二人組む手に」木下闇から若葉のしずくがかかるという清純な詠まれ方である。つづく四首目の褄をとる所作も「五月雨わぶる村はづれ」の背景の中で素朴である。

このように、「小扇」一連九首のうち前半の四首は、待つ抒情の清純な華やぎや村はずれの逢瀬の純朴さなど、ある種のつつましさが感じられる。恋愛感情の流露よりもそうした恋愛情緒を帯びた情景や所作を写しとることに重点があるように思われるのである。

次に「小扇」後半の五首、五首目から九首目までを見てみよう。

文にまきて紅きリボンを送りきぬ逢はで二とせねびにたる身は
ものかきて君がたまひし薄葉《うすえふ》にあなはしたなし口紅のあと
花にそむきダビデの歌を誦せんにはあまりに若き我身とぞ思ふ
大御油《おほみあぶら》ひいなの殿にまゐらする我が前髪に桃の花ちる
百《も》とせをそれにあやまつ命ありと知らでやさしき歌よむか君

前半に比べると、やや艶な雰囲気が濃厚である。掲出した後半の一首目に「逢はで二とせねびにたる身は」とあることをふまえれば、前半に比して恋愛世界を知ったおもむきがうかがわれる。扱っている歌材においても、二首目の「あなはしたなし口紅のあと」や三首目の「花にそむきダビデの歌を誦せんには」など、より大胆な選択がなされているように見受けられる。ただ、この「小扇」後半の作品では、その歌材選択には大胆なものが見られるものの、そこには具体的な恋の相手が直接描かれてはいない。薄葉にのこる口紅のあとにひとり「はしたなし」と思うのであり、古代イスラエルの王ダビデの崇高な詩を引き合いに出して青春の感情の抑えがたさを吐露しているのである。四首目の歌にしても、恋愛感情の向かう先は「ひいなの殿」に置き換えられている。いわば、恋愛感情の止みがたさに独り身もだえするものであり、自己の内部に閉じられたうたわれ方なのである。与謝野鉄幹を直接知った後にうたわれる、

みだれ髪を京の島田にかへし朝ふしてゐませの君ゆりおこす
乳ぶさおさへ神秘《しんぴ》のとばりそとけりぬここなる花の紅《くれなゐ》ぞ濃き

などの他者にはたらきかける歌とは明らかな違いが見られよう。が、そうした自己の内側へと向かい、直接他者にはたらきかけることのないうたいぶりには一種の純粋性が底流し、それなりの魅力を秘めていよう。それは鉄幹をめぐって晶子の恋のライバルとなりながらも自ら身を引いてゆく山川登美子の短歌作品に豊かに見られるのだが、この初期の晶子短歌においては、ある程度同傾向のものが認められるようである。なお、晶子の「小扇」一連掉尾の歌の「あやまつ命あり」には、こののちの晶子の激しい運命の転回が予知されているようで、暗示的である。

以上、「明星」第三号掲載の晶子の「小扇」を見てきた。

つづく第四号（明治三十三年七月）では、晶子の作品は「露草」と題する「新詩社詠草」欄に収められている。第二、三号と晶子を抜擢して扱ったので、バランスをとったもののようだが、ただこの号で注目すべきは、この詠草欄の先頭に山川登美子（表記は山川とみ子）が、二番手に晶子が置かれている点である。いわば、与謝野晶子・山川登美子という「明星」を代表する二人の女流歌人がはじめて一つ舞台で競演したおもむきである。詳しくは稿を改めて取り上げたい。

「明星」第四号の晶子と登美子

一

前稿で触れたように、「明星」第四号（明治三十三年七月）は、鳳晶子と山川登美子との競演の号である。「明星」編集者の与謝野鉄幹は、関西に住むこの二人の女流歌人を登壇させるねらいがあったかのような印象がある。すでに晶子は第二号、三号によって誌面で大きな扱いを受け脚光を浴びていたが、その晶子と拮抗しうる才質が登美子作品には流露している。

「明星」第四号十二頁の「露草（新詩社詠草）」冒頭に登美子作品が、二番手に晶子作品が掲載されている。未だ「明星」出発期の作品で、鉄幹と晶子・登美子が実際に出会うのはさらに後のことではあるが、この第四号の掲載作品は二人の女流歌人の特色が鮮やかな対照を示している。なお、この「露草」という詠草欄は晶子・登美子のほかにも作品が掲載されているのだが、二番手の晶子作品掲載の後に波線が一本縦にはいっており、明らかに最初の女流二人を別格として扱おうとしている編集の意図が認められる。

題はなく、登美子九首、晶子七首からなる作品である。まず、山川登美子の作品を見てゆく。

君よ手をあてても見ませこの胸にくしき響のあるは何なる

手作りのいちごよ君にふくませんその口紅《くちべに》の色あせぬまで
月の夜を姉にも云はで朝顔のあすさく花に歌むすびきぬ
なにとなく琴のしらべもかき乱れ人はづかしくなれる頃かな
心なく摘みし草の名やさしみて誰に贈ると友のゑまひぬ
髫ゆひてさゝんと云ひし白ばらも残らずちりぬ病める枕に
筆をりて歌反古やきてたちのぼる煙にのりてひとりいなばや
知るや君百合の露ふく夕かぜは神のみこゑを花につたへぬ
手にとるもあまりに清き歌なれば絹につつみて胸に秘めおかん

全九首を引いた。山川登美子の作品書誌については坂本政親の編纂になる詳細な『山川登美子全集』上下二巻（平成六年一月、文泉堂出版刊。初刊は光彩社より昭和四十七年三月上巻、同四十八年六月下巻刊）に明らかで、掲出の九首についても、第一首から第六首までが与謝野晶子・増田雅子との合著詩歌集『恋衣』（明治三十八年一月、本郷書院）に収録されていることが明らかにされている。

さて、右の登美子作品を眺めてみると、最初の二首は思いのほか大胆である。うたわれている状況は定かならぬところがあるものの、もし仮にこの「君」を恋人と見なすならば、一首目は恋人の手を恋にときめくわが胸に押し当てようとする歌であり、のちの晶子の代表作「やは肌のあつき血汐にふれも見でさびしからずや道を説く君」の歌と一脈の類似がある。また二首目も口にふくませる情景がもう一つつかみかねる傾きはあるが、口紅との取り合わせで相当に艶な歌である。同じく晶子の『みだれ髪』から類似歌をあげれば、「もゆる口になにを含まむぬれといひし人のをゆびの血は涸れはてぬ」などが想起される。いずれにしても、掲出の第一首、第二首においてうたわれる「君」が即恋人のことと断定してよいかどうかためらいはあるものの、いずれも我から君へ、または君から我へと働きかける動作が詠み込まれており、その意味でこの二首の抒情には直截なひびきがある。

ここで一つ注目されるのは、後にこの二首が『恋衣』に収録されるにあたっていずれも改作されていることである。こころみに「明星」初出歌と『恋衣』所収歌を並べてみよう。

君よ手をあてても見ませこの胸にくしき響のあるは何なる　（「明星」）
聴きたまへ神にゆづらぬやは胸にくしきひびきの我を語れる　（『恋衣』）
手作りのいちごよ君にふくませんその口紅《くちべに》の色あせぬまで　（「明星」）
手づくりのいちごよ君にふくませむわがさす紅《べに》の色に似たれば　（『恋衣』）

短歌表現としては『恋衣』所収歌の方が練れている感はあろうが、そこに表現された君と我の内容自体には朧化がほどこされているように感じられる。君の手をわが胸にあててほしいとうたっていた表現が、『恋衣』では「聴きたまへ」と後退しており、「その口紅《くちべに》の色あせぬまで」という大胆な表現が、やはり「わがさす紅《べに》の色に似たれば」とおとなしいものに後退している。いずれも官能的すぎる表現を抑えようとした鉄幹の意図があったかと想像されるのであるが、少なくともこのことから、山川登美子の最初期の歌がその内容において意外に大胆なものであったことがうかがわれるのである。

なお、こうした直截なひびきの歌は初期「明星」所収の登美子作品には時折り見受けられる。

野に出でて小百合《さゆり》の露を吸ひてみぬかれし血の気《け》の胸に湧くやと　（「明星」第五号）

利鎌もて苅らるゝもよし君が背の小草の数にせめて匂はむ　（「明星」第六号）

一首のモチーフは秘めやかな思いであろうが、「血の気」「利鎌」等のひびきがつよく、作者の内に秘められた激情といったものをうかがわせる点があろう。この激情は、私見では山川登美子短歌において見逃してはならぬものであると考えられる。

さて、先に引いた九首のうち第三首以降の歌については、その調べは第一、二首に比べれば抑えたものになっている。第三首は、歌をひそかに明日咲く花に結んできたというもので、独りの所作をうたって自らの思念に閉じこもる登美子短歌の傾向が見られるように思われる。なお、この歌には新詩社に送られた草稿が残されており、第二句の「姉にも云はで」が草稿では「ひそかに出でゝ」となっている。「姉にも云はで」は鉄幹による改作と推測され、登美子の原作は孤影の印象を残すものであった。また第四首の「なにとなく」ではじまる恥じらいを含んだ一首も登美子歌風のつつましさを感じさせるものであろう。以下詳述は省くが、「残らずちりぬ病める枕に」（第六首）「ひとりいなばや」（第七首）「胸に秘めおかん」（第九首）といったフレーズも上述の登美子歌風につながるものであろうと思われる。

以上見てきたように、「明星」第四号において山川登美子の作品は鮮明な個性を示している。「明星」第二号、三号の鳳晶子につづく女流の鮮烈な登場は、「明星」に華麗な印象を与え、教養誌的色彩の濃かった「明星」に新たな針路を指し示すような働きを担ったのではなかろうか。

二

「明星」第四号（明治三十三年七月）には、与謝野晶子・山川登美子が詠草欄の先頭に並んで掲載され、「明星」における女流の活躍を強く印象づけるものであった。とくに登美子作品九首は、前章で見たようにしっとりとした抒情の中に鮮烈、大胆な発想の作も見られ、注目される。

それに対し、二番手に掲載された晶子の作品は七首である。この第四号だけ見れば登美子の方に注目は集まったと思われるが、以前にも述べたように、晶子作品は第二号、第三号の誌面においてすでに大きく紹介されていた。正直に言って、この第四号に関する限りは登美子の方に分があると思われるものの、晶子作品も後の『みだれ髪』にほとんど収録されており、一定の作品質を保持していると考えられる。また私見によれば、一般に知られた晶子短歌の恋愛讃美、官能の解放の歌柄とはやや異なる、しっとりとした抒情が認められるように思われるのである。

「明星」第四号の晶子作品七首を次に引く。なお、署名は「鳳晶子（和泉）」となっている。

牛の子を木かげに立たせ絵にうつす君がゆかたに柿の花ちる
五月雨についぢくづれし鳥羽殿《とばどの》のいぬゐの池におもだかのさく
藻の花のしろきを摘むと山みづに文《ふみ》がらひぢぬうすものの袖
しろがねの舞の花櫛おもくしてかへす袂のままならぬかな
誰が筆に染めし扇ぞ去年《こぞ》までは白きをめでし君にやはあらぬ

わか草にしばしは憩《いこ》へあたらしきこの恋塚のぬしを語らむ
おもざしの似たるにまたもまどひけりたはぶれますよ恋の神々《かみがみ》

右の七首のうち、六首目を除く作品はいずれも『みだれ髪』に収録されている。初期の作品だが、鉄幹によって相応の作品質が認められたのであろう。以下、いくつか取り上げて私見を記したい。

まず、一首目の「牛の子を木かげに立たせ絵にうつす君がゆかたに柿の花ちる」について。この歌では、牛の子を絵に写す人の姿が、柿の花の散る初夏の風景のなかにきわやかに点描されている。逸見久美『みだれ髪全釈』（昭和五十三年六月、桜楓社）ですでに指摘されているように、『みだれ髪』には絵師と乙女を取り合わせた歌が多く、逸見はこの歌の「君」を河野鉄南であろうと推測している。なお、この歌でやや奇異に感じたのは初句の「牛の子」という題材である。この一首が嘱目の詠だとすれば実際に目にした牛を写したにすぎないのであろうけれども、どうも筆者にはこの「牛」が気になる。それは、この歌からつとに知られた伊藤左千夫の代表歌、「牛飼が歌よむ時に世のなかの新しき歌大いにおこる」が想起されるからである。

この歌は、森脇一夫『近代短歌の歴史』（桜楓社）によれば、「明治三十三年左千夫が子規に師事するようになってから間もなく、根岸短歌会席上で詠まれた」由であるが、とすれば晶子が掲出の「牛の子」の歌を出詠したのと同じ年である。しかも「明星」誌上には子規の作も時折り掲載されており、子規と鉄幹との間がわりあいに近かったことが推測される。さらに「明星」第七号（明治三十三年十月）には晶子が「牛かひ男」を詠み込んだ「水際《みぎは》くる牛かひ男うたあれな秋の湖《みづうみ》あまりさびしき」の歌も見られ、左千夫の牛飼いの歌を意識していた可能性もうかがわれる。もっとも晶子が伊藤左千夫の存在をどこまで知っていたのかどうかは確定できないが、「牛飼」「牛の子」という平俗な題材をうたい込んだ表現には、新しい時代の短歌へのイメージがおのずと共有されていたと言えるのではなかろうか。

一首目についていささか筆を費やしてしまったが、二首目以下の作について見てゆこう。二首目の「五月雨についぢくづれし鳥羽殿《とばどの》のいぬゐの池におもだかのさく」の歌は、古典的情趣をモチーフとした作。恋愛讃美、官能の解放といった晶子短歌の世界にしっとりとした味わいを与える作風として重要である。鳥羽殿は逸見久美前掲書によると、「現在の京都市伏見区鳥羽にあった白河、鳥羽両天皇の離宮」で、その池はかつて「池広南北八丁東西六丁、水深八尺余」（『扶桑略記』）におよぶ広大なものであったという。逸見は佐竹籌彦『全釈みだれ髪研究』（有朋堂）が指摘した蕪村の「鳥羽殿へ五六騎いそぐ野分かな」「さみだれや鳥羽の小路を人の行く」などの句も紹介しながら、「晶子の古典的情趣のある歌としてよく挙げられる」と述べている。この歌の背後にある歴史的背景などをふまえ、ここで心惹かれるのは、一首のうたいおさめ方である。幾多の戦乱など詳しい背景は語らずに下の句であっさりと「いぬゐの池におもだかのさく」と叙景表現でおさめた点は、歌の骨法を理解している感がある。説明を避け叙景でおさめることによって歌の成り立つことを知っているように思われる。

晶子の古典情趣の歌には、

夕ぐれを花にかくるる小狐のにこ毛にひびく北嵯峨の鐘
四十八寺《ぢ》そのひと寺《てら》の鐘鳴りぬ今し江の北雨雲《あまぐも》ひくき

など、概して静的な叙景でおさめたものが目につくようである。歴史的な厚みのある景物をうたうに際しては、むしろ淡彩な叙景でおさめた方がよい場合も少なくないものだが、当時の晶子の古典情趣の歌にはそうした傾向がうかがわれる。

このほか、三首目の「藻の花のしろきを摘むと山みづに文《ふみ》がらひぢぬうすものの袖」の歌も、しっとりとした女人の風姿と情感があえかである。「文《ふみ》がら」はおそらく恋文のたぐいであろうが、恋愛に関する語句をあえてつつしんで、読者の想像にゆだねたところがかえってみずみずしさを流露させている。

四首目の「しろがねの舞の花櫛おもくしてかへす袂のままならぬかな」の歌は、内容はわりあい単純であろうが、何か心に残るものがある。歌の調べが、渋滞のないわりにゆったりと推移していて、華麗だが重量のある衣裳をまとい、重い花櫛をさした舞姿の娘（舞妓であろうか）のゆっくりした動きを浮かび上がらせている。

以上の前半の作に対して五、六、七首目は、いずれも恋愛感情が比較的直截に表出されている。その意味では『みだれ髪』の恋愛讃美の主要モチーフに繋がるものであろう。とくに七首目の「おもざしの似たるにまたもまどひけりたはぶれますよ恋の神々《かみがみ》」の歌は、『みだれ髪』の恋愛歌の中にしばしば詠み込まれる「神」の題材の先蹤として注目される。晶子の恋愛歌にはその昂揚感の契機としてしばしば「神」が歌われるのである。

「明星」第四号の晶子作品を見てきた。同号の山川登美子作品と比べれば比較的地味な印象があるが、すでに述べてきたように後の晶子短歌の基本的な特色がすでに顕現していると言えよう。

『みだれ髪』小見

与謝野晶子歌集『みだれ髪』は、明治三十四年（一九〇一）八月十五日、東京新詩社と伊藤文友館の共版という形で刊行された。歌数三九九首。全体が六章に分けられ、それぞれ「臙脂紫」「蓮の花船」「白百合」「はたち妻」「舞姫」「春思」というふうに、『源氏物語』を思わせるような典雅な章名が付けられている。この歌集の体裁は藤島武二の意匠になり、ハートに矢が刺さり花がこぼれ出る斬新な表紙が広く知られている。

この歌集は刊行されると、多大な反響を呼んだ。その一つ一つを挙げることはしないが、後に斎藤茂吉が「明治大正短歌史概観」（昭和四年九月、改造社刊の『現代日本文学全集』第三十八篇『現代短歌集・現代俳句集』所収）で触れている評言を一瞥しよう。茂吉は『みだれ髪』巻頭の三首を引いた上で、次のように述べる。

> 早熟の少女が早口にものいふ如き歌風であるけれども、これが晶子の歌が天下を風靡するに至るその第一歩として讃否のこゑ喧しく、新詩社のものも新詩社以外のものも、歌人も非歌人も、この歌集の出現に驚異の眼《め》を睜《みは》つたのである。

近代短歌のある意味で正統を歩んだ斎藤茂吉の言であるだけに、ここで示された『みだれ髪』観は興味深い。「早熟の少女が早口にものいふ如き歌風」という批評には若干異論の余地もあろうが、歌壇のみならず社会全体が「驚異の眼《め》を瞬《みは》つた」という生なましい記述には、当時の『みだれ髪』がはらんだ衝撃力がうかがわれる。

もう一つ茂吉の晶子に関する記述をあげてみたい。「明治大正短歌史概観」より少し前に書かれた「明治和歌史話断片」(「改造」大正十五年十二月)では、さらに踏み込んだ書き方がしてある。少し長いが、引いてみる。

鉄幹が晶子を得てから、歌人としての活動が益々鮮明になつて行き、晶子も奔放自在の歌調を恣にし、灯火《ともしび》をかかげて進むの概があつた。それからは新詩社の歌風は晶子を中心として変化し進展して行つたと謂つていい。当時世の歌を論ずるものは先づ天才歌人として晶子を論じた。その論は殆ど讃美の説であつた。上田敏、森鷗外等も晶子の歌には讃歎の声を放つたものである。先づ開闢以来生きてゐるうちに斯程までに讃歎敬礼された歌人は晶子を措いて他には無い。(中略)従つて晶子の歌風は天下を風靡した。新派の歌を弄ぶものは、先づ晶子の口吻を一二句模倣しなければ新派歌人の資格のないもののやうに思へた。この傾向は晶子の歌風の衰へた大正六七年頃までもなほ九州の一隅あたりに残つてゐたので私は興味ふかく思つたことがある。

この茂吉の発言はある程度実感に即したものと言ってよいであろう。正岡子規に私淑し写実短歌の道を歩む茂吉の発言だけに、ここに見られる晶子の捉え方は重みをもつ。おそらく、茂吉が晶子に見ているものは、単に『みだれ髪』の特徴的な歌風、たとえば封建的な社会通念を打破した自我の解放や大胆な官能表現、恋愛謳歌といった強烈な浪漫性のみではあるまい。『みだれ髪』をはじめとする晶子短歌の骨格や構造に、今までにない新しさを読みとっていたのではないか。とくに前掲引用文中の「九州の一隅あたりに」云々の記述には、人々を魅了する晶子短歌の内部構造に茂吉が心を向けているような感がある。当然『みだれ髪』に内在するどのような部分が茂吉を捉えたのかという問題が浮上してくるのではあるが、しかしながら小稿では、茂吉という一歌人の晶子観はひとまず措いて、写実系の歌人をも惹きつける晶子短歌の構造的な側面に目を向けたいと思う。

むろん『みだれ髪』についてはすでに多くの論考が世に出ており、ここでさらに概論的な見方を記す気持ちにはなれない。先の茂吉との一脈のつながりを念頭に置き、この小稿では『みだれ髪』の歌の内容よりは叙景を軸とする形式の面に思いを潜め、私見をつづることにする。

唐突ではあるが、『みだれ髪』の中でしばしば私の脳裡に浮かんでくるのは、京の叙景をモチーフとした次の一首である。以前にも言及したが、あらためて引く。

夕ぐれを花にかくるる小狐のにこ毛にひびく北嵯峨の鐘

『みだれ髪』の第四章「はたち妻」中の一首。一読して与謝野晶子らしからぬ歌と感じる人も少なくないのではなかろうか。この歌は、ともかくも恋愛絡みの作ではない。「やは肌のあつき血汐にふれも見でさびしからずや道を説く君」「狂ひの子われに焔《ほのほ》の翅《はね》かろき百三十里あわただしの旅」などの恋愛感情のつよく貼りついた作を読みなれた目には、ある意味で新鮮に映るであろう。

この歌について、松平盟子は新潮文庫『みだれ髪』の「訳と鑑賞」の中で、「一幅の日本画を見るような美しく幻想的な光景である。」と記している。また逸見久美は『みだれ髪全釈』で、「一幅の絵から空想を馳せて歌ったものか、現実に北嵯峨でこうした情景を目前にしたものか分らないが」と述べ、その絵画との接点の可能性に言及している。古来、和歌には屛風歌の伝統があり、和歌と絵画は密接な関係にあったが、近代に至って短歌革新に着手した正岡子規が西洋画の手法から影響を受けて写生を唱え、あらためて短歌と絵画との関係が注目されていた時期である。後に正岡子規を敬愛した斎藤茂吉が郷里の寺の地獄極楽図を歌に詠んだり、ゴッホに傾倒したことなども思い起こされる。

掲出の晶子の歌は、「花にかくるる小狐」という近景と寺院の鐘の響く夕暮れ時の北嵯峨という背景がおのずからに溶け合い、小狐への愛憐とともに北嵯峨の地のたたずまいが奥行きをもって浮かび上がってくる。ただ、事物の配合が絶妙で、実景として見るといささか美しすぎる気もする。その意味で、佐竹籌彦『全釈みだれ髪研究』がこの歌と蕪村の句「子狐のかくれ貌なる野菊哉」との関連を指摘するのもうなずける。また、こうした絵画があるのかどうか私自身未調査だが、やはり実景の写生というよりは晶子の想像力がはたらいて一首をなしたような感がある。ともあれ、一首の絵画的風景の組み立て方はみごとで、「北嵯峨の鐘」という聴覚的要素をも巧みに取り入れつつ、鮮明な一個の絵画的表象を結実させている。なお、この歌の初出は「明星」明治三十四年一月号。したがって一首の制作は三十三年の終わり頃であり、ちょうど晶子と山川登美子、与謝野鉄幹の三人が十一月に京都へ出かけ、永観堂の紅葉を眺め、粟田山の辻野旅館に宿泊した頃と符合はする。してみると、掲出歌にも何らかの情愛の糸が暗示されているのかと受けとれなくもないが、この点は言及のみにとどめておく。

『みだれ髪』の叙景歌

与謝野晶子歌集『みだれ髪』の叙景の歌について、今しばらく見てゆこう。ただ、前稿で取り上げた「夕ぐれを花にかくるる小狐のにこ毛にひびく北嵯峨の鐘」の歌もそうなのだが、晶子の写実的な歌と、たとえば正岡子規の写実的な歌とは基本的に質が異なると思われ、それについては後に触れたい。

さて、『みだれ髪』においては、恋愛感情や青春期の情念をあらわす言葉が織り込まれて一首が成立している場合が多いが、一方でそうした情念をあらわす言葉が直接には表出されていない叙景の歌も少なからず存在する。そうした叙景的な作品をもう少し細かく見てゆくと、そこにある種の特定の型が見られることに気づく。その中でまず触れたいのは、『みだれ髪』の叙景歌における結句のうたいおさめ方である。例をあげてみよう。

清水《きよみづ》へ祇園《ぎをん》をよぎる桜月夜《さくらづきよ》こよひ逢ふ人みなうつくしき
ほととぎす嵯峨へは一里京へ三里水の清瀧《きよたき》夜の明けやすき
鶯に朝寒からぬ京の山おち椿ふむ人むつまじき
四十八寺《ぢ》そのひと寺《てら》の鐘なりぬ今し江の北雨雲《あまぐも》ひくき

枝折戸あり紅梅さけり水ゆけり立つ子われより笑みうつくしき
柳ぬれし今朝門《けさかど》すぐる文づかひ青貝《あをがひ》ずりのその箱ほそき
紅梅に金糸のぬひの菊づくし五枚かさねし襟なつかしき

いずれも風景や人の風姿をうたったものであるが、場面の描写がなされたあと、それぞれ「うつくしき」「ひくき」「なつかしき」などと、形容詞の連体形止めで終わっている。たとえば、一首目や五首目の「うつくしき」は、「うつくし」自体深い感動が込められた形容詞なので、連体形止めの強調表現が用いられるのは自然ではあるが、二首目の「夜の明けやすき」、四首目の「雨雲《あまぐも》ひくき」、六首目の「その箱ほそき」などは、それぞれ「明けやすし」「ひくし」「ほそし」と終止形で終わらせてもとくに大きな不都合はないようにも思われる。それを連体形止めにするところには、晶子短歌の一つの型があるように思われる。すなわち、叙景的な作品であっても、平叙ではなく、そこにある程度の詠嘆的要素を付加する傾きがあるということである。また、見方を変えて言えば、晶子短歌の場合、一首のうたいおさめがなされる結句に一つのアクセントが置かれ、平叙の終わり方に充ち足りない晶子内部の衝迫が込められたということであろうか。

なお、この形容詞の連体形止めは叙景的作品に限らず、晶子短歌にはわりあいに多い。『みだれ髪』開巻から拾い上げてゆけば、

紫の濃き虹説きしさかづきに映《うつ》る春の子眉毛《まゆげ》かぼそき
海棠にえうなくときし紅《べに》すてて夕雨《ゆふさめ》みやる瞳《ひとみ》よたゆき

みぎはくる牛かひ男歌あれな秋のみづうみあまりさびしき

許したまへあらずばこその今のわが身うすむらさきの酒うつくしき

といったぐあいであり、その後も頻出する。

晶子の叙景的作品でもう一つ特徴的なのは、結句が名詞止めの歌である。先に引いた小狐の歌も含め相当数指摘できる。

御相《みさう》いとどしたしみやすきなつかしき若葉《わかば》木立の中《なか》の盧遮那仏《るしやなぶつ》

恋ならぬねざめたたずむ野のひろさ名なし小川のうつくしき夏

小傘《をがさ》とりて朝の水くむ我とこそ穂麦《ほむぎ》あをあを小雨《こさめ》ふる里

ゆふぐれを籠へ鳥よぶいもうとの爪先《つまさき》ぬらす海棠の雨

燕なく朝をはばきの紐《ひも》ぞゆるき柳かすむやその家《や》のめぐり

道たまく〳〵蓮月が庵のあとに出でぬ梅に相行く西の京の山

『みだれ髪』前半から例歌を拾っていったが、これ以外にも名詞止めの叙景的作品は多い。このような傾向は明らかに晶子短歌の個性と言ってよいであろう。それでは、これがどのような歌の特徴をもたらしているのだろうか。まず指摘したいのは、結句を「盧遮那仏《るしやなぶつ》」「うつくしき夏」「小雨《こさめ》ふる里」のように名詞でうたい終えることによって、言い切る感じがつよく、短歌形象の静止化、固定化がうながされているように見受けられる点である。つまり初句から景物や人の動きが詠まれてきて、結句に至って風景の静止化、固定化がなされているのであり、そのことによって、一幅の絵画に仕上げるようなニュアンスがあるとも言えようか。掲出一首目の若葉の中の盧遮那仏《るしやなぶつ》をうたった作品などはその詠法が成功しているようにも感じるが、掲出の三、五首目など、中には結句を動詞で閉じさせた方が余情が出て効果的ではないかと思われる作もあろう。なお、四首目の鳥を呼ぶいもうとを詠んだ歌はなかなかの佳作であり、下の句の「爪先《つまさき》ぬらす海棠の雨」は情感が流露して巧みだが、あえて付言すれば結句の「海棠の雨」という語のつながりには若干こなれない感もあるように思う。

以上見てきたように、与謝野晶子『みだれ髪』の叙景の歌は、晶子独特の型をもっているように思われる。それが成功している場合もむろん数多いが、逆に結句の連体形止めや名詞止めの多用によってやや描線の太い固定化されたうたいおさめになっている印象もあろうか。なお、叙景歌に必要な景物の選択や描写法においては、さすがに卓抜なものが見られる。晶子の文字通り代表作である「清水《きよみづ》へ祇園《ぎをん》をよぎる～」の歌において「こよひ逢ふ人みなうつくしき」と一気に情景と情趣の核心をつかむ詠法や、先にも触れたが「ゆふぐれを籠へ鳥よぶ～」の歌において「いもうとの爪先《つまさき》ぬらす海棠の雨」と細叙を生かした描写法などは、洗練されたものである。ただ、晶子の叙景の歌においては、一首をうたいおさめる結句に独特のアクセントが置かれ、そこをどう捉えるかによって、評価にも分かれるところがあろう。

畢竟、与謝野晶子『みだれ髪』は、さまざまな意味で人間が主役の歌集であるということであろう。周知のように晶子という個人にとって『みだれ髪』の歌の背景には、鉄幹との出会いから周囲との葛藤、そして鉄幹のもとをめざしての上京という、激流と言ってもいい大きな人生上の変転があった。それだけに風景をうたう合間にも晶子の青春の情念の表出がやみがたく、また一首一首に押しのつよさがあらわれることになったのであろう。もっとも、正岡子規の場合にも病との対峙という切実な境涯にあったが、晶子短歌と比べ景物自体に重点があろう。それは、ある意味で観照性のあり方の違いであり、作者の直面する人生事象と作品中の景物との間合いの取り方の問題である。その具体的なあらわれの一端が晶子の場合には、叙景歌の結句における形容詞の連体形止め、名詞止めにうかがえるであろう。

『みだれ髪』の舞姫の歌

しろがねの舞の花櫛おもくしてかへす袂のままならぬかな

与謝野晶子歌集『みだれ髪』を思う時、私の脳裡に浮かんでくる何首かの歌があるが、掲出歌はその内の一首である。「その子二十《はたち》櫛にながるる黒髪のおごりの春のうつくしきかな」「やは肌のあつき血汐にふれも見でさびしからずや道を説く君」など晶子の浪漫的名作が並ぶ中で、なぜか掲出の一首がきわやかな印象を残している。そのゆえんを思うに、やはり基本的にはデッサンのたしかさと、そこに添えられた舞姫の心象点描の適切さにあるのではないかと思われる。

しろがねの花櫛を重そうに髪にさし、長い袂を揺らして舞う舞姫の姿が、その境涯をほのかに感じさせながら哀感を伴って浮かび上がってくるところに、この歌の持ち味があるのであろう。さらにまた、晶子の濃い浪漫感情を盛った諸作品に対して、掲出歌は情念の表出よりも描写に重きを置いたところがあり、いわゆるあくの強さがない。読者が身構えることなく、叙述のままに受け容れやすいということでもある。

ところで、この稿では、掲出の歌が含まれている『みだれ髪』の第五章「舞姫」所収の作品に目を向けたいと思う。「舞姫」はわずか二十二首からなる短い章で、舞姫という客体を対象として詠んだまとまりのある一連であるが、私見によれば『みだれ髪』の短歌世界の中で作者がはっきりと客体を見据えて詠んだ、ある意味で写実的詠風に最も近づいた部分と考えられるからである。

まず、最初の四首ほどを見てゆこう。

人に侍る大堰《おほゐ》の水のおばしまにわかきうれひの袂の長き
くれなゐの扇に惜しき涙なりき嵯峨のみぢか夜暁《あけ》寒かりし
朝を細き雨に小鼓おほひゆくだんだら染の袖ながき君
人にそひて今日《けふ》京の子の歌をきく祇園清水《ぎをんきよみづ》春の山まろき

これらの歌は、舞姫に焦点をあてつつ、その風姿と心情を詠み込んでいるのだが、作者はその舞姫の傍らに寄り添いながら心を重ね合わせようとしているおもむきがある。一首目の「うれひの袂の長き」、二首目の「扇に惜しき涙なりき」などと主情的要素を織り込みながらも、舞姫という客体を対象に据えた歌ゆえに、『みだれ髪』の多くの歌に見られるような難解な作とはなっていない。そのことの是非はまた別に問われなければならないだろうが、少なくとも晶子の歌としては幅広く受容されるものであろう。とくに三、四首目は心情表現が抑制され、叙景的要素の濃い作となっているのである。

そして、舞姫という題材だけに、感情表出の直接的表現が抑えられることによって、鮮やかな美的風景が形成される。その晶子の叙景の技《わざ》が見られる作を抄出してみよう。

四条橋《ばし》おしろいあつき舞姫のぬかささやかに撲つ夕あられ
さしかざす小傘《をがさ》に紅き揚羽蝶《あげはてふ》小褄とる手に雪ちりかかる
舞姫のかりね姿ようつくしき朝京《きやう》くだる春の川舟
紅梅に金糸のぬひの菊づくし五枚かさねし襟なつかしき
舞ぎぬの袂に声をおほひけりここのみ闇の春の廻廊《わたどの》

「舞姫」の章の前半から中ほどへかけて、右のような華麗な舞姫の描写がつづく。掲出の作はどれも一定の作品質を保持しており、独特の耽美的世界を形成していると言えよう。全体に舞姫のまとう着物の袂や襟などの描写を通して詩情を高めているが、その中で注目されるのは、代表作の一つとも目される「四条橋《ばし》おしろいあつき舞姫のぬかささやかに撲《う》つ夕あられ」の歌であろう。夕あられの四条橋という背景を描きつつ、映像の一シーンに似た手法で舞姫のおしろいの厚い顔を写し出し、その額に降りかかるあられを点描しているのである。「ぬかささやかに撲《う》つ」の細やかな叙景が巧みで、とりわけ「撲《う》つ」には舞姫への哀感がほのかに添えられ、繊細である。「舞姫」一連自体が絢爛たる美的世界を構築しており、その美の絵巻に目を奪われがちであるが、その風景や人物のデッサンはたしかなものである。このように見てくると、与謝野晶子『みだれ髪』においては、作者晶子の情念を直接表出させた歌群と、しかるべき物象の描写を通して形成された歌群とでは、ある程度作品の印象に違いが見られるようであり、とくに「舞姫」には後者の歌群の特徴が明瞭にあらわれているようである。

ところで、「舞姫」の章の後半では、右に述べたような歌柄に変化が見られる。

あでびとの御膝《みひざ》へおぞやおとしけり行幸源氏《みゆきげんじ》の巻絵《まきゑ》の小櫛《をぐし》
四とせまへ鼓うつ手にそそがせし涙のぬしに逢はれむ我か
おほづつみ抱《か》へかねたるその頃よ美《よ》き衣《きぬ》きるをうれしと思ひし

これらの作になると、それまでの客観的な舞姫の描写とはおもむきを変え、舞姫の心理と境涯に作者の晶子自らが寄り添い、場合によっては一体化している感がある。それまで舞姫のデッサンが重ねられてきただけに、この舞姫に寄り添った心情表白は自然な流れに感じられる。右に引いた三首を見てゆくと、一首目は、貴人の膝へ舞姫がおぞや（おろかにも）小櫛を落としたさまが描かれているが、この「おぞや」は、舞姫自身の心情のようにも、作者が傍らから感想を述べたようにも受け取れる。それに対し、二首目の歌では、「涙のぬしに逢はれむ我か」とうたわれる。この「我」は明らかに舞姫自身であり、作者晶子が舞姫になりきってうたった一首と言える。三首目も同様であろう。このように、「舞姫」の章の一部の作においては、作者自身が第三者、この場合は舞姫の「私」になりきる形でうたわれており、いわゆる一般の写生歌とは異なっている。

それでは、この一連において晶子はどの位置にいるのか。もともとこの一連はある特定の一時期に詠まれたものではなく、まだ晶子が鉄幹と出会う前の明治三十三年中頃から、翌三十四年にかけて制作された作であり、中には数首、初出誌不明歌もある。これらの歌を見てゆくと、祇園の舞姫を実際に目にして詠まれたものもあるかと想像されるけれども、一連中でうたわれるように舞姫が出るお座敷に晶子自身が身を置いていたかは微妙である。逸見久美『みだれ髪全釈』では、何首かの歌に即しつつ晶子自身の想像力によるものではないかと述べている。

いずれにしても、「舞姫」一連の作は、必ずしも実際の写生に即したものばかりではなく、晶子の絢爛たる想像力によって形成された作も少なからず存在するかと推量され、むしろそこに与謝野晶子歌風の鮮烈な個性が見出されるように思われる。

叙景詩運動の魅力

一

明星派の活躍と自然主義短歌の台頭のはざまに、「叙景詩」運動と呼ばれる反「明星」の位置に立つ文学運動があった。尾上柴舟・金子薫園という二人の青年歌人によって推進されたが、この二人はともに明治九年生まれで、中学の同級生でもあった。また、この二人は、彼らがライバルと見なした与謝野鉄幹とともに、かつては落合直文主宰のあさ香社の一員でもあった。

尾上柴舟と金子薫園の歌人生涯を眺めると、相当に異なった軌跡を描いている。周知のように柴舟は東京帝大国文科を卒業して、歌人・国文学者・書道家として活躍し『平安朝草仮名の研究』によって文学博士の学位を授与されている。一方、金子薫園は病のため学業を中途で断念したのちあさ香社に参加し、明治三十年には雑誌「新声」の短歌欄の選者となった。出版人として新潮社に勤務しながら、歌人として活動した。両者とも多くの歌集を上梓しており、合著による『叙景詩』をはじめ、柴舟には『銀鈴』『静夜』『永日』などが、薫園には『片われ月』『伶人』『覚めたる歌』などがある。

先に記したように、この二人は合著『叙景詩』により反「明星」の詠風を明確にした。「明星」に相対するということは反浪漫主義であり、おのずから写実的現実的要素のつよいものとなる。その点で正岡子規の写生派（根岸短歌会）ともつながる面をもつが、根岸派よりももう少し伝統的和歌の詠風に近いものがあろうか。

ところで、現代短歌の側に立って考えてみる時、喜怒哀楽など作者の生活感情を流し込むことのない純粋な叙景歌は意外に詠みづらいのではないだろうか。現代においては、どうしても心象と叙景の融合したところに、たとえば斎藤茂吉の有名な言葉を引けば「実相に観入して自然自己一元の生を写す」ところに写生歌の本領を見出す傾向がつよいであろう。その点で、叙景詩運動当時の柴舟・薫園二人の作風には思いのほか新鮮な味わいがある。たしかに、風景の描写ばかりで作者の人生や内面が出て来ない作がつづけばそこに連作としての不具合も生じて来よう。が、特別に感情表出をせずに風景を主として描き、一定の作品質をもった一首をものすることのむずかしさは、現代の歌人の共通して実感するところでもあろう。たとえば相聞や追悼の情など特定の感情を表出することなくうたうに際しては、風景を捉える視点や素材の選択、歌の調べなどの面にそれなりの工夫が払われねばならないであろう。

ただ、ここであらためて考えてみるに、いわゆる和歌の伝統においては、「月前雪」「田家春雨」「夜落梅」といった詞書を付し、多く題詠の形で詠まれるならわしがあったわけで、ややうがった見方をすれば、旧派和歌には風景を詠むにあたっての技法が練られていたのではないかとも思われる。してみると、伝統的和歌における風景描写の手法に学ぶべきものがあるようにも考えられるのである。

さて、尾上柴舟・金子薫園の合著である『叙景詩』について見てゆこう。

『叙景詩』は明治三十五年一月、新声社より刊行された。薫園選の「新声」歌壇に投稿された作品から二八二首を選出し収録した作品集に、柴舟の序文と柴舟・薫園の作各五十首が付載されている。

まず、こころみに柴舟・薫園の作品（それぞれ「敗蕉」「寒菊」と題が付せられている）から二首ずつを引いてみよう。

さしわたる葉越しの夕日ちからなし枇杷の花ちるやぶかげの道
とほじろく温泉《いでゆ》のけぶり見えそめて一里かやはら秋の日あかし　　柴舟
鳥のかげ窓にうつろふ小春日に木の実こぼるゝおとしづかなり
枯れはてし蓮田の末にあひる飼ふ家ふたつ見えて秋の空たかし　　薫園

いずれも純粋な叙景の歌に近いものであろう。その意味で相当に意識的な作歌態度とも見なすことができようか。そして、それを裏書きするように、この『叙景詩』には柴舟による序文「『叙景詩』とは何ぞや」が置かれている。『叙景詩』が出版された明治三十五年一月という時期は、与謝野晶子歌集『みだれ髪』が上梓されて半年ほどしか経っておらず、明らかに『みだれ髪』の主情的な歌風への対抗意識があらわれているであろう。

次に、序文「『叙景詩』とは何ぞや」を一瞥しよう。冒頭部をまず引く。

野の鳥に聞け、朝の雲に希望を歌ひ、夕の花に運命をさゝやくにあらずや。谷の流に見よ、みなぎる瀬には、喜の色をあらはし、湛ふる淵には、夏の影をやどすにあらずや。
自然は、良師なり。よく吾人に教訓を垂れ、鞭撻を加へ、神秘を教ふ。之をとりて素となし、之を以て彩となす。天賦の画、こゝに於てか成り、真正の詩、これに由てか出づ。

ここでは、野の鳥や谷の流れなど自然界そのものが「良師」であり、「真正の詩」の生まれる源泉たるべきことが説かれている。自然の景趣を写すことを通してその神秘の影に触れ、おのずからそれを「素」とし「彩」となすことによって「真正の詩」が生まれるべきことを論じている。

そうした論旨が昂揚した論調の中に述べられた後、尾上柴舟の筆は一転して現今の詩の状況へと移ってゆく。明らかに明星派の、なかんずく晶子の『みだれ髪』がもてはやされることを意識した筆致で論じられてゆく。

竊かに訝る、今時の詩に志すもの、たゞ、浅薄なる理想を咏じ、卑近なる希望をうたひ、下劣の情を攄べ、猥雑の愛を説き、つとめて、自然に遠ざからむと期し、而して、真正の詩、以て、得べしとなす、謬れるの甚しきにあらずや。

ここで述べられている「猥雑の愛」などの評語は、明らかに晶子の『みだれ髪』歌風を、とりわけ「やは肌のあつき血汐にふれも見でさびしからずや道を説く君」などの歌をふまえてのものと考えられよう。自然の奥処に入り、自然の神秘に触れることを念願とする叙景詩運動の背後に、社会現象とも言いうるような『みだれ髪』の衝撃的な登場があり、その反措定として自然への没入がうながされたことは言を俟たないであろう。

二

尾上柴舟による『叙景詩』序文（「『叙景詩』とは何ぞや」）の末尾の一節が、さらに叙景詩派の文学的態度を端的に語っている。

吾人、未だ、詩を知るの深きものにあらず。然れども、陋劣の情を抛ち、卑浅の愛を棄て、雲を写し、森を描き、草舎竹木を咏じ、田園蔬菜を賦し、一往直進、自然の懐に入り、神秘の鍵を握る、彼の新進画家の如くならむと欲す。これ、実に、詩の極致に達すべき捷径なりと信ずればなり。

ここでは人事を去り、雲や森、草舎竹木など自然の風景の中に詩心を解き、ゆだねることを唱えている。自然界の形象に即して詠ずることによって詩心を浄化し、清澄な境地にあって自然の深奥、神秘に触れうるということである。

なお、ここで「彼の新進画家の如くならむと欲す。」と記しているのは注意される。かの正岡子規が写生の論を洋画家の中村不折から触発されて展開したように、尾上柴舟もまた当時の絵画の潮流から影響を受けつつ叙景詩派の論を形成している。詳述は避けるが、おそらく子規派をある程度意識して立論されていたであろう。

次に、具体的に短歌作品を見てゆこう。

最初に柴舟の「敗蕉」五十首である。先に冒頭の二首については触れたが、ここでは全体から何首かながめてみたい。

たかむらは煙に鎖ぢてみづくろき城のうちぼりゆふべあめふる
むらがりてさわたる小鳥かげ絶えぬ裏のくさやまたゞ秋のかぜ
小ひつじのしづけき夢やまもるらむ牧場にひくき夕づゝのかげ
あさまだき伯耆路行けばやせ馬の瘦せしひたひに秋かぜの吹く

一、二、四首目はそれぞれ一定の作品質を保持しつつ風景描写がなされていると思われる。一首目の城の内堀の凝然たる黒き水は印象が強く、また二首目の小鳥の影の移ろいを秋風の中に詠みとった抒情は繊細であり、四首目の「瘦せしひたひ」に着眼して伯耆路の瘦せ馬の姿を捉えた描写もたしかなものである。こうした写生の作に対して、三首目の「小ひつじのしづけき夢やまもるらむ牧場にひくき夕づゝのかげ」の歌は若干おもむきが異なるように感じられる。この作は夕星が低く出ている牧場を詠んだものであるが、上の句の「小ひつじのしづけき夢やまもるらむ」の想像にはどこか写生歌の枠におさまらないものがあるようである。羊の牧場も実景であるのかどうか、いささか判断にとまどうところがある。また当時柴舟の歌に限らず、たとえば藤村や晶子、夕暮などの詩歌にも羊・小羊がうたわれることはあった。そして、そこにはキリスト教を中心とする西欧的文化のにおいが潜んでいたことも否定できないであろう。一、二例をあげれば、島崎藤村『落梅集』の「胸より胸に」という詩篇では「君ならで誰か飼ふべき／天地《あめつち》に迷う羊を」とうたわれ、また夏目漱石の小説『三四郎』

では「ストレイ・シープ」なる語が作品展開の鍵となっている。このように見てくると、柴舟の前掲の小羊の夢を詠んだ歌にも、単なる叙景ではない象徴的雰囲気がただよっているように思われ、叙景を主とした作品群の中ではやや異質である。おそらくこののちの柴舟の歌集『銀鈴』につながってゆく要素の一つであろう。

さらに、今すこし柴舟の作を見てゆこう。

大砲《おほづゝ》のわだちみだれし野のすゑにゆふべ雨ふりなくほとゝぎす
みちのべのしのもすゝきも霜がれて二十五菩薩かずあらはなり
茶つみうたかすかにひゞく岡のへに桐のはなちり風ぬるく吹く
垣越しに蛇の目のかさの行く見えてあめなゝめなり連翹のはな

これらの作品も、基本は風景の写生にあり、さすがにその手腕は注目に値するものがあろう。ただ純粋な自然物の写生よりも、ある程度人事の要素をまとった叙景歌に佳作が多いように感じられる。掲出の四首はいずれも「大砲《おほづゝ》のわだち」や「二十五菩薩」「茶つみうた」「蛇の目のかさ」など人の気配が詠み込まれているが、しかしながらそれはほのかに点景としてのものであって、人間感情すなわち喜怒哀楽にかかわるものではない。おしなべて人間感情の表出はきびしく抑制されているのであって、その姿勢は一貫したものである。

中でも、掲出二首目の「みちのべのしのもすゝきも霜がれて二十五菩薩かずあらはなり」の歌は相当な佳作であろう。冬の路傍のがらんとした森閑たる空気が、「二十五菩薩かずあらはなり」という下の句によってみごとに表現されていると言えよう。

また、この歌で併せて注目されるのは、柴舟がこの歌に与謝野晶子『みだれ髪』に対するひそかな対抗意識を込めていたのではないかと推測される点である。『みだれ髪』の代表作の一つに、

経《きやう》はにがし春のゆふべを奥の院の二十五菩薩歌うけたまへ

という歌があるが、この挑発的とも言える晶子歌への暗黙の批判が込められていたのではないかと想像される。晶子の作は、青春期のおのが身にとって経はにがいものだと言ってのけ、二十五菩薩に対して青春の恋歌をうけたまえともとめているのである。こうしたあくの強い青春歌はそれなりに史的意義を有しているのであろうが、古典和歌の伝統を重んじる柴舟の立場からすれば、あるいは晶子の二十五菩薩の歌こそ「にがい」ものであったとも思われるのである。晶子の歌の初出は明治三十四年二月（「半秋」第二号）で『叙景詩』の刊行（明治三十五年一月）とも接近している。柴舟歌の初案の時期が特定はできないのであるが、この小稿においては、柴舟の作歌過程で右に述べたような批判意識がふまえられていたのではないかと一応推測しておきたい。

以上、『叙景詩』所載の尾上柴舟の短歌作品を見てきた。洗練された作が並んでいる印象を受け、今日から見てもその叙景の手法は看過できないものをはらんでいる。その意味では、一見地味な歌柄ながら、現代に生きる歌群であると言えよう。ただ、五十首全体として眺めると、構成上の工夫が今すこしほしい気もするが、これはしかし現代の連作意識から見たものであり、当時の柴舟にとっては、とりたてて意に介するものではなかったかもしれない。それよりも、感情表出を抑制してきわや

かな叙景をなした柴舟の手法が問いかけるものに、耳を傾けるべきであろう。

三

つづいて『叙景詩』収載の金子薫園の短歌「寒菊」五十首を見てゆこう。

うねうねとめぐれる野みちたそがれて夕月ほそしつゆくさの花
塔《あらゝぎ》のさきのみ見えてしげりあふあを葉わか葉にさみだれのふる
かゞみ餅すこしくづして走り行くねずみの影のさむき夜半かな
おばしまに白きゆかたのほの見えてほとゝぎす啼く湖のゆふべ
夕なぎにしほふくくぢら遠く見えて秋のそらたかし天くさの灘

基本的に風景に即してうたわれているが、その捉え方は自在であり、変化に多様性がある。一首目、二首目の典雅な叙景の作に対して、三首目の「かゞみ餅すこしくづして走り行くねずみの影」の描写は俗でありつつ生活感がよく出ている。後の世代の自然主義的詠風を思わせるところもあろうか。四首目の湖畔の夕暮れを背景に「白きゆかたのほの見えて」という描写は、単なる写生を超えて縹渺とした哀韻がある。さらに、五首目の大きな景を写しとる気息は充実している。前稿で見た尾上柴舟の作品「敗蕉」五十首と比べると、視点の振幅がやや大きい感がある。

つづけて「寒菊」の後半から抄出しよう。

おひしげる木かげうつりてほのぐろし一すぢほそき谷川のみづ
ふたつ三つとびゆく鳥のかげとほく夕かぜわたる茅《ち》はらかや原
日あたりの椽にならべぬ鉢うゑのうるしのもみぢしらぎくの花
駕籠二挺たうげにいそぐ夕ぐれを茅《ち》はら篠《さゝ》はらあめになりゆく
風にあけて風にくれゆく枯野はらいなゝく馬のこゑかすかなり

全体に叙景に重点を置いた歌群であり、それぞれに一定の工夫がこらされている。一首目の樹木を映したほのぐろき水の写生や、二首目の風吹く野の鳥影の描写はたしかなものである。なお、二首目の歌は柴舟の「むらがりてさわたる小鳥かげ絶えぬ裏のくさやまたゞ秋のかぜ」の歌と呼応するものがあろう。また順序は前後するが、五首目の作も上の句の「風にあけて風にくれゆく枯野はら」という時間を包摂した野の描写に凡ならざるものが見られる。

それに対して、三、四首目の作は、通常の写生とはいささか異なるようである。三首目は、日のあたる縁側に出した鉢植えを無造作に「うるしのもみぢしらぎくの花」と並べており、正岡子規の「柿の実のあまきもありぬ柿の実のしぶきもありぬしぶきぞうまき」を想起させるところがある。こうした詠法は、事象を何気なく並べた無造作な調べと気息に親身な味わいがあり、短歌作品ならではの魅力を紡ぎ出している。四首目の歌は実景というよりは絵画に基づいて写生しているようなおもむきがあり、その意味でこれも子規派の詠風と一脈通じ合うものがあるようである。今ここで薫園の子規への距離感を述べる準備はできていないけれども、『叙景詩』の運動が基本的に台頭する「明星」派を意識していることは明らかであり、期せずして同じ写実の手法をとる子規の詠風と通い合うものが生じたのであろうか。

以上、『叙景詩』所収の金子薫園の短歌作品を一瞥した。

この『叙景詩』は、今まで見てきた尾上柴舟・金子薫園の短歌作品の他、多くの作者の叙景的短歌作品を収録している。主として薫園の選にかかわった人たちの作が、春・夏・秋・冬・雑の部に分類されて収められ、そこには武山英子・吉植愛剣（庄亮）・相馬御風をはじめ後に一家をなす人々の名が見える。『叙景詩』の最初に掲げられた「例言」では、「短歌三百首、悉く皆、新声歌壇の粋を抜けるもの。景に対して情を思ひ、情に対して景を思ふ。」と記されている歌群である。以下、いくつか引いてみよう。

誰が墓にそなへむとてか花もちてをさな子入りぬふる寺の門　平井晩村
湯のたぎるおとばかりして南のうめさく窓のひるしづかなり　吉植愛剣
桑の葉をつみし小舟に棹とりて橋のした行くさとのをとめ子　岡　稲里
乱れたる雲をさまりて森のうへに二十日の月の影さやかなり　川合長流（玉堂）
幣《ぬさ》を手に雁を見おくる人わかし加茂のやしろの秋のゆふぐれ　武山英子
しら鷺のゆくへを雪に見うしなひてさつをたゝずむ小沼の夕　相馬御風

後に名をなす吉植愛剣（庄亮）や相馬御風、武山英子、それに画家として大成する川合長流（玉堂）などの名が見える。掲出歌はたしかに叙景を主とした作品と言えようが、その多くの作は風景の中の人の動きに焦点をあてているように思われる。平井晩村・岡稲里・武山英子・相馬御風などの作がそうである。吉植愛剣の歌の「湯のたぎる音」にも人の気配がある。そうした中では、川合長流の「乱れたる雲をさまりて森のうへに二十日の月の影さやかなり」は上の句の雲の捉え方に新味があり、堂々たる写生歌である。ここで『叙景詩』所収の作品を細かく見てゆくことはしないが、基本的には景の描写が中心であって、その中に人事を詠み込む場合もひそやかに素描し、喜怒哀楽のあらわな表出はなされていない。それはしかし、収録された歌人それぞれの傾向がそうであるというよりも、そうした傾向の作品を選抜した編者金子薫園のつよい編集意図によるものであろう。『叙景詩』一巻を閉じるにあたっても、今まで見てきたような本書の姿勢があらためて言挙げされている。

叙景詩掲ぐる所、皆文芸雑誌「新声」より抜けるもの新声歌欄は金子薫園君選評の下に、うら若き詩人が、満腔の情思を洩す所。滔滔たる現時の新派和歌なるもの丶、淫靡猥雑誦するに堪へざるなかに在りて、声調流麗、温藉にして雅馴なるものは、唯新声歌欄あるのみ。

この文は薫園以外の者が書いたと思われるが（柴舟であろうか）、「現時の新派和歌」の「淫靡猥雑」なる歌風への対抗意識のいかに熾烈なことか。この一文をもってしても、『叙景詩』一巻は単なる叙景的作品を集めたアンソロジーというだけではなく、明らかに一つの文学運動に他ならなかったのである。

「心の花」の流域

明治短歌の興亡の歴史には、激しい潮流のせめぎ合いがあった。そうした状況から比較的距離を置き、古典和歌の伝統をふまえ独自の位置を占めたのが、「心の花」を機関誌とする竹柏会であった。「心の花」の主宰者は佐佐木信綱である。信綱は明治五年佐佐木弘綱の長男として三重県に生まれた。弘綱は歌人であり、家学を子の信綱に伝えた。信綱は上京して和歌を旧派和歌の高崎正風に学び、その後東京大学古典科を卒業した。以後、信綱は国文学者・歌人として活躍する。

竹柏会の機関誌として、最初は明治二十九年に「いささ川」が創刊され、ついで「いささ川」に代わる形で明治三十一年に「心の花」があらためて創刊される。（創刊当初は「心の華」）

この「心の花」に集まった人々には、木下利玄・川田順・九条武子・柳原白蓮など、わりあい上流階層の人々が多かった。また、佐佐木信綱自身、寛容で穏健な人柄であったといわれ、竹柏会の指導理念も「広く深くおのがじしに」という懐の深いものであった。こうした性格を有する「心の花」の軌跡は、時代に突出する主義主張を掲げるというよりは、伝統に深く根ざしつつ短歌のあるべき姿を探究するという、普遍的かつ着実な歩みをつづけてゆくことになる。信綱自身父から家学としての国文学を伝授されてきているわけであり、そうした息の長さを本来とするところに「心の花」の特質があったろうか。興亡の激しい近代短歌史の展開において、伝統を基底に据える「心の花」の水脈は強鞦でありつつ、併せて伝統に根ざす郷愁といったものをさそうところがあろう。

さて、「心の花」の主宰者佐佐木信綱は、明治三十六年に処女歌集『思草《おもひぐさ》』を、大正元年に『新月』を刊行している。本林勝夫「短歌の歴史」（「国文学解釈と教材の研究」臨時増刊「短歌創作鑑賞マニュアル」、平成二年九月、学燈社）では、「信綱の歌風は『思草《おもひぐさ》』（明治三十六年）と『新月』（大正元年）でほぼ定まったが、温和暢達しかも重厚で迫らない調べを特色としている。」と述べられ、信綱歌風の形成と一応の確立が明治期になされた点を指摘している。古典の伝統を基底に据えた重厚かつ調和的な作風は、当時が短歌革新の激しい潮流が巻き起こった時代であっただけに、むしろ注目すべき静謐を湛えているかのような印象がある。明治期の信綱の歌としては、

願はくはわれ春風に身をなして憂ある人の門をとはゞや　『思草』
幼きは幼きどちのものがたり葡萄のかげに月かたぶきぬ
ゆく秋の大和の国の薬師寺の塔の上なる一ひらの雲　『新月』

などの名歌が想起されるが、いずれも五七五七七の短歌の韻律にゆったりと歌語をゆだね、行雲おのずからなる声調が形成されているようなおもむきがある。こうした代表歌についてはすでに小稿で批評めいたことを縷々述べる余地はなく、ここでは以下、『思草』のやや異色と思われる作を取り上げて、小見をつづってみたいと思う。

『思草』の開巻まもなく、一種硬質の印象を受ける歌がある。

地《つち》の底三千尺の底にありて片時やめぬつるはしの音

地下深く坑道を掘る人々の姿を想像して詠んだ作であろうか。「三千尺の～」と伝統的な言い回しを用いながらも、初句が「地《つち》の底」と異様な世界を結びつけて上の句としている。そして、結句の「つるはしの音」でようやくそれが労働にたずさわる坑夫の姿をうたおうとしたものであることが分かる。このように、和歌の伝統的作法と意外なほどに自在な歌材の選択とを結びつけたところに、一種新鮮な世界が浮かび上がっている。この掲出歌と類似の発想の作に次のような歌がある。

つとめをへて此世にいづる坑夫らがつく息くろし雨の夕暮

坑夫らが地下の暗い坑道から仕事を終えて出てきたさまを詠んでいるが、「此世にいづる」と見立てている点、さらに「つく息くろし」と形容している点に新しさが認められよう。とくに下の句には西洋画的な手法がうかがわれるようにも思う。

歌集『思草』は、先に述べたように伝統に根ざした調和的な詠風が主体をなしていると思われるが、その中で、掲出の二首のように地の底、闇の底など底部への指向といったものを取り上げた作がいくつか見られるのである。この傾向の作をもう少し引いてみる。

とこやみの闇の底より何ならむ我を呼ぶらむ声の聞ゆる

胸のうちの罪身を責めて怖ろしく苦しさたへぬ闇の道かな

とこ闇の千尋のやみの底にしも引いれらる、我心かな
青淵の深き底ひに我心さそひもてゆく水の音かな

これらの歌には、「とこやみの闇の底」や「青淵の深き底ひ」に引き入れられてゆくような暗い心象が詠まれている。歌集『思草』中には罪の意識をモチーフとした作品が散見されるが、その罪の意識と闇の底の道が繋がっているようにも感じられる。こうした歌は『思草』全体から見れば数は多くないが、調和的な境地やあるいは寂寥、隠遁の思いを詠んだ歌の多い『思草』にあって、心象の暗部が託されていると言えるであろう。

さらに、このことと関連して興味深いのが、『思草』末尾に据えられた富士登山をうたった一連中の数首である。まず「宿巌室八首」とある作から抄出する。

酒さめて話もつきて岩室の室の外《と》すごき夜あらしの声
岩室を夜半に立いでて見さくれば人の世くらく雲立ちわたる
天近き室の岩床夜をさむみ人の世恋し人の身われは
富士のねの石の室屋の岩枕ゆめ白くもの上にたゞよふ

ここでは、地の底とは若干趣を異にするが、岩室の内にこもって人の世と隔たった異界的な発想が見られる。さらに一連中には、

いつの世に作らしましていつの世に砕きますべき此世なるらむ
たゞよへる麓の雲の底にありて何をか競ひ何をか争そふ
根の国の底つ岩根につゞくらむ高ねの真洞底ひ知られぬ

など、日本古来の根の国、他界観に思いを潜めつつ人の世の成り立ちを詠んだ作が並ぶのである。佐佐木信綱の歌風は「温和暢達しかも重厚で迫らない調べ」（本林勝夫）を本来としているのだが、そうした調べに沿いながらも、近代の写実主義とは異なる一種他界的なうながしと発想が認められる点に心を留めたいと思う。そこには、日本古来の伝統を基底に、後の釋迢空短歌を経て現代短歌の異界的発想へと繋がる水脈が、ほのかに見えてくるようにも想像される。

Ⅴ　夕暮・牧水・啄木の地平

前田夕暮の上京

明治三十四年（一九〇一）から三十五年へかけて、短歌界は与謝野晶子歌集『みだれ髪』が話題の中心となり、一種の社会現象を巻き起こしていた。先に見た『叙景詩』の刊行もその一つの反響と言ってよいであろう。それだけに、おのずから多くの若い文学志望者が『みだれ髪』に熱い関心を寄せることになった。

明治三十五年五月、神田神保町の古本屋の一隅で「あまり手ずれて居ない」『みだれ髪』を見出した青年はその年の初夏、東北地方へ一人旅に立ち、その『みだれ髪』をしのばせてさまよった。水戸から勿来、仙台、松島、平泉をめぐる二か月近い旅にあって、青年の懐にはこの歌集が手ずれてあったという。六月末、旅から帰った青年は、寄寓先の神奈川県大磯で文学活動を開始し、初めて「夕暮」の号を用いたという。神奈川県丹沢山麓の歌人前田夕暮（本名、前田洋造）の文学的出発である。

夕暮は地元（現在の秦野市）の豪農の長男として生まれたが、中学を神経衰弱のため中退したあとは、関西や伊豆への放浪など無軌道な自己をもてあます日々を送っていた。そんな夕暮であったが、前述の東北放浪ののち、父のはからいで寄宿した大磯の天野医院において（父はできれば息子を医者にするつもりであったともいう）、彼は熱心な投稿家の日々を送るようになる。

この時期、夕暮の投稿は短歌だけではなかった。小説・美文などの散文を「中学文壇」や「中学世界」「新声」「横浜新報」等の諸雑誌にさかんに投稿し、かなりの頻度で掲載されてゆく。前田透著『評伝前田夕暮』（桜楓社）によれば、「月の白百合」（「新声」明治三十六年四月）「磯の古鐘」（「中学文壇」同年九月、天賞）など、大磯に寄寓していた二年ほどの間に二十篇ちかくの散文が入選し掲載されているのである。おそらくこの時期の夕暮は、文学で身を立てるべく小説の方面に主たる関心が向いていたと思われる。

短歌は「新声」「中学文壇」「文庫」「横浜貿易新聞」などに投稿したようである（前記『評伝前田夕暮』による）。この中で、「新声」への投稿が実を結んでゆく。「新声」短歌欄の選者は最初金子薫園であったが、明治三十六年十一月に尾上柴舟に代わると、たびたび入選を果たすようになった。この尾上柴舟の夕暮への注目が、若い夕暮をして文学志望者としての針路を決めさせてゆくことになる。むろんこの時点で柴舟には、まさか半年後に夕暮が単身上京し自分の門を叩くとは思いもよらないことであったろうが、それがまた人の世の交わりの不可思議なところであろう。ちなみに、当時の「新声」誌上の短歌投稿欄をながめると、夕暮のほか若山繁（牧水）、正富汪洋、田中紫紅、蘆谷蘆村、佐藤祿郎などの名が見えるが、いずれも夕暮とほぼ同等に入選を果たしており、この時点で夕暮がとりわけ柴舟に目をかけてもらっていたわけではないであろう。優秀な投稿者の一人くらいの感覚ではなかったかと思われる。が、夕暮にしてみれば、自分を優遇してくれた選者尾上柴舟への関心がにわかに高まっていったのである。

この「新声」投稿時代の作品についてはすでに『評伝前田夕暮』等で触れられているので詳述は避けるが、一例だけあげておこう。それは夕暮が上京する直前の明治三十七年二月号の「新声」（二月十五日発行）であり、この号では夕暮と牧水の作品がそれぞれ三首ずつ並んで掲載されている。掲載順に牧水・夕暮の作品を引いてみる。

日向　若山繁

やまざとは雪の小うさぎ紙のつる姉と弟の春うつくしき
ともすれば千鳥にともしかゝげけり夜舟になれぬ舟子《かこ》が新妻
しめやかに手と手冷たき物がたり宵の霙は雪となりにけり

相模　前田夕暮

今こゝに冥府《よみ》の楽の音聞くおもひ怪《け》しうも鐘の胸に響くよ
筆草の一くき摘みて春の磯圓位の像をすなにうつしみる（大磯にて）
かゝる世は魔とも生れてきなましをあゝ弱き子の誰にか倚らむ

牧水の作は、視覚的映像の鮮やかさと艶麗さ、歌調のよさ、それに一首目に顕著なノスタルジーの表出に特色があるように思われる。読者の胸にこころよくはいり込み口誦をうながすような、後の牧水短歌の特質がかいま見られるであろう。なお掲出一首目の作はなかなかの佳作である。
それに対して前田夕暮の作は、その用語や発想にやはり明星派の影響が濃厚に見られると言ってよいと思われる。が、牧水歌が姉弟や舟子の夫婦、恋人といった他者が詠み込まれていることと対照的に、夕暮歌は三首ともに自らの境遇や内面を見つめてうたう内省的な歌である点に特色があろう。他者との関係性よりは、自らの内面世界の動きを詠嘆的、あるいは感傷的にうたいとろうとするおもむきがある。一首目の「今こゝに冥府《よみ》の楽の音聞くおもひ」や三首目の「かゝる世は魔とも生れてきなましを」の表白は、いずれも作者夕暮の特異な仮想であり、作者が青春期の孤独や不安、弱さにさいなまれる内面を、そうした想像をみちびき入れて彩ろうとした形の歌となっている。ただ、あえて明星派歌風とのちがいを求めるとすれば、それは夕暮の場合、想像力に充ちた表白をなしながらも、その歌のモチーフが他者との関係性の稀薄な内面に執した孤独な詠である点にあろう。ここには後の自然主義の自己凝視の詠風と一脈繋がるところもあると言えようか。掲出二首目のひとり砂浜に圓位（西行の法名）の像を描く歌にしても、そのうつしとる像は半ば作者の自画像にちかい感傷的なニュアンスが感じられる。この自らの内面に閉じこもる内省的な姿勢に、つまるところこの時期の夕暮短歌の特色が見られるのであり、それは先述したような青春期の挫折にかかわる屈折した心情を容れる器として短歌形式が機能していたことをあらわしているであろう。

ともかくも、日露戦争のさなかの明治三十七年春、かぞえ年二十二歳の夕暮は上京する。この年若山牧水も早稲田大学入学のため宮崎から上京するが、夕暮の場合は、父に懇請し、進学でも就職のためでもない、むこう三年間のうちに自立するという約束を父と交わしての、漠とした文学志望の上京であった。

前田夕暮の文学修業時代

明治三十七年（一九〇四）春、上京を果たした前田夕暮は、若山牧水と相前後して尾上柴舟のもとに入門し、本格的な文学修業の日々にはいってゆく。

しかしながら、相模の田舎からほとんど何の文学的な知遇もなく上京した青年にとって、名のある文学者を訪ねるのはたいへんなことだったらしい。夕暮は後年に自伝『素描』（昭和十五年）の中で次のように書いている。

私が上京して先づ特に茲にゴシックで書きたくおもふのは、尾上柴舟氏の知遇を得たことであつた。私はその頃「新声」歌壇に投稿してゐた。「新声」歌壇は金子薫園氏に代つて尾上柴舟氏が担当してゐた。そして私は尾上氏選になつてから散文を止めて歌にみつしり力を入れるやうになつた。（略）

その頃尾上氏は本郷西片町十番地の崖上に新居を構へてゐた。（略）田舎から出て来たての私は如何にためらひ臆して訪問したことであらう。全くその頃はただ臆病な田舎青年であつたから、容易なことではなかつた。

このように若き夕暮はためらいを重ねながらも、歌人尾上柴舟宅の門を叩くことになる。この柴舟訪問が後の夕暮の文学的な進路を決定づける大きな契機となった。尾上柴舟という懐の深い包容力ある歌人に入門したことが、その後の夕暮にとっては幸運であったと思われる。こののち夕暮は諸雑誌への作品掲載の便宜や雑誌短歌欄の選者就任、文光堂への就職（雑誌「秀才文壇」の編集）にあたっても尾上柴舟の推薦という大きな力を持ったのである。

しかしながら、進学でも就職のためでもない上京を果たした当初の夕暮には、やはり相当の重圧がかかっていたと想像される。その点、早稲田に入学し同じく柴舟に入門した若山牧水とは事情を異にしていたであろう。夕暮は父と向こう三年間のうちに自立することを約して仕送りを受けていたと思われ、具体的な自立の道を探らねばならなかった。上京後、国語伝習所や二松学舎へ通いはじめたのはそのためであり、神奈川の中等教員検定試験を受けるべく努力を開始したのである。（なお、一年後の夏に夕暮は横浜で検定試験を受けるが不合格となり、以後文学に専心すべく白日社を興すこととなる）

さて、夕暮の文学活動に目を向けよう。昭和女子大学近代文化研究所が発行した『近代文学研究叢書』第六十九巻所載の前田夕暮著作目録（調査者野々山三枝、これが現在最も詳しいものである）によれば、入門後まもなく明治三十七年の夏頃には「中央公論」「文庫」などの雑誌に夕暮の短歌作品が載るようになっている。柴舟の推薦であることは言を俟たないであろうが、これは文学的出発としては幸運なことである。以後、前掲の著作目録を見る限り夕暮の諸雑誌への執筆は増えてゆく。もっとも、原稿料収入などは期待できないものであったろうから、なお夕暮の不安定な青春の日々はつづいてゆくことになる。

やがて明治三十八年、尾上柴舟は柴舟・夕暮・牧水のほか正富汪洋の四人をメンバーとして車前草社を創立する（後に三木露風・有本芳水が加わる）。この車前草社の詠草は「新声」に「車前草社詩草（詩稿）」として掲載され、注目された。この文学修業時代の夕暮の短歌作品を一瞥しよう。明治三十八年から三十九年にかけての「新声」から引いてみる。

君が詩は霊鳥なれやみ空めがけ彩羽まばゆく舞ひのぼるごと　（明治三十八年三月）
小扇に白百合添へてまゐらせぬあさ峠越す駕籠より駕籠へ　（明治三十八年八月）
うつくしき生贄見よと壇上のともしまともに立つや驕容　（明治三十八年九月）

一首目は、未刊歌集「はなふゞき」（『前田夕暮全集』第一巻収録）では、「師の君へ」と注が付されており、尾上柴舟への敬慕の念を表出した作である。柴舟の詩歌集『銀鈴』への思いを語った作かとも想像される。二首目は、明らかに夕暮が傾倒した与謝野晶子『みだれ髪』歌風の影響をうかがわせる作であるが、イメージはきわやかであろう。三首目は歌稿「青あら志」（同じく全集第一巻所収）では「白馬会にモデル写生を参観して」という詞書が付されており、東京で体験したことの驚きが率直に詠まれている。これら三首はいずれも耽美的な感覚をもって詠まれており、自然主義に染まる前の初期夕暮歌風の特色を示しているであろう。
もう少し「新声」から引いてみる。

菜の花の相模の国に鐘の鳴るあしたを夢は行きてかへりぬ　（明治三十九年四月）
花東風《はなこち》は武蔵を吹きぬ伊豆を吹きぬ中の相模に人嫁《とつ》ぐ日を　（明治三十九年五月）

うら悲し父のみもとをはなれ来て羊かふ野に又秋めぐる　（明治三十九年八月）

あやまたず老は我身をとらへけり漂泊すべき日となりしかな　（明治三十九年十二月）

一首目は、最初期の夕暮短歌の代表作である。「菜の花の」が枕詞のようにつかわれ、郷里丹沢山麓の春へのノスタルジーが青春期の夢想を織り合わせながら抒情豊かにうたわれている。二首目は、おそらく幼なじみの初恋の人岩田リセが他家に嫁ぐことを詠んだもので、青春期の夕暮の哀感が秘められた作だが、風景の大きさに注目したい。それに対し、三首目、四首目は郷里を離れて味わう孤独な境涯をモチーフとしている。三首目は当時夕暮が関心を寄せたキリスト教の影響が感じられ、四首目はその年の夏中等教員の検定試験に失敗した自身の心の鬱屈を背景としているように思われる。とくに三、四首目には自己の心の内側をのぞくような、後の自然主義的歌風への傾斜をうかがわせる要素が見られる点を指摘しておきたい。

以上、見てきたように、上京当時の前田夕暮の青春は、文学への志望を軸にしながらも、自身の不安定な境遇や恋愛感情などさまざまな糸を織り込みながら展開している。その青春の軌跡は、現在『前田夕暮全集』に収録されている未刊歌集・歌稿類の中に鮮明に刻まれており、それは自らの心を見つめる真摯さのゆえに、眩しいかがやきに充ちている。

『収穫』の世界―都市と青春―

前田夕暮の第一歌集『収穫』は明治四十三年三月、易風社より刊行された。『収穫』が刊行された明治四十三年はすぐれた歌集が相次いで上梓されたことで知られる。金子薫園『覚めたる歌』(三月)、与謝野寛『相聞』(三月)、若山牧水『別離』(四月)、土岐哀果『NAKIWARAI』(四月)、吉井勇『酒ほがひ』(九月)石川啄木『一握の砂』(十二月)など、まさに近代短歌の骨格を形成する重要歌集が犇めいている観がある。その中で、夕暮の『収穫』の上梓は早い。一般に自然主義歌集といわれる前田夕暮の短歌世界が牧水の『別離』とともに称揚され、世に「牧水夕暮時代」という一時期を築いたことは周知のところである。が、その『収穫』がどのように読まれていたかを検証することは意外にむずかしい。

『収穫』が自然主義歌集と見なされるところから、たとえば『収穫』冒頭部の、

　われ等《ら》また馴るるに早き世の常のさびしき恋に終らむとする
　襟垢《えりあか》のつきし袷と古帽子《ふるぼうし》宿をいで行《ゆ》くさびしき男《をとこ》

などの歌に、覚めた主観を前面に押し出し、生の倦怠感を揺曳させた歌風を見ることは容易であろ

う。すでにしばしば論及されているように、掲出二首目の「襟垢《えりあか》」の語に田山花袋の小説『蒲団』との関連を見出せることもたしかである。また、同じく『収穫』冒頭部に収められた、

すてなむと思ひきはめし男の眼しづかにすむを君いかにみる
わが前に甘き愁を眼にみせし誘惑《いうわく》ぞあるあはれ女《をんな》よ

の歌のような、半ばエゴイスティックな恋愛心理を露出させたところに、たとえば当時夕暮とも親交のあった自然主義作家岩野泡鳴の評論・小説との一脈の連関を想起することもできようか。一方でまた、そうした醒めた主観を基調とする自然主義的歌風とは対照をなす浪漫的な相聞歌に着目し、

木に花咲き君わが妻とならむ日の四月なかなか遠くもあるかな
春深し山には山の花咲きぬ人うらわかき母とはなりて

などの歌の愛誦性を重く見る立場もあろう。

以上述べたように、『収穫』を自然主義的要素や浪漫主義的要素などの混在する重層的構造の歌集として捉える見方はすでに諸家によって行われている。

そこでこの小稿では、少しちがった角度から歌集『収穫』の個性を照らし出してみたい。

たとえば、次のような歌がある。

別れ来て電車に乗れば君が家の障子に夜の霧ふるがみゆ

この歌には恋人とのひとときの逢瀬を終えて、恋人の許を立ち去ってゆく青年の姿がうたわれている。現代から見れば、何ということもない日常のひとこまとも受けとることができよう。が、当時の読者、とくに若い青年層にとっては、この歌は意外に新鮮な魅力ある風景として受け容れられていたのではあるまいか。その魅力は、端的に言って、この歌の中に詠み込まれた電車の速度感にある。東京で路面電車が初めて導入されたのは、明治三十六年のことである。そうした都市の新しい交通機関がまず若者たちを惹きつけたことであろう。「別れ来て電車に乗れば」という歌い出しを背景に、恋人とのひとときをすごして別れてきた作者のそこはかとない恋情と淋しさが、電車の速度感や車窓の風景の流れ、そして恋人の家の障子が霧の中にたまゆら見えたという嘱目と相まって、ひときわ鮮明に浮かび上がってくるのである。それはおのずと切ない青年の感情ではありながら、同時に都市生活の新鮮さを読者に感じさせたのではなかろうか。いわば明治末期における都市のライフスタイルを魅力あるものとして青年読者層に実感させたと想像される。

このことはまた、次の歌にも言えるであろう。

風暗き都会の冬は来りけり帰りて牛乳《ちゝ》のつめたきを飲む

先にあげた「木に花咲き〜」の歌と並ぶ歌集『収穫』中の代表歌である。大都市東京に木枯しが吹きぬける夜、一人の青年が一日生活のために街を駈けまわり、ようやく下宿に帰って冷たい牛乳を飲み干す光景が浮かぶ。その牛乳の冷たさが都市にすごす青年の孤独感を彷彿とさせるが、同時に牛乳を都会の夜に飲み干すというライフスタイルの清新さが感じられ、やはり若い読者層を惹きつけたことと推測される。

このほか、都市の生活を思わせる歌として、以下のような作品が注目されるであろう。

かへりゆく人の脊をみて我れひとり君を久しく停車場にまつ
君かへる夜の電車のあかるさを心さびしくおもひうかべつ
水の上を遙あかるき悲しみに電車ぞ走る木がらしの夜

これらは前述のように電車を詠み込み、その中に都市に生きる生活感情を表白したものと言える。とくに三首目の水や木枯しのイメージと結びつけて「あかるき悲しみ」を表白した作は、当時の若い読者に感覚の新しさを印象づけたことであろう。

また、次のような都市の職業に携わる歌がある。

恋人を待つおもひしてひかへ刷まてばこの日も暮の鐘鳴る

「恋人を待つおもひして」というフレーズに都市生活者のほのかなリリシズムを感じることができよう。

このほか都市を彷徨するモチーフや、何気ない街の嘱目などにも、地方出身の青年たちの心を惹きつけるものがあったのではなかろうか。

いはれなく君を捨てなむ別れなむ旅役者《たびやくしゃ》にもまじりていなむ
冬の夜の街路《がいろ》をいそぐ旅人の俥のあとをわれも走らむ
こなたみつつそのまま街のくらやみに没《ぼっ》しゆきける黒き牛の顔
ておひたる獣の如く夜《よる》深くさまよひいづる男ありけり

大都市東京が人々を彷徨させる構造をはらみ、彷徨感を生ぜしめるところに、夕暮の歌は明らかに着目して詠まれている。その彷徨感は一見負の感情のように見えて、人にそこはかとない安らぎを与えるものでもあったろう。本来、都市は、「住む」「働く」「憩う」という三要素に加え、田舎とはちがって人々が「循環する」機能をもつといわれるが（アテネ憲章）、その循環の機能が『収穫』作品に認められるところに、この歌集の新しさの一端があろう。

『収穫』の幻想詠

一

前田夕暮の第一歌集『収穫』（明治四十三年三月、易風社）は一般に自然主義歌集といわれ、現実的描写が主流を占めていると思われがちだが、与謝野晶子『みだれ髪』への傾倒から水脈を曳く浪漫的要素も濃く認められ、その歌風は決して一様ではない。そのような『収穫』歌風の中で、前田夕暮という文学者の資質ともかかわる形で注目したいものに、その一種幻想的とも思われる作品系列がある。たとえば、『収穫』中にこんな一首がある。

泡立ちて海よ真白に日の下《もと》に小いさうなりてわが夢に入れ

白く泡立つ海を眼前に見つつ、作者夕暮の心はその海を主観の力によって縮小させ、「わが夢」の内に引き入れるのである。その主観の運動は飛躍に富んでおり、幻想の領域へと一首を移行せしめている。

私見によれば、前田夕暮という文学者は、資質として幻想性への指向には強いものがあったと考えられる。その証左の一つとして、『収穫』以前の初期歌稿群（角川書店刊『前田夕暮全集』第一巻所収）をあげてもよいであろうし、また夕暮中期の散文集の傑作『緑草心理』（大正十四年一月、アルス）を指摘してもよいであろう。ただ、その幻想性も、それぞれの時代や表現ジャンルの違いによってさまざまに制約を受けていると想像される。その点、『収穫』は自然主義歌風を前面に押し出した歌集なので、基本的には現実描写重視の作品が主流を占めているのであるが、その中には先の掲出歌のように幻惑的な傾向を示す作も含まれているのである。

『収穫』は上下二巻に分かれており、制作年代の新しい作を先頭に置いた逆編年体の構成をなしている。とくに新しい作を収めた上巻においては、自然主義的作歌姿勢が強く出ていて、さすがに幻想的作品は下巻と比べて少ないのだが、それでも所々に認められる。

まず、上巻から見てゆこう。

幅《はば》ひろき醜きそびら何物のそびらとしらずうす暗にみゆ
こなたみつつそのまま街のくらやみに没《ぼっ》しゆきける黒き牛の顔
嵐なす頭のなかにあはれなる女の顔の小さくただよふ
こころみに眼とぢみたまへ春の日は四方に落つる心地せられむ
雪ふれば彷彿として眼にみゆる空のはてなる灰色の壁
海ひろに濁りて死魚ぞただよへるそが中にみゆ君が亡骸《なきがら》
耳にふとあつれば石も声たててなげくに似たり悲しきゆふべ
冷えし夜の沙に仆れしそのままにひとときありぬ海よとらずや

上巻全体から八首ほど取り上げた。上巻には三百首余りの作が収められているので、幻想的要素を濃く揺曳させた作は決して多いとは言えないが、しかしながら掲出の作のいくつかには独特の幻想空間を形成しているおもむきがある。

右の八首の中で「黒き牛の顔」が「街のくらやみ」に没してゆく二首目や、夜の砂浜に倒れた自分を波がさらってゆくだろうかと思う八首目の作などは、あるいは幻想とは言い切れないかもしれないが、単なる現実描写の枠組みからは遊離した不安定、不可思議な雰囲気が揺曳していると言えるのではなかろうか。この二首の幻惑的傾向をひそめた作を含め、「幅《はば》ひろき醜きそびら」（一首目）や「灰色の壁」（五首目）、「君が亡骸《なきがら》」（六首目）などの形象を暗闇の中に幻視する歌が並ぶ。また、心象空間にただよう女の顔（三首目）や「四方に落つる」春の日（四首目）等の幻視、石の声（七首目）の幻聴など、初期の前田夕暮短歌における幻想性への指向がきわやかに見られるように思われる。むろんそれは、先述のごとく『収穫』上巻においては量的に少ないのであるが、幻想詠として一定の存在感を示していると考えられる。そして、その上巻より少し前に詠まれた『収穫』下巻の作品においては、より深く踏み込んだ形での幻想詠を多く見出すことができるのである。

上巻においては作者夕暮の自然主義への接近によってその幻想性が抑制されていたが、下巻においては、そうした抑制がつよく作用する以前の幻想性の発露が認められる。また、その幻想性も、上巻に見られたような幽暗なものとはちがい、多彩な展開が見られるようである。

下巻の幻想的作品をあげてみよう。

杳《えう》として山鳴《やまなり》空へ消え行きぬとりしままなる君とわが手よ

昼と夜のさかひに咲ける花遠くたづぬるや君心つかれて
君たづねてわが魂まよふ又の世の眼にこそうつれ初秋の空
日の下に夢みる如き眼をあげて青き小いさき蛇われをみる
沖をみて陸なる人等手をあげぬこの幻よ眼路にかかれる
青き花たづねて遠き水無月の夕日の小野に魂はまよへり
をさなかりし春の夜なりきわれを脊に梨の花ふむ母をみしかな

夕暮の歌風に大きな変化が見られたとされる明治四十年の作から引いた。この時期の変化は言うまでもなく、それまでの明星派風の浪漫歌風から文壇の自然主義に触発された現実的歌風への変化であるが、その過渡期とも言える明治四十年当時の夕暮作品には、なお幻想的要素がかなり濃厚に見られる。しかも、『収穫』上巻の幽暗な色調の幻想詠と比べるとき、下巻のそれは恋愛的情緒を多分に含み多彩な色合いが見られると言えるであろう。

右にあげた幻想詠を眺めて最も顕著と思われるのは、「昼と夜のさかひに咲ける花」や「君」「青き花」などをたずねて漂泊する魂の表現である（掲出の二、三、六首目）。その意味でこれらの作は明らかに浪漫主義の水脈を曳いて形成されたものと言えるであろうが、その漂泊感は「心つかれて」「又の世」「たづねて遠き」などの表現からうかがわれるように、生の疲れや死後の生を思う心情を帯びている。そこには、たとえば与謝野晶子『みだれ髪』に見られた熾烈な情熱は感じられない。おのずと明治三十年代の浪漫歌とはちがう短歌世界が形成されているのである。

また、右の掲出歌のうち、一種の幻惑的なエロチシズムの揺曳する作として評価の高い「日の下に

〜」の歌や、母への思慕がしっとりとした抒情と不可思議な感覚を通してうたわれた「をさなかりし〜」の歌などは、文字通り『収穫』の代表歌の一つと言ってよいものである。とくに「をさなかりし〜」の歌は、うら若い母に背負われている幼年期の自分をもう一人の自分が傍らから眺めているというもので、夕暮の文学において折りに触れて論じられる二重自我の要素とも繋がり、注目しておきたいと思う。

二

前田夕暮歌集『収穫』の幻想的要素をいま少し考察してゆく。『収穫』下巻の作品をさらに抄出する。

濁りたる海原みゆるその上に一羽の鳥の行くが悲しき
顔あまた暗きかたへにわれをみる死なる一語をふと思ふとき
あはれ日は歎きにかけぬ涙して青き果食らふ人のさまみゆ
暗きより人よぶ海のかなたより人よぶ如し冬の夜ふけぬ
啼かぬ鳥さはにわたれる暗き空おもひうかべぬのこされし子は

これらの作は明治四十年秋より四十一年晩夏までに詠まれたもので、いずれも幽暗な幻想を感じさせる。この明治四十一年夏には夕暮の母イセの死というできごとがあり、その死を間近に感じる心がこうした歌を詠ませているのかとも想像される。「暗きかたへ」「暗きより」「暗き空」などの語がそうした悲痛な心象空間を暗示しているであろう。中でも二首目の「顔あまた暗きかたへにわれをみる死なる一語をふと思ふとき」の歌は、その幻想性に際立ったものがあり、注目しておきたい。付言すれば、石川啄木『一握の砂』の代表歌の一つである「燈影《ほかげ》なき室《しつ》に我あり／父と母／壁のなかより杖つきて出づ」（原文総ルビ）の作とその幽暗な幻想性において一脈のつながりが感じられるであろう。

また、三首目の「あはれ日は歎きにかけぬ涙して青き果食らふ人のさまみゆ」の歌は、その幻想性に聖書の影響が見られる作として特色がある。「あはれ日は歎きにかけぬ」は日蝕であり、「青き果食らふ人のさま」は、おそらく禁断の木の実を食らうアダムとイブをイメージしているのであろう。日蝕の意味するところについては今論ずる手がかりが見出せないが、一種の不穏な天変を暗示し、そこに禁断の「青き果」を食らう人の悲嘆を詠み込んでいるのである。先にも記したように『収穫』が基本的には恋愛歌集であることを思えば、この禁断の思いには意外に深いものが暗示されているのかもしれない。すぐに想起されるのは、幼なじみで初恋人の岩田リセ（嫁いで水越リセ）に対する夕暮のつよい思いである。リセが茅ヶ崎の水越家に嫁いでからも夕暮はリセのことが忘れられず、実際に手紙を出したり、リセの家の近くにおもむいたりしていたと伝えられる（川原利也「夕暮と茅ヶ崎」、「詩歌」前田夕暮生誕百年記念号）。『収穫』中にはそのリセをうたったと思われる、

人妻となりける人のおとろへし瞳の色を思ふ秋の日
君が児の泣きこゑふともきこえずや相模はわづか十八里なり
人妻よまた救はれぬ生涯に入ると歎くか児をいだきては

などの諸作があり、一脈の符合が感じられる。とくに引用三首目の下の句「入ると歎くか」の部分と「あはれ日は歎きにかけぬ」には似通った悲嘆のニュアンスが認められるように思われるが、どうであろうか。

ところで、『収穫』下巻に揺曳する幻想性と前掲の歌で触れたキリスト教との関係には想像以上に密接なものがあるように思われ、少しく述べておきたい。この時期に見られる幻想性のありようを、単に浪漫主義歌風から自然主義歌風への転換という軸だけでは捉えることができないと思うからである。夕暮は大都市東京での寄る辺のない生活から、明治三十九年五月に青山伝道教会で洗礼を受け、キリスト教伝道者として著名な植村正久の許に通って教えを受けている。その信仰は二年後の明治四十一年九月、ちょうど母イセの死の直後に離教という形で終止符を打たれるのであるが、そのキリスト教信仰の期間が『収穫』下巻の時期ともほぼ重なっているのである。見てきたように『収穫』下巻には幻想的作品がある程度まとまった形で収録されているけれども、右のようなキリスト教への親炙を背景に、この時期の夕暮短歌においては実際にはより一層幻想性の色濃い作品が数多く詠まれていたのではないのか、という見通しがある。一例のみあげれば、前掲の「あはれ日は〜」の歌が最初に発表されたパンフレット歌集『哀楽第弐』（明治四十一年一月、白日社、三十八首収録）を眺めると、相当数の幻想的作品が指摘できるのである。一部をあげてみよう。

海氷るあはれなげきに海豹《あざらし》は日の色をみて陸《くが》をみて鳴く
海つきし世界のはてに日盲《めし》ひたる大鳥ありて空あふぎ鳴く

月明す世をまた遠き億劫《おくごふ》にかへすとするや地震《なゐ》しづに来る

遠つ祖《おや》を我れはた思ふ濁りたるけもの丶血潮まさめにみては

ここには日常的現実の写生とはちがった手法で歌が詠まれているが、「海つきし世界のはて」や「遠き億劫」「遠つ祖《おや》」（創世記のアダムとイブであろうか）に思いを馳せる幻想的表象には、明らかに当時夕暮が親しんでいた聖書の影響が見てとれる。こうした時間的空間的な幻想のひろがりに、この時期の夕暮短歌の一つの特徴があるようにも思われるのだが、掲出の四首はすべて『収穫』の編集時には捨てられてゆくことになる。が、にもかかわらず『収穫』には、見てきたように一定の割合で幻想的要素が存在するのである。

以上、『収穫』の幻想的傾向の作についてその一端を見てきた。明治末の自然主義の枠組みが強まるなか、夕暮歌風のこの特質はなお存続してゆくと言えるであろう。そうした幻想性が最も注目されるのは、残念ながら夕暮の死後枕元のノートに記された遺詠「わが死顔」まで待たなければならないのであるが、そのことはまた近代短歌の歴史の展開においてアララギ派に代表される写実主義、現実主義が磐石の重みをもって主潮流を形成していたことと無縁ではあるまい。また、夕暮自身ものちに散文集『顕花植物』（昭和十一年十二月、人文書院）の「巻末小記」の中で、

私は昔から一種のまどはしい（注―夢幻的幻想的要素をいうのであろう）を持ち越してゐる。これは短歌にあつては私の否定してゐるものである。短歌に於ては私は自己の生活に即して打ち出さう打ち出さうとしてゐる。

と述べているように、自らの歌風を現実や日常に即して展開させようと意識していたのである。が、そうした自己規制の網の目からこぼれるように夕暮の資質でもある「まどはし」が作品化されることも一定の密度で見られたということであろう。後年その感覚が北原白秋に激賞された散文集『緑草心理』などを念頭に置くとき、豊かに流露する幻想性は、文学者としての夕暮の資質がなお幅広いものであったことを示しているであろう。

夕暮と牧水

一

ふるさとの山ほのみゆるそれのみにふるき家《や》去らぬ秋の人かな

この歌は、若山牧水が前田夕暮の引越したばかりの下宿を訪れて詠んだ歌である。明治三十八年のことで、牧水二十一歳（かぞえ年）、夕暮二十三歳のことである。ともに前年に上京して尾上柴舟に入門後まもない頃であり、若き日の交友のひとこまがうかがわれる。

夕暮は「明治回想記」の中で、その折りの情景を次のようにつづっている。

明治三十八年には私は神田駿河台から本郷壹岐坂上の有澤といふ下宿に移つてゐる。この下宿は崖上にあつた三階建の古い家で、私は一階の出端れの崖ぷちの部屋にゐた。その部屋からは、直ぐ真下の砲兵工廠の数十本の煙突を越えて湧きたつ煤煙の間から富士が展望せられ、秋晴れの日には私の郷里の弘法山までも見渡された。牧水が私を訪ねて来て、これはよい、と悦ぶ時にした癖の膝をうつてから、

ふるさとの山ほのみゆるそれのみにふるき家《や》去らぬ秋の人かな

の一首を遺してくれたことがあつた。

ここには、うら若き日の夕暮・牧水の生活風景がありありと点描されている。世は日露戦争をめぐるさまざまな社会状況が錯綜するなかで、二人の文学青年の哀楽がおのずから伝わってくる。いくばくかの荷物とともに下宿を移ってゆく青春期の身軽さ、下宿先から郷里を思うノスタルジーの純一さ、同年代の仲間との交流におけるいささか過剰な情意の流露など、そこにはある意味で典型的な青春期の風景が見てとれるであろう。中でも右の回想文で目を向けたいのは、「これはよい」と悦ぶ牧水の屈託のないしぐさと、夕暮・牧水の二人の青年が夕暮の故郷の山を望見しながらしみじみと郷愁に浸るほのかな哀感である。前者の屈託のなさはいかにも牧水らしい味わいを感じさせるし、後者の郷愁は青春期の夕暮・牧水の短歌の重要なモチーフを形成していると思われるのである。歌人としての出発期にあっては互いに断ちがたい共感の場につながっていたと言えるであろう。

さて、明治三十七年の春に上京し尾上柴舟の許に入門した夕暮と牧水は、柴舟を中心とした車前草社の一員として頭角をあらわしてゆくこととなる。具体的には、尾上柴舟が選を担当していた「新声」短歌欄でこの二人が抜擢されるようになる。掲載歌数と掲載位置で優遇されるようになるのであるが、とくに「新声」の第十三編第三号（明治三十八年九月）以降は一般の投稿欄とは別に車前草社のための作品欄（「車前草社詩草」「車前草社詩稿」などと呼ばれる）が設置されて注目度が増してゆくのである。こうしたいわば文学修業時代の夕暮と牧水の作品活動はいかなるものだったのであろうか。前田夕暮については以前の稿で触れたことがあるが、ここでは夕暮と牧水の郷愁から漂泊へとつながるモチーフを軸に両者の歌（「新声」所載歌）を比較してみよう。

夕暮
霧の野や波の輪に似て鐘のおと丶母のおもわと消えてゆくかな（明治三十九年四月）
あやまたず老は我身をとらへけり漂泊すべき日となりしかな（明治三十九年十二月）
牧水
春の山つばきのかげの古家にうぐひす来啼けち丶母のまへ（明治三十九年四月）
旅人は伏目に過ぐる町はづれ白壁ぞひに咲く芙蓉かな（明治三十九年十二月）

夕暮・牧水からそれぞれ二首ずつ引いた。各一首目は、父や母を思いやる歌であり、情愛の素直な流露が見られる。各二首目は、内面の葛藤からうながしを得て自らを漂泊へと立たしめる歌である。牧水の漂泊歌をもう少しあげれば、

秋の日を野越え杜こえ丘こえて雲のやうなる旅もするかな（明治三十八年十二月）
かへり咲く山の桜になにごとのおもひでなきかやよ旅人よ（明治三十九年十二月）

などの作を拾うことができる。

これだけの引用から何がしかの断定をくだすのはもとより危険だが、都市生活の中で郷愁から内面の葛藤を経て漂泊の思いへと至るプロセスは、ある意味で地方から上京した青年の抱く典型的な心情とも言えるものであろう。こうした共通感情が、青春期の夕暮と牧水の交流の契機をなしていたこと

は確かなところであろう。

当然のことながら、こののちの夕暮と牧水の歌風は交響しつつ生成をなしてゆく。その過程で、お互いに相通ずる面と、異なる面とがおのずと明らかになってゆく。

この前田夕暮と若山牧水の作風を、以下『収穫』（明治四十三年三月、易風社）と『別離』（同年四月、東雲堂書店）という、同じく明治四十三年春に出た二歌集を通して見てゆきたい。

まず、お互いに相通ずる面について。

山みれば山海みれば海をのみおもふごとくに君をのみ思ふ　夕暮
山ねむる山のふもとに海ねむるかなしき春の国を旅ゆく　牧水

「山」「海」といった漠とした表象を自在に使いこなして一首をなす詠法には明らかに響き合うものがある。ちなみに制作時期は夕暮歌の方が若干早いと思われる。ともあれ、ここに見られる「山」や「海」など自然を大きくうたい込む手法は、夕暮・牧水の連繋を示すものとして注目しておきたい。

また、次のような作もある。

こころみに眼とぢみたまへ春の日は四方に落つる心地せられむ　夕暮
われら両人《ふたり》相添うて立つ一点《いってん》に四方《よも》のしじまの吸はるるを聴く　牧水

両歌とも恋愛歌と思われるが、自らの立つ位置と「四方」との対照が鮮明で、歌柄の大きな作である。外界全体を感覚化する心のひろがりが両歌の青春性を支えている。先の「山」や「海」を大きくうたい込む作とともに、夕暮・牧水の青春期の魂の交響を実感させるものであると言えよう。

二

前田夕暮の『収穫』と若山牧水の『別離』を比べてみる時、前章で取り上げた「山」や「海」など外界を大きくうたい込む手法の共通性のほかにも、いくつか重要な共通点を指摘できると思われる。それは漂泊の意識であったり、自己の魂を凝視する自然主義的なまなざしであったり、あるいはともに親炙した経歴をもつ新詩社風の浪漫的耽美的傾向であったりと多様である。この小稿では、その中で牧水短歌の中核的モチーフと思われる漂泊の意識に焦点を据え、夕暮と牧水の交響を見てゆきたい。

私見によれば、この漂泊のモチーフを軸とした夕暮と牧水の作品は、両者の交流を感じさせつつも根本的な資質の違いをのぞかせている。まず、人口に膾炙した牧水の漂泊歌を引く。

幾山河《いくやまかは》越えさり行かば寂しさの終《は》てなむ国ぞ今日《けふ》も旅ゆく
白鳥《しらとり》は哀《かな》しからずや空の青海のあをにも染まずただよふ

この二首は、悠揚たる自然のふところに己れを委ねつつ、青春期の魂の彷徨感をつづった名歌として知られる。前田夕暮も、後年になって書かれた「明治回想記」の中で、牧水の「幾山河〜」の歌に触れて次のようにふり返っている。

牧水は旅から旅へ、山の彼方の空遠く幸福と詩とを求めて漂泊して、

幾山河越え去り行かば寂しさのはてなむ国ぞ今日も旅ゆく

の代表的作品を二十三歳にして遺してゐる。牧水が山河の間を漂泊して詩を探究してゐた時、私は都塵にまみれて人間生活のなかを放浪して人生行路の道を探求せむとした。

夕暮は牧水歌の漂泊のモチーフへの憧憬を率直に語り、その早熟の達成を高く評価している。とくに「牧水は旅から旅へ、山の彼方の空遠く幸福と詩とを求めて漂泊」したと記しているところには、カール・ブッセの詩に傾倒していた僚友牧水に寄り添いつつ、牧水短歌の遠望的な姿勢への鋭い指摘が見られる。

そうした牧水短歌への憧憬を語りながらも、夕暮はしかし自らのスタンスも明確に示している。それが前掲引用文中の末尾の部分である。「牧水が山河の間を漂泊して詩を探究してゐた時、私は都塵にまみれて人間生活のなかを放浪して人生行路の道を探求せむとした。」という述懐は、すでに牧水が没した後の夕暮の言葉ではあるが、あるいはそれゆえに夕暮自らと牧水との歌人としての行き方の違いを鮮明に言挙げしたものであろう。

その違いとは、端的に言って、牧水の山河を旅する遠望的な漂泊に対し、夕暮の場合は都市の回路の内部をめぐる循環的な彷徨であり、都市のラビリンスに迷い込み閉じこもるような、ある種の徒労感のつきまとうものであったと考えられる。

ここで、夕暮・牧水両者の漂泊あるいは彷徨のモチーフをはらんだ歌をいくつか並べてみよう。

夕暮
冬深き夜《よる》の街よりかへり来て小さき火鉢の火をひとりふく
遂にゆくところなき身のうしろより夕ぞせまる街のどよめき
わが電車今宵も君をおきざりに風吹く街をよく走るかな

牧水
物《もの》ありて追はるるごとく一人《にん》の男きたりぬ海のほとりに
旅人《たびびと》は海の岸なる山かげのちひさき町をいま過《よ》ぎるなり
涙《なみだ》ぐみみやこはづれの停車場《ていしゃば》の汽車《きしゃ》の一室《ひとま》にわれ入りにけり

愁いや孤独感を曳きつつさすらう場所が、夕暮と牧水では明らかに異なっている。夕暮の場合には、あくまで街の内部に閉じこもる形で、街の内部を彷徨、循環しつつ生活感情の表白がなされている。それに対して牧水の場合は、海のほとりへと逃れ、山かげの町をよぎってゆくのであり、また「みやこはづれの停車場《ていしゃば》」に停まった汽車に現《うつつ》からの慰藉をもとめるのである。このような両者の違いは一見して夕暮・牧水の歌風の懸隔を実感させるが、しかしながら、魂の漂泊という主題においてはなお類似したあり方を示していると考えられる。そこには、当然のことながら自己凝視の姿勢を重視した自然主義思潮の影響が存したと思われ、この二人の歌人の共有する文学的出発のあり方に拠っていると言えるであろう。

ここで前田夕暮についてやや立ち入って見てゆけば、夕暮の初期短歌の独自性として、この都市内部における彷徨詠を指摘することができるように思われる。その具体相については以前の稿で論及したことがあるが、歌集『収穫』には、前掲の引用歌のほかにも、

風暗き都会の冬は来りけり帰りて牛乳《ちゝ》のつめたきを飲む
冬の夜の街路《がいろ》をいそぐ旅人の俥のあとをわれも走らむ
さびしさに追はるる如く戸をいでて明るき街の灯にてらされし
紅塵の中に一人の君住めり都の春の日の暮れおそき

など数多くあげることができる。この点について、牧水の『別離』と対比してみる時、明らかな差異として、『収穫』には旅の歌がほとんどないという事実が浮かび上がってくるのではなかろうか。

牧水の『別離』に目を転ずれば、そこには地名をあげるだけでも安房の国・紀の国・安芸の国・阿蘇・日向など枚挙にいとまがない。それに対して前田夕暮の『収穫』には、どこそこへ旅をしたという歌はほとんどなく、巻末に母の死に際して帰省した折りの作が目につくくらいである。なお、『収穫』下巻に「しづか」という娘の死をいたみ三国峠から越《こし》の国へおもむこうとする歌が並んでいるが、これも旅を思った作で、実際におもむいたのではあるまい。

このことをどう考えるかについては、さまざまな要因が想起されようが、一つ指摘しておきたいのは、夕暮が上京した折りの父との約定であろう。前田透『評伝前田夕暮』に次のような解説がある。

夕暮は父に、「戦争に行ったと思って」東京遊学を許可してくれるように頼み、三十七年三月終り頃、残雪の阿武利峯を仰いで勇躍上京した。

その折り、「三年のうちに自立する、という約束で、月十五円の学費を出してもらうことを父に承諾させ」たともいう。つまり、上京当時の前田夕暮にあっては、東京の内部に拠りどころを見出し、何としても自立しなければならないという事情があった。東京の外へ出ることはある意味で挫折を示すことにもなるのであった。したがって、夕暮における都市の彷徨の歌は、東京での活路を見出そうとする自らの心に生じた日々の不安、孤独、焦燥などの感情表現の一形態であったと捉えてもよいのではなかろうか。その意味で、牧水の漂泊詠とは少なからず異なった行き方を示しているであろう。

夕暮と啄木

一

明治四十五年（一九一二）四月十三日、石川啄木は二十七歳でその短い生涯を閉じた。豊かな文学的可能性を秘めながらも、病と貧窮の中に仆れたその歌人の訃報に接し、前田夕暮は主宰誌「詩歌」（明治四十五年六月号）に感慨を記している。

常に此痛苦の谷に厳粛なる沈黙の戦闘をつづけてゐた若い常盤樹は遂に僵れざるを得なかつたか。生前唯一二回しか会つたことのない君ではあるが、それだけ又哀惜の情が深い。
然しながら君の貼した芸術は永久に君の猶生けるが如く万人を支配するであらう。

前田夕暮と石川啄木の間に具体的な交友関係はなかったものと想像されるけれども、そのことと文学的交流の深浅とはむろんのこと直結しない。夕暮の場合には明治四十二年の初頭から雑誌「秀才文壇」の編集者として文光堂に勤めており、おのずと今までにない歌風を示しつつある啄木という歌人に関心を寄せたと考えられる。

ところで、この時期の夕暮の啄木評としては、評論集『歌話と評釈』（大正三年一月、白日社）所収の

「石川啄木氏の歌」がある。この中には啄木短歌のモチーフや表現手法について、現在から見ても的確と思われる見解が見られる。夕暮は冒頭で、

氏の歌は一昨年（注―明治四十二年）あたりから、ずつとその態度が変つて来た、去年出た歌集「一握の砂」は、現代の歌壇の傑れた歌集として尊敬の念を払つてゐる。

と述べ、在来の短歌と一線を画した新しさを認めている。それは主として歌における主観のあらわし方と、いわゆる三行書き短歌の創出の二点に絞られるであろう。

まず前者の主観のあらわし方についいては次のように述べる。

氏の歌を透して窺はるべきものは冷たい自己諧謔であり、鋭い主観の閃きである、覚めたる哀傷の心持である。すべて自然人生を囚らはれざる態度で観、自由な態度で取扱つて居る。

ここに述べられている文学態度は、明らかに当時主潮流をなしていた文壇自然主義につながるものであろう。「冷たい自己諧謔」「覚めたる哀傷の心持」などの評語はそのまま自然主義文学のメルクマールでもある。

このような啄木歌風の特色を、それでは夕暮はどのような歌に認めていたのであろうか。この評論文で夕暮が引いている『一握の砂』作品（十七首）から拾い出してみる。（啄木歌の原文は総ルビ）

空家に入り
煙草のみたることありき
あはれただ一人居たきばかりに

何がなしに
頭のなかに崖ありて
日毎に土のくづるるごとし

遠くより笛の音きこゆ
うなだれてある故やらむ
なみだ流るる

とりあえず三首あげたが、それぞれ「ただ一人居たきばかりに」「頭のなかに崖ありて」「うなだれてある故やらむ」などの表現に醒めた自己凝視や哀傷がうかがわれる。また二首目の頭の中の崖が崩れてゆくという発想には「鋭い主観の閃き」も感じられよう。

ところで、夕暮の啄木歌への注目は、基本的には夕暮が啄木作品の中に歌人として自らの進む方向と同質の要素を見出したということであろうが、それとともに夕暮は啄木から新たな刺激をも受けていることと思われる。その一つとしては、とくに先に述べた「鋭い主観の閃き」が指摘できるであろう。たとえば前掲二首目の「頭のなかに崖ありて」と幻視する発想の特異さなどは、夕暮の歌風にも

つながるものがあると思われる。夕暮の第二歌集『陰影』（大正元年九月、白日社）中の、

壁立《へきりつ》せる断層面の暗緑の草をながるる晩夏《ばんか》のひかり
代赭色の地がひろびろと連れり絶望に似てかなしみ来たる
土塊《つちくれ》と土塊《つちくれ》と相触るる如し二人の愛のくづれ行くさま

など、土や断層面と心象とを重ね合わせた発想の作品を指摘できようか。

次に、夕暮が注目した啄木の三行書き短歌について。この啄木の独特の表記法に対し、新進歌人としての夕暮はかなり積極的に評価している。夕暮は次のように述べる。

又氏（注—啄木）と土岐哀果氏は、歌の並べ方を、その呼吸の具合、調子の上から三行にわけてゐる。これは、歌によると三行にならべても二行にならべてもさして、感じの上に変りはないし、又耳に訴へる上に於ては左程異つた感じは与へないが、その句読の切りかたにより、余程在来の歌とは異つた感じを受ける。新らしいといふ上からみれば新らしいし、又自由である。

夕暮は啄木の三行書き短歌について、「その句読の切りかたにより、余程在来の歌とは異つた感じを受ける。」と述べ、在来の短歌観から解き放たれた「自由」さを認めている。とくに「その句読の切りかたにより」と記している視点は注目される。私見によればこのことは、一首の短歌の韻律構造において、どこに休止を置くかにつながってくると思われる。通常、一首を読みくだす場合、上の句

と下の句の境目（第三句の終わり）に大きな休止があり、また初句五音のあとにも一定の間合いを置くと考えられる。ところが啄木の三行書き短歌の場合、行の切り方によっては、その原則的な休止が変えられてしまうのである。夕暮が『歌話と評釈』で取り上げた啄木作品から引けば、前掲の「遠くより笛の音きこゆ～」の歌や、

何がなしに
息きれるまで駆け出してみたくなりたり
草原《くさはら》などを

花散れば
先づ人さきに白の服着て家出づる
我にてありしか

などの歌があげられよう。いずれも第三句から第四句を休止なく読ませるように工夫されているのである。むろん三行書き短歌の効果にはさまざまな面が考えられようが、その一つとして上述の休止の問題を指摘しておきたい。

二

石川啄木『一握の砂』に、こんな歌がある。

路傍《みちばた》の切石《きりいし》の上に
腕拱《く》みて
空を見上ぐる男ありたり

こつこつと空地《あきち》に石をきざむ音
耳につき来ぬ
家に入るまで

どこやらに杭打つ音し
大桶《おほをけ》をころがす音し
雪ふりいでぬ

人気《ひとげ》なき夜《よ》の事務室に
けたたましく

電話の鈴《りん》の鳴りて止《や》みたり　（原文は総ルビ）

これらは、目にしたもの、耳にしたものをそのままにうたった作である。「かなし」「さびし」等の感情語や「かな」「かも」などの詠嘆の助詞も用いられず、さらに心理表現もなく、物象をそのままに写しとっただけの作である。

こうした実際に接した物象をそのままに写しとっただけの作が啄木の『一握の砂』に見られ、また同時期の前田夕暮の歌集『収穫』にも認められるのである。たとえば『収穫』にこんな作がある。

濠端《ほりばた》の貨物《くわもつ》おきばの材木に腰かけて空をみる男あり

『収穫』の中でも時折り論及されることのある作であるが、この歌と前掲の啄木の歌「路傍《みちばた》の切石《きりいし》の上に／腕拱《く》みて／空を見上ぐる男ありたり」は驚くほど似ている。夕暮歌の方が先に制作されていると推測され、その影響関係もさることながら、明治四十年代のこの時期に同じように事象をそのままに写しとった歌が見られる点に注意を払いたいと思う。道端や濠端の一画に腰をかけて空を見ている男の姿を写しとったのはよいとして、作者の夕暮や啄木はそこにどのような心情を込めたのであろうか。じつは、そこのところは読者の側にゆだね、作者は事象の縁どりにのみかかわっている。たしかに先蹤としては正岡子規の写生歌に通う手法が見られるとも言えなくはないが、しかしながら子規の時代と夕暮・啄木の時代とは、およそ十年ものへだたりがある。とくに子規が短歌革新運動の中心理念として「写生」を提唱し、日清戦争から日露戦争へと向かう時代の機運のなかで推進した文学運動とのちがいは明確であろう。

周知のように、夕暮や啄木が歌壇に登場した明治四十年代は、自然主義文芸思潮が世をおおう時代であった。日露戦争後の経済不況や、明治四十三年には大逆事件も起こる社会不安につつまれたこの時代は、かつての明星派に代表された浪漫主義が影をひそめ、時代と自己の生活を凝視する姿勢が主潮流を形成するようになる。醒めた自意識を基調に悲哀や虚無をたたえた作品が人々に受け容れられるようになってゆくのである。そんな時代の空気の中で、事象をただ切りとっただけの平叙の歌が詠まれているのである。

その背景には、いわゆる自然主義小説のメルクマールとしてしばしば引き合いに出される平面描写や現実暴露といった表現姿勢が影響を与えた面は否定できないであろうが、単にそれだけではない短歌固有の構造とのかかわりもそこには認められるのではなかろうか。ここで『一握の砂』よりも半年余り早く刊行された『収穫』作品をいま少し引いてみよう。

襟垢《えりあか》のつきし袷と古帽子《ふるばうし》宿をいで行《ゆ》くさびしき男《をとこ》

こなたみつつそのまま街のくらやみに没《ぼつ》しゆきける黒き牛の顔

うす暗き校正室の北窓にもたれて夜をまつ男あり

ほこり浮く校正室の大机ものうき顔の三つ四つならぶ

濠端《ほりばた》の電柱《はしら》にもたれ春の夜の空のしたなる人となりけり

こうした作品は、『収穫』上巻の前半部に集中して見られる。『収穫』はほぼ逆編年体の構成をなしているので、年代で言えば明治四十二年の秋から翌四十三年の春にかけての時期に作られた最新作である。明治四十二年の秋以前の『収穫』作品にはほとんど見られない傾向であり、四十二年秋以降の前田夕暮にどのような文学的刺激があったのかが気になるところである。それまでの夕暮歌には多かれ少なかれ恋愛感情の表出が織り込まれ、情念の糸が歌材を繋いでいるところがあったが、前掲の作品群にはそうした作歌姿勢とどこか質的に異なるところがあるようである。

ここで注意されるのは、歌人がうたうべき題材への感情移入を意図的に拒む、つまり感情の遮断というあり方であり、さらにそのことがもの自体の質感を鮮明化するという手法である。そして、それを支えるものとして五七五七七という短歌形式の縁どり効果、内圧効果とも言うべきものが作用しているのではないだろうか。

このように考えてくると、夕暮や啄木に見られる平叙の歌は、当時の自然主義文芸思潮による主観の沈静化と、物の輪郭を五七五七七の器の中に縁どるだけでも、ある種の存在感を生み出すという表現手法上の認識が、微妙な相関性をもって結びついたところに成立したと言えるのではなかろうか。

が、この種の作品は、ともすると平板な印象に陥りやすく、佳作を生むのは決してたやすいことではない。『収穫』や『一握の砂』においても、ただ事象を写しとっただけの平叙の歌は決して多くはない。むしろ限定的と言ってもよく、それだけこの種の詠出はむずかしいものであろう。おそらく小稿であげた例歌にしても、必ずしも高い評価を得る作品ばかりではないであろう。

が、明治四十年代という暗い世相を背景に思い浮かべるとき、これらの歌が不思議な存在感を帯びることも事実のようである。言うまでもなく独立した一首をある種の前提条件をふまえて鑑賞するのは好ましいことではないのだろうが、自然主義文芸思潮が帯びる主観からの乖離感がこうした平叙の歌にリアリティを付与しているようである。最後に、そうした延長線上にありつつ、新鮮な感覚と暗示をはらんだ歌として、『収穫』の次の一首をあげておこう。

風暗き都会の冬は来りけり帰りて牛乳《ちい》のつめたきを飲む

「風暗き都会の冬」とは第一義的には木枯しの吹きすさぶ暗い都会の風景描写でありながら、多分に日露戦争後の暗い時代に生きる青年の心象風景をも浮かび上がらせ、暗示性の高い一首となっているのである。

『収穫』の受難

一

前田夕暮の第一歌集『収穫』は、夕暮をして歌壇の第一線に押し出した、いわばモニュメンタルな歌集であった。太田水穂の批評「比翼詩人」（「創作」明治四十三年五月）によって、夕暮と牧水は短歌界の両翼を担う存在として認知され、以後夕暮は雑誌「詩歌」を、牧水は「創作」を拠点として鮮烈な歌人の軌跡を描いてゆく。

このように見てくると、一見前田夕暮は順調な歌人としての出発を果たしているかに思われるのだが、しかしながら実際には『収穫』を刊行直後に大きな批判記事を書かれているのである。それは、「東京朝日新聞」明治四十三年（一九一〇）四月九日付の記事である。

「満都悪少年の横行（四十三）」と題されたこの記事は、大都市東京に満ちる青年たちの悪しき所業を批判する内容で、その第四十三回は第六面の上段に二段にわたって掲載されている。内容は二つに分かれ、前半の小見出しは「歌留多会の悪弊」であり、後半は「詩歌の取締を厳にせよ　某老教育家の談」となっている。

前半の「歌留多会の悪弊」は、「生《なま》若き男女入り乱れ掌と掌と重なり膝と膝と触れ而して其勝敗を争ふ所の牌《ふだ》は概《おほむ》ね恋愛の歌なり」という歌留多会の悪弊が青年男女の堕落をうながすことを論じてい

る。そしてここで注意すべきは、そのような主張につづけて次のように述べている点である。（原文は総ルビ）

次に彼等悪少年等の最も好める読物につきて見るに多くは近代流行の自然派小説にて中には一笑にすら値《あたひ》せざる恋歌《れんか》の如きものを読み得々たるものあり、余は芸術に就て更に知る所あるにあらねど所謂自然派小説、自然派（?）和歌の今日の青年を荼毒《とどく》しつゝあるの甚だ鮮少ならざるを知り心竊《ひそか》に其取締の厳ならんを希《ねが》へるものなり、歌留多会自然派作物《さくぶつ》両々相対して青年を暗黒に導く一般家庭及び青年監督者の注意を望まざる能はず。

ここでコラムの筆者は、歌留多会の悪弊から現今の自然派文学の流行へと巧みに話題を転換させてゆき、「自然派（?）和歌」に批判の的を絞ってゆく。もともとこの文章は、後半で述べられる自然派和歌批判にこそ主眼があったのかと思われる構成法である。

そして、コラムは後半に至って前田夕暮歌集『収穫』を槍玉にあげることになる。

過日も高等女学校に通つて居る姿が怪しい洒落れた本を携へ帰つて独り喜んで読んでるから何かと思つてチヨツと覗いて見ると和歌の本…新派の…だから驚いて取り上げ一応検閲するから夫《そ》れまでは読んでは相成らぬと厳命を下し扨《さて》愈《いよいよ》読んで見ると骨の折れること歌にも何にもなつて居ない所謂新派の歌だ、併し骨を惜んで読まぬ訳には行かぬ娘に約束があるから、處が驚いた、一例を挙げると左の様な文句がある、此書物は『収穫』と云ふ本で前田夕暮の著はしたものと云ふことが書いてある。

実際に記事を書いたのは松崎天民という有名なジャーナリストだと考えられている。松崎自身はそれほど強く糾弾するつもりではなかったようであるが、次に引く例歌を含め明らかに前田夕暮を帝都の「悪少年」に仕立てていると言えるであろう。

その例歌とは端的に言って人妻への思慕の情をうたった作品群である。記事には八首掲載されているが、以下数首引いてみよう。

わが手かへて書く悲しさよ人妻のもとへやるべき秋の夜の文
君が児の泣きこゑふともきこえずや相模はわづか十八里なり
人妻よまた救はれぬ生涯に入ると歎くか児をいだきては
夫《つま》捨てて児を捨てて来よあはれこの心火に似て君恋ふ我れに
夫《つま》捨てゝ来しと戸をうつ君をのみ危み風の夜をいねずなり

これらの歌は内容的には人妻への断ち切れぬ恋心をモチーフとしたものであるが、作者の側の心情や想像をうたう傾きがつよく、その意味では一種の独詠歌に近いものである。さらに青春期の過剰な情意を背景にした演出も加わっているかと推測される。だが、「満都悪少年の横行」の著者は、そのうたわれた内容そのものの年少者に与える影響力を問題にしていると言える。文学における虚構性などに配慮することなく、「老教育家」の立場から一刀両断にしてしまった感がある。その評言は次のようなものである。

以上の八首は作者等の仲間にてはどんな意味に解するか知らぬが、普通人が見れば姦通歌ではないか此外全篇六百首悉く色情狂の歌だ、言語道断の破倫の歌めいたものばかりだ、決して決して女子供に見せては相成らぬものだ、斯るものを見せては学校の教師が百言千語如何に善良なる訓諭をして呉れても水の泡だ片ッ端から破壊さるゝ許りでなく飛ンだ人間が出来上るは必定だ。

この評言は単純、端的な物言いをしているだけに、痛烈である。たしかに前掲の『収穫』歌には人妻を恋うる心情が切々とうたわれており、その限りにおいて「普通人が見れば姦通歌ではないか」という指摘も見当ちがいではないであろう。だが、「全篇六百首悉く色情狂の歌だ」というのは明らかに事実に反しており、この評言に誇張と脚色があることは明らかである。『収穫』において「人妻」の語の出てくる歌は後半部のごく一部に見られるだけであるが、新聞記事を見た一般読者はほぼそのままに『収穫』を「言語道断」の歌集と見なしてしまうであろう。ここには明らかに歌人夕暮の悲劇がある。

こうした新聞の論調の背景には、当時姦通罪が取りざたされていた事情があり（このの ち北原白秋が姦通罪で逮捕されたいわゆる「桐の花事件」は有名である）、また自然主義文芸思潮の流行により恋愛モチーフの現実暴露的傾向が際立っていたという事情も考慮されるであろう。さらに加えて、『収穫』が刊行された明治四十三年三月は大逆事件が起こるまさに前夜という時期である。日露戦争後の経済不況が吹き荒ぶ暗い世相を背景に暗黒の裁判ともいわれる大逆事件が世をおおった。天皇への危害を計画したというかどで幸徳秋水以下二十四名に死刑判決が下り、実際に十二名の死刑が執行されている（実際に事件に関わったのは数名であったといわれる）。

このように当時の暗澹とした世相が背景にあり、歌集『収穫』への批判がうながされたという側面は否定できないであろう。

二

前田夕暮歌集『収穫』が非難された「東京朝日新聞」明治四十三年四月九日付の「満都悪少年の横行」において、とくに注目したいことがある。それは、松崎天民と思われるこのコラムの筆者が、ことさらに詩歌に関心を向けているという点である。たとえばこんな一節がある。

そこで娘を呼び付けてどうして斯る似非《えせ》俳歌を好む様になつたかと詰問に及ぶと驚いた、お友達も皆『創作』社派の詩人だとのことだ、『創作』派と云ふのは何か知らぬが何れ《いづ》碌《ろく》なものではなからうから厳重に爾来斯る色情狂の連中が書いたものを見てはならぬと誡めて置て本は火に投じてしまつた。

ここでコラムの筆者は夕暮の『収穫』だけにとどまらず、「創作」社派の歌人のありようを問題にしている。「創作」はむろん若山牧水を中心に創刊された雑誌で、未だ主宰誌をもつことのない夕暮もこの「創作」に作品を発表していた。そして、そこには短歌雑誌の特質として、一般の投稿歌人の作も掲載されていたのである。このように一つの表現の場を提供し、また青春期の想いを共有しうる短歌雑誌のもつ仕組みとその影響力に、このコラム記事の筆者は着目していると言えるだろう。とくに俳句に比べ短歌が浪漫精神を盛りやすく、ある意味で赤裸々に恋愛感情を表出しやすい形式であることも認識しているように思われる。

さらにコラムの筆者は、当時の小説の発禁状況などと比較し、次のように言う。

一体内務省の検閲係は何をして居るのか判らぬぢやないか、長時間辛抱して読まねば不倫か何か判らぬ小説など許りを発売禁止にして僅三十一文字《みそひともじ》で物の二三秒と要《か》らぬ内に中毒する和歌様《やう》の詩集(?)を打棄《うつちや》つて置くのは本末顚倒だ、御苦労でもあらうが一つ勉強して吾々老人に余り心配させぬ様に心掛て貰ひたい云々。

ここでは、小説形式と短歌形式とを対比し、小説の方が短歌に比べて発売禁止処分が多くなされていること、すなわち、短歌の方がある意味で当局から見逃されやすいことを語っている。その短歌にこそ取り締まりの目を向けるべきことが提起されている。思えばこの明治四十三年は夕暮の『収穫』を皮切りに牧水の『別離』や啄木の『一握の砂』など近代の代表歌集が呼応するように刊行された、いわば近代短歌黄金の一年と言ってもよい年であり、短歌の新たな気運が高まりつつあった時期であった。そのような気運を背景に、短歌作品が文壇の自然主義と結びつき頽唐的傾向を帯びることを危惧したのであろうが、ただこの新聞コラムで直接触れられているのは、若い娘たちがそうした短歌に親しむことへの危惧があるという点である。封建的な側面のなおつよく残る当時の社会状況の中で、このコラムの端的な危惧の表明はインパクトがあり、それだけに歌集『収穫』の著者前田夕暮へ与えた衝撃は大きかったであろう。

ところで、こうした「東京朝日新聞」の記事は、夕暮にとってどのような影響を及ぼしたのであろうか。その後の夕暮の文学的歩みを見る限り、さして大きな支障を受けたようには思われないけれども、しかしながらこの『収穫』批判記事の余波の中を生きてゆくのは決して簡単ではなかったと考えられる。この当時を回想した夕暮の言葉が残されているので、次にそれを一瞥しよう。

それは、「短歌雑誌」の創刊号（大正六年十月一日、短歌雑誌社発行）に掲載された「『収穫』を出版したとき―処女歌集の追憶（一）―」と題する夕暮の文章である。この文章では、自分が自費出版で上梓した『収穫』についてたいへんに好意的な反響が多かった中に、前出の新聞記事に苦い思いを味わったことが、かなり具体的に記されている。その部分を引いてみよう。

処が、此処に一つ、自分の自尊心をひどく傷けた事件があつた。それは東京朝日新聞の記事であつた。その頃同紙に松崎天民氏が、「都下の不良少年」といふ二号見出しで盛んに所謂不良少年に就て例の筆法で書き殴つてゐた。すると、ある日のその記事のなかに歌集「収穫」の著者を不良少年として可成り激しく書いてあつた。そして、

ああ相模妻となる子の我が母と語るがみゆる秋の日の前

人妻よまた救はれぬ生涯に入ると嘆くか子を抱きては

君が子の泣声ふともきこえずや相模はわづか十八里なり

其他数首の歌をあげて人妻をよんだ歌だからこれは不良少年の行為だといふ筆法で、攻撃の矢

が放たれてあつた。又ある女学校の生徒が此歌集をもつてゐて教師からとりあげられたといふやうなくだらぬことを書いて盛んに痛罵した。

ここで夕暮は、この記事の執筆者が松崎天民であるとはっきり述べている。そして夕暮は、このような「東京朝日新聞」の指弾記事に対し、「自分のこの思想がその社会からみてそれ程不良であり背徳であるかと自分で自分に反問した。そして其頃まだ若く純一な感情に生きてゐた自分はひどく悲しみ憤つた。」という。

この文章からは当時の夕暮の受けた痛手と憤りが如実に伝わってくる。この痛手は相当なものであったようであり（詳しくは後述する）、夕暮にとってはやり場のないものであったであろう。「東京朝日新聞」という主要メディアの影響力は絶大なものがあった。

が、夕暮がこの記事の出た裏側の事情を知るきっかけは意外に早く来た。新聞掲載の翌日の「けむり会」と称する会合で夕暮は松崎天民と出合う機会をもったのである。その模様については、前出の夕暮の回想文の中でこう記されている。

ところが、其翌日その頃文壇一部の人々によつて成立つてゐたけむり会といふ会合に出席した。すると、席上に極度の近眼鏡をかけた松崎天民氏が出席してゐる。そこで、自分は直ちに氏にむかつて詰問した。然し氏の答へは頗る意外であつた。それは、前日に雨がふつたので、自分の部下のものが材料をとりに出駈けられなかつたために書くべきことがなかつた。ところへ恰度君の歌集が机の上にのつて居た。何気なく披《ひら》いて読み下すると人妻の歌がある。これは好材料だと思つて早速少しへビーをかけて書いた次第だが、悪く思はんでくれたまへ、ナニ広告になりますよ、といふやうな言葉であつた。自分は啞然とせざるをえなかつた。

このやりとりは、いわゆるマスコミの側の編集感覚を如実に感じさせ、たしかに松崎としては大した意図もなく書いてしまったものかもしれないのだが、しかしながら、この『収穫』の著者を不良少年呼ばわりした記事の影響はやはり大きいものがあったのではなかろうか。これ以後も夕暮の執筆活動は停滞しているようには見えないので、つい見逃されがちだが、当時の夕暮の年譜を見てゆくときに気づくことがある。

三

前田透『評伝前田夕暮』（桜楓社）の年譜から、明治四十三年の一節を引く。

六月、「秀才文壇」の編集を辞す（後任人見東明）。同誌六月号に「諸君に別るゝの辞」を書きその中で白日社復活を宣言。（略）十一月、文光堂に復社、ふたたび「秀才文壇」の編集に携わる（四五年末迄）。

ここには夕暮の職業にかかわる記述が見られるが、着目したいのはその仕事を六月に辞めている点である。しかもこの六月は夕暮が栢野《かやの》繁子と結婚した翌月にあたっている。新婚生活を始めたばかりの時期に何故生業である「秀才文壇」編集者の仕事を辞めたのかという疑問がわいてくる。『評伝前田夕暮』の中では、当時の夕暮の新婚生活の家計に触れ、

新夫婦の家計は、夕暮が文光堂からもらう月給二十五円と、繁子が叔母中島敏子の口ききで、旧松江藩主伯爵松平直亮の娘益子の家庭教師をして得る謝礼十円でまかなわれていた。

と記されている。当時の借家の家賃は七円であったという。こうした新婚生活の中で、月給二十五円を失うことの意味はきわめて大きいのではなかろうか。少なくとも、この時期の夕暮が自らの意思で辞めたという風には考えにくい。そこで当時の生活の経緯の中で浮かび上がってくるのが、やはり前稿で述べた「東京朝日新聞」の『収穫』非難記事である。先に引いた夕暮の回想文「『収穫』を出版したとき―処女歌集の追憶（一）」の中で夕暮は、「然し筆者（注―松崎天民）はそんなつもりで書いても有繋《さすが》は東京朝日の勢力である。自分は当時随分その記事によつて一部の社会から災ひせられ虐《さひな》まれた。」とも記しており、「一部の社会から」非難を浴びた結果として「秀才文壇」の編集者を退かざるをえなかったのではないかとも考えられる。「秀才文壇」は青少年向けの投稿雑誌的性格がつよく、その編集者として不良少年呼ばわりされた夕暮が就いているのは、やはり不都合であったのではないだろうか。なお、夕暮の後任の編集者として就任したのは人見東明という詩人で、この人は後に現在の昭和女子大学の創設者としても広く知られる人物である。

ところで、この「秀才文壇」の編集者を辞める時の夕暮の文章が残されている。同誌の六月号に掲載された「諸君に別るゝの辞」がそれであり、次に見てゆきたい。なお、この「秀才文壇」はなかな

か実見することが難しく、この小稿では佐々木靖章「前田夕暮と『秀才文壇』」（『前田夕暮の世界』第一集、昭和五十八年七月、前田夕暮文芸会）に紹介されているものから引かせていただく。同論文によれば、「諸君に別る、の辞」は「秀才文壇」第十巻第十四号（明治四十三年七月一日発行）に載っているとのことである。（当時の「秀才文壇」は月二回刊であった。人見に編集が交代した直後から月刊となる）

自分は事情があつて拾参号限り、本誌の編輯を辞し、諸君に告別の辞を呈せねばならぬことになつた。

自分が入社したのは昨年の二月であつた。入社してからの自分の仕事は何等諸君を益することも出来なかつたし、寔に無能な一年余を唯多忙の間に此編輯局に送つて仕舞つた。

雑誌編輯者として自分は言ふ如く無能凡才の者であつた。

自らを「無能」の者とするこうした言辞はいささか異様にも思える。夕暮は処女歌集『収穫』を刊行し、若山牧水とともに自然主義短歌の旗手的存在として注目を浴びていたのである。そうした高い文学的評価を一方に置いて、夕暮は自らを「無能凡才」と見なしているのである。前掲の佐々木論文ではこの告別の辞に漂う「ある種の無念さ」を指摘しているが、やはりそこには尋常ならざる退社の理由があったと見るべきであろう。そして、その理由として、「東京朝日新聞」の指弾の記事が関連していると考えられるのではなかろうか。

さて、「諸君に別る、の辞」では、こののち読者への謝辞と自らの所思をつづっている。

然しながら、自分は本誌の誌友諸君と知己となつたことを、どの位心嬉しく思つてたか知れない。何千といふ誌友諸君に拠つて醸せられたる雰囲気の中に自分はどの位、多くの新鮮なる思想と、豊かなる天分とに接することが出来たらう。（略）

諸君に別れたる以後の自分は、何処までも自己を尊重したい。自分が信ずる一路に向つて進むことをのみ知りたい。そして、静かに修養したい、創作したい。

ここには、現実的に生業を失う中で、歌人として評価された文学の道をつづけてゆこうとする前田夕暮の心境が吐露されている。「東京朝日新聞」で批判されたことはやはり相当の痛手であったと思われるが、なお夕暮に道は残されていたと言うべきであろう。実際、「秀才文壇」の短歌と消息文の選はつづけたようであるし、辞職から半年ほど後には再び「秀才文壇」の編集者に復帰している。ただ、復帰が当初から約束されていたわけではなかったであろう。

ともあれ、歌集『収穫』をめぐる毀誉褒貶の荒波をくぐりぬけ、前田夕暮は第一線の歌人としての歩みをつづけてゆくことになるのである。

Ⅵ　明治の終焉と近代短歌

歌人茂吉の出発

一

明治三十七年（一九〇四）の年末、第一高等学校第三部（医科進学コース）の学生であった斎藤茂吉は、神田の貸本屋から一冊の歌集を携えて帰り、読み耽った。言うまでもなく、これが斎藤茂吉の正岡子規との邂逅であり、以後茂吉を短歌の世界へと赴かせることになる。

このとき茂吉が読み耽った歌集が、『子規遺稿第一篇　竹の里歌』（明治三十七年十一月）である。この正岡子規との出会いを、茂吉は生涯にいくたびとなく語っている。有名な一節ではあるが、茂吉の「思出す事ども」の一節を引こう。

巻頭から、甘い柿もある。渋い柿もある。「渋きぞうまき」といつた調子のものである。僕は嬉しくて溜らない。なほ読んで行くと、「木のもとに臥せる仏をうちかこみ象蛇どもの泣き居るところ」とか、「人皆の箱根伊香保と遊ぶ日に庵にこもりて蝿殺すわれは」などいふ歌に逢着する。僕は溜らなくなつて、帳面に写しはじめた。

茂吉はこののち短歌創作を志し、明治三十八年の二月には「読売新聞」の短歌欄（池田秋旻選）に投稿活動をはじめ、翌三十九年には伊藤左千夫のもとに入門し、根岸派（機関誌「馬酔木」）の一員として短歌活動を開始してゆく。

このように茂吉が歌人としての歩みをはじめた明治三十年代の末は、短歌界に新たな潮流が形成されつつあった。周知のように明治三十年代に強烈な光芒を放った「明星」派にようやく衰えが見えはじめ、次の時代を背負う北原白秋、吉井勇、石川啄木、若山牧水、前田夕暮らが台頭してくる時期にあたっていた。文芸潮流は浪漫主義に替わって文壇の主導する自然主義が激しく流入してくる直前であった。しかしながら、茂吉は、前述の文芸潮流とはやや距離を置いている根岸派の新人として歌を発表してゆく。このことが独特の茂吉の歌風を形成したとも考えられる。

明治三十八年の「読売新聞」投稿歌には次のようなものがある。

不忍の池の夕ぐれ桜さく上野の森のうつりて赤し　（二月）
芍薬の若芽のびたる大寺に春雨ふりて人影もなし　（三月）

きわめて素直な写生歌であり、正岡子規の影響が見られるとともに、写生的詠風に馴染む茂吉本来の歌柄が看取されるようにも思われる。

この明治三十八年の作としては、このほか歌集『赤光』に収められている作品があげられる。明治三十八年の作とされる「折に触れ」一連がそれであるが、ただ、この「折に触れ」は角川書店刊『日本近代文学大系　斎藤茂吉集』の本林勝夫の注釈によれば、その成立時期には問題があるという。「『折に触れ』の歌集本文の成立を『赤光』後期と見る推定はほぼ動かないと見ていい。ただし、それを新作とみなすか、原歌稿に依拠した大幅な改作・推敲ととるかには問題がある。」と論じ、「折に触れ」の一連が「明治三十八年作」とされながらも、その稿の成立は『赤光』編集時（大正二年）に近い時期なのではないかと捉えている。ただ、上述のようにその初案が『赤光』初期に作成されていることも考えられ、なかなかに成立事情はむずかしいと言わざるをえない。このように成立に特殊事情があることをふまえた上で、以下「折に触れ」の作品を見てゆく。

黒き実の円《つぶ》らつぶらとひかる実の柿は一本《いっぽん》たちにけるかも
浅草の仏つくりの前来れば少女《をとめ》まぼしく落日《いりひ》を見るも
本《ほん》よみて賢くなれと戦場のわが兄《え》は銭を呉れたまひたり

最初の三首を引いた。いずれも事象をありのままに叙したものであり、素直な着眼と表現が印象に残る。先に引いた「思出す事ども」で取り上げられていた子規の柿の歌のゆったりとした叙述が連想される詠みぶりである。嘱目の景であれ人事であれ、作者の前にあらわれた事象をゆったりと間を置いて写しとっている。

また、次のような作も注目される。

はるばると母は戦《いくさ》を思ひたまふ桑の木の実は熟みゐたりけり
かがやける真夏日のもとたらちねは戦《いくさ》を思ふ桑の実くろし

ここには、戦争を思う母の姿と桑の実の景という直接には連関しない二つの事象の連結が見られる。この手法は、茂吉短歌を特徴づける要素であり、こうした作風を考慮すると、たしかに「折に触れ」の成立が『赤光』後期であることも推測できなくはない。

さらに、逸することのできないのが次の二首である。

数学のつもりになりて考へしに五目並べに勝ちにけるかも

入りかかる日の赤きころニコライの側《そば》の坂をば下《お》りて来にけり

決して巧みとは言えない言葉のはこびではありながら、読む者の心に深く降りてゆく何かが感じられる歌である。前者は、数学のつもりになって考えていたら五目並べに勝てたという日記の一節のような片々たる事実を詠んだものだが、その独特の万葉調の調べに沿ってうたわれる時、瑣事にことさらに一生懸命になる作者の表情が、一抹のユーモアをたたえて好もしく感じられるであろう。また後者の歌には、入り日の赤さへの関心とともに、ニコライ堂の坂道を歩く作者のそこはかとない哀感が揺曳していて、印象的な作である。以上の二首にはともに独特の調べの間合いがあり、あるいは『赤光』編集時においてととのえられた可能性もあろうかと想像されるけれども、素材自体は簡素なもので、作歌初期の歌材の選択をうかがわせる。

つづいて『赤光』の明治三十九年の部においては、「地獄極楽図」の一連が置かれている。とくに地獄図を強烈な色彩感を伴って詠んだところには、多くの読者が惹きつけられたと思われる。この「地獄極楽図」も先の「折に触れ」と同じくその成立時期には問題があるが、少なくともその初案は明治三十八年五月十四日付の渡辺幸造宛書簡に見られる一連である。とりあえず、「地獄極楽図」の最初の二首を引く。

浄玻璨《じやうはり》にあらはれにけり脇差《わきざし》を差して女《をんな》をいぢめるところ
飯《いひ》の中《なか》ゆとろとろと上《のぼ》る炎《ほのほ》見てほそき炎口《えんく》のおどろくところ

渡辺宛書簡中の初案はそれぞれ「あはれなる亡者対へば浄頗黎《ママ》の鏡に過去はあらはれにけり」「水ものまず飯も食はずて真裸に痩せて炎口の泣き居る処」となっており、いささか説明的である。歌集所収歌のやや嗜虐的とも言えるような地獄図の切り取り方も含めやはり『赤光』編集時の推敲が加わっているようにも思われる。

二

前稿では、『赤光』初期の作とされている「折りに触れ」「地獄極楽図」について一瞥したが、これらの作品はたしかに初案は初期のものかもしれないものの、『赤光』収録の際にかなりの手が入れられているように推測される。その意味で、出発期の茂吉の歌風を論ずるにはいささか当惑するものがあった。先にあげた、

数学のつもりになりて考へしに五目並べに勝ちにけるかも

の歌などは、たしかに題材は素朴、単純なものかもしれないのだが、それを掲出のようにそのままに写しとって歌になるという見極めをなすのは、そうたやすいことではないのである。この見極めは『赤光』編集時近くになってからなされたようにも思われる。

そこで、今回は茂吉の初期の作であって、初出時がはっきりしているものを中心に取り上げ、歌人としての出発期の茂吉がいかに作風を形成していったか、その道筋の一端をたどることにしたい。明治三十九年の「馬酔木」に掲載された作のいくつかを拾ってみよう。ちなみにこの時期は、明治三十七年の年末に正岡子規の『竹の里歌』を読んで感動してから二年と経っていない頃である。

あかときの草の露たま七いろにかがやきわたり蜻蛉《とんぼ》生《あ》れけり
あづさ弓春は寒けど日あたりのよろしき処つくづくし萌ゆ
み仏の生《あ》れましの日と玉蓮《たまはちす》をさな朱《あけ》の葉池に浮くらし

叙景的作品で初出時と歌集収録時であまり改作されていないものを選んだ。いずれも、視覚での写生を主体としたうたい方であり、言葉の運びや調べも安定しており、それなりにととのった一首となっているであろう。逆に先の「数学の〜」に見られるような思い切ったざっくばらんな感じは認められない。「馬酔木」に投稿する新人歌人としては、わりあい当時の和歌の基本に忠実な詠みぶりを示していると言えようか。そこには当然ながら師である伊藤左千夫への配慮もあったかと思われる。

それに対して、明治四十年の秋、新聞「日本」の伊藤左千夫選歌に応募した作では、がらりと作風が変わっている。『赤光』において「蟲　明治四十年作」という一連に収められているものから数首取り上げる。

とほ世べの恋のあはれをこほろぎの語《かた》り部《べ》が夜々つぎかたりけり
月落ちてさ夜ほの暗く未だかも弥勒《みろく》は出でず蟲鳴けるかも
ヨルダンの河のほとりに蟲なくと書《ふみ》に残りて年ふりにけり

これらの作は、少なくとも先に見たような写生歌ではない。とくに二、三首目には、空想的傾向が著しい。この時期のこうした傾向について茂吉自身が語った言葉を、『童馬漫語』（大正八年八月、春陽堂）より引く。なお次の一文は古泉千樫への私信の形をとっている。

死んだ望月光男（論者注――「馬酔木」「アララギ」の歌人）が、僕のことを猪のやうだと云つたことのあつたのは君も知つてゐる。その猪の僕が、明治三十八年ごろからの自分の作を初めて通読して見た。「赤光」を編まうと思つて読んで見たのだ。而して何とも云へぬ厭な気持になつて身ぶるひした。これはもう度々先輩から注意された事であるが、僕の歌には一種妙な習癖があつて其が何時までも纏つて来てゐる。それから不思議なのは想像的の歌が多い事である。この二つが明治四十一年頃極端に達してゐる。日本新聞に出た『蟲』や『猿』の歌や、其前後の歌などは実にひどいものだ。自分の醜い有様をつくづくと見た。厭で堪らなかつたけれども非常に為めになつた。最初は「赤光」はゆつくりと時を費して纏める考であつたが、此様な有様であるから一刻も早く葬つて仕舞ひたい。而して其の厭な歌も皆兎に角集めて見るつもりだ。（「『赤光』編輯の時」）

いささか長い引用になったが、ここには斎藤茂吉が出発期の自らの空想癖をどう捉えていたかがうかがわれて、たいへんに興味深い。右の文中にある「一種奇妙な習癖」と「想像的の歌が多い事」の二つが自己嫌悪の対象とされている。この二つは別個のものではなく、重なり合う部分もあるかと推測されるけれども、少なくとも後者については、現実生活とその生活感情からいささか遊離した詠みぶりへの抵抗感がこうした自己言及の言葉となったのであろう。そこには夕暮・牧水・啄木らの自然主義短歌思潮をつぶさに見てきた茂吉なりの短歌観の反映が示されているのかもしれない。ただ、ここで注目すべきは、そうした明治四十年前後の嫌悪の対象とされる自作をふり返って、茂吉が「厭で堪らなかつたけれども非常に為めになつた。」「其の厭な歌も皆兎に角集めて見るつもりだ。」と述べている点である。決して、自らの空想的作風を否定し、顧みないわけではないのである。こののちの歌人斎藤茂吉の作風と照らし合わせるとき、茂吉の資質としての非写実的側面を思わないわけにはいかない。それはまた、茂吉が師とする正岡子規の歌風にも見られたところではある。

さて、具体的に先に取り上げた空想的作品から一首取り上げて、鑑賞を試みよう。

月落ちてさ夜ほの暗く未だかも弥勒《みろく》は出でず蟲鳴けるかも

この一首は、新聞「日本」（明治四十年十一月二十六日）に掲載されたもので、初出と歌集収録時には、漢字仮名表記の違いを除いては大きな異同はない。ただし、『日本近代文学大系　斎藤茂吉集』

（前出）の補注によると、この歌の草稿が残されており、上の句が「現《ウツ》しき世月読は落ち未だしも」となっているとのことである。つまり新聞「日本」に載せるにあたって伊藤左千夫の添削がなされた可能性があるわけであるが、いずれにしても、その空想的イメージに変改はないであろう。本林勝夫は同注釈で、この歌を「仏教的な瞑想歌としては成功した一首」と評価しているが、月が落ち、静けさのなか虫が鳴く叙景を下敷きに、第四句で「弥勒《みろく》は出でず」と意識の飛翔がなされる転換の機微には心惹かれるものがある。また、選者の伊藤左千夫にも「仏教的な空想趣味」があったと言われており（本林勝夫『斎藤茂吉』、桜楓社刊）、一首を単なる空想詠としてのみ扱うことはできないであろう。その意味で茂吉の初案「現《ウツ》しき世」にうかがわれる現実感の表明は意外に重要かもしれない。新聞「日本」掲載歌ではさらに空想的要素が強調されてしまった感があり、茂吉の初案の方が少なくとも現実感覚と繋がっていたとは言えよう。

茂吉の自愛の歌

斎藤茂吉の第一歌集『赤光』（大正二年十月、東雲堂書店）は逆年代順の配列になっているが、その巻末にまとめて収録されている初期作品を見てゆくと、ある時期から自らの生活を凝視し、そこに自らをいとおしむ歌群が目につくようになる。それは明治四十年頃より散見され、四十二年頃に至ってにわかに顕在化してくるように思われる。

四十二年の「折に触れて」の一連から引いてみよう。

宵《よひ》あさくひとり居りけりみづひかり蛙《かはづ》ひとつかいかいと鳴くも
をさな妻こころに守《まも》り更けしづむ灯火《ともしび》の蟲を殺してゐたり
かがまりて見つつかなしもしみじみと水湧き居れば砂うごくかな

二首目には初期茂吉の歌材の一特徴である「をさな妻」をうたった作があるが、その歌も「をさな妻こころに守《まも》り」と静謐な情調が揺曳している。そして一、三首目はいずれも一人で蛙の鳴き声を聞き、あるいは水中の砂の動きを眺めているというものであり、とりたてて特徴のある歌材ではない。一人で取るに足りない事象に寄り添いながら、やや感傷的な自身の寂しみに浸っているというおもむきであり、その沈潜の情が読者の心に沁みてくる。

こうした抒情は「折に触れて」のそのあとにつづく「細り身」の一連になると、より顕著になってくる。

たまたまの現《うつ》しき時はわが命《いのち》生きたかりしかこのうつし世に
病みぬればほのぼのとしてあり経《へ》たる和世《にごよ》のすがた悲しみにけり
おのが身し愛《いとほ》しければかほそ身をあはれがりつゝ飯食《いひを》しにけり
病みて臥すわが枕べに弟妹《いろと》らがこより花火をして呉れにけり
さ庭べに何の蟲ぞも鉦うちて乞ひのむがごとほそほそと鳴くも

茂吉はこの年（明治四十二年）の六月から八月にかけて腸チフスを病み、高熱に苦しんでいた。そのために、東京帝国大学医科大学の卒業試問を延期せざるをえない状況に至っていた（ちなみに、茂吉が医科大学を卒業するのは翌年の十二月である）。そんな時だけに自らの身をいとおしむ情が中心となるのは自然なことではあるが、茂吉にあってはこの一種の自愛の情がその短歌世界の主調音を形成するようになってゆく。それは多くの場合独詠の歌であり、身の周りのどうということのない事物に寄り添いながらうたわれることが多いようである。前掲歌のこより花火や虫の音などを詠み込んだ作はその典型的なものであろう。また、三首目の自らの身をあわれがりながら食事をする歌も茂吉歌の一つの特徴をこののち形成してゆくことになる。

こうした茂吉の歌風の移り変わりには、やはり間接的にではあれ、当時の文芸潮流が影を落としているように思われる。それは端的に言えば、やはり自然主義的潮流ということになるのであろうが、さらに大枠で言えば、日露戦争後の経済不況が世をおおう暗い世相の中にあって、自らの生活や生活感情を見つめる作風がしだいに短歌の世界にもひろがってきたことがあげられるであろう。ふり返ってみれば茂吉が親炙した正岡子規の短歌作法も基本的には写生に立脚してきたものであり、自然主義とつながる写実的特色をもつものであったが、自然主義短歌の場合には写実性に加えて、単に景物を写しとるだけではなく、歌人である作者の生活や境涯を、やや暗い虚しさを潜めた時代の色調の内に写しとることが求められたのであったろう。当時の茂吉にそうした意識がどこまであったかは定かでないけれども、茂吉のわりあい内側にこもるような指向と、置かれた境遇の悲傷とが結びつき、おのずと当時の自然主義短歌に通うような自愛の歌が詠まれていったように思われる。

そして、こうした傾向は『赤光』においてさらに深化を示してゆくようである。前田夕暮『収穫』や若山牧水『別離』、石川啄木『一握の砂』が刊行された明治四十三年以降の作を抄出する。

墓はらのとほき森よりほろほろと上《のぼ》るけむりに行かむとおもふ
細みづにながるる砂の片寄りに静まるほどのうれひなりけり
（明治四十三年）
生くるもの我のみならず現《うつ》し身の死にゆくを聞きつつ飯食《いひを》しにけり
青山の町蔭の田の水《み》さび田にしみじみとして雨ふりにけり
（明治四十四年）
けだものの暖かさうな寝《い》すがた思ひうかべて独りねにけり
ひとり居《ゐ》て朝の飯《いひ》食む我《あ》が命は短かからむと思《も》ひて飯はむ
（明治四十五年）

いずれも静かな情調の内に生命不安の抒情と、そんな自らの現し身へのいとおしみが紡がれている作である。この中の第一首、第二首、第四首、第六首などの作はしばしば取り上げられ、『赤光』の主要な作と言えるであろう。掲出歌には、何気ない風景や事物に触発されて自らをいとおしむ抒情の流露がうながされているが、もう一つ特徴的なのがいわゆる「飲食《おんじき》」を通しての自愛の情の表出である。この点について、本林勝夫『斎藤茂吉』（前出）では、前掲の第六首「ひとり居《ゐ》て朝の飯食《いひ》む我《あ》が命は短かからむと思《も》ひて飯はむ」の歌を評する中で次のように論じている。

茂吉の作品中一つの系列をなす生命不安の抒情とでもいうべき一首。当時巣鴨病院に通うため給仕する者もなくあわただしい朝食をすませていた作者は、ときに「おれは到底長寿は保てまい、どうも短命でをはるやうな気がする、といふ観念に襲はれ」「それをその儘詠んだ」のであった（「作歌四十年」）。（略）孤独の食事を好んだのは茂吉のもちまえであり、生涯を通じるものでもあった。

茂吉歌には飲食を通して叙上のような、自らの内側にこもる作風が形成されていったが、それは何気ない嘱目の事物や風景によっても触発されていった。そして、注目すべきはそうした茂吉の作風が、期せずして、写実や自然主義が重視される明治四十年代の短歌思潮と結びつき、さらには私小説、心境小説の流れが形づくられる文芸潮流とも重ね合わされていたことである。斎藤茂吉『赤光』の抒情がとくに重要視される一つの契機は、まさにそうした時代の文芸潮流の岐路と期せずして切り結ぶ点にあったと言えるであろう。

「心の花」の流域と木下利玄

佐佐木信綱の晩年の著作に『ある老歌人の思ひ出』がある。昭和二十八年（一九五三）十月二十五日に朝日新聞社から刊行されたものだが、その中に「心の花・心の花叢書」という一章が置かれている。そこで「心の花」の古い同人たちを語った部分が見られるが、その多彩な顔ぶれには、あらためて刮目するものがある。

水難救済会の事業に尽くし『潮鳴』『鷗』等の歌集をもつ石榑千亦、大正期以降歌人として飛躍を遂げる川田順・木下利玄、信綱がその細やかな心と技巧を高く評価した新井洸、軍人として二・二六事件にかかわった斎藤瀏、西欧文学の紹介にも活躍した片山廣子、小説や新体詩の方面にも才能を示した大塚楠緒子、日本思想史学の権威で作歌をつづけた村岡典嗣、病理学の大家である三浦守治、情の強さと力は万葉の狭野茅上娘子を継ぐと信綱が評した柳原白蓮、一時在籍し後に演劇の方に進んだ長谷川時雨など、その顔ぶれは多彩かつ重厚である。佐佐木信綱自身が歌学の権威であり、おのずと学者や貴族の家門の者が目につく。こうした多様な歌人群像を包摂する佐佐木信綱の懐の深さが印象的であるが、「広く深くおのがじしに」という信綱の指導理念が背景にあることは見落とせないところであろう。

これらの歌人の中で、いわゆる近代短歌史の流れに一定の刺激を与えた歌人としては、やはり川田順、木下利玄の二人を挙げるべきと思われる。この二人が表舞台に立つのは順が『伎芸天』（大正七年）『山海経』（大正十一年）を、利玄が『銀』（大正三年）『紅玉』（大正八年）を上梓する大正期以降であると言ってよいであろう。が、小稿のテーマとする明治短歌の展開に関わる歌人として捉えるとき、利玄の方が「白樺」創刊に歌人として参加しており、短歌史の潮流の表に早く顔を出しているとは言えよう。むろん周知のように川田順も徳川慶喜の五女国子との悲恋を題材とした浪漫的な作を明治期に詠んでおり、当然触れるべきところではあるが、この小稿では以下、利玄の「白樺」掲載作を見てゆくことにする。

さて、「白樺」は明治四十三年四月に創刊されたが、その年の「白樺」を見てゆくと、利玄は創刊号（四月号）に「紐」二十六首を、十二月号に「鈴」二十二首を出詠している。そのほか散文が何度か掲載されている。明治四十三年といえば、短歌界は夕暮・牧水・啄木らが活躍し、自然主義的歌風が注目される時代であった。まず創刊号から利玄の作を引いてみよう。

むすべども桃色にならぬ愁《うれひ》かなくれなゐの紐白妙の紐
魚類《うをるゐ》は清《きよし》も鈴《すゞ》もきらひ故野菜煮て待つ鎌くらのやど
罪と云ふ恐しき名にあざむかれいとしきものをうとまんとせし
二人する呼吸《いき》の温味《ぬくみ》に花鉢のばらのつぼみは花になりぬる
罪を獲て吉田松陰獄に在り安政五年八月の秋

その歌風は多様な感がある。一首目は、発想に不可思議な味わいがあり、一見理屈を述べた単純な題材に見えながらも、一種の新鮮さが感じられる。二首目は率直な口語的叙述に後の利玄歌風を思わせるものがあろう。また、三首日の「罪」を詠んだ現実凝視的姿勢には、やはり当時の自然主義的詠風と繋がるものが看取される。さらに四首目の艶な雰囲気を揺曳させる発想に見るべきものがあり、五首目の歴史に取材し無造作に切り取ったようなうたい方にも一種の安定した詠みぶりがうかがわれよう。

これに対して「白樺」明治四十三年十二月号の作に至ると、一定の色調が見られるようである。何首か引いてみる。

紅薔薇見し眼を移す白百合のそのうす青さ君が頬に見る
ランプの灯黄に悲みぬ君泣きぬされど泣かれぬ我なりしかな
春雨に幌を濡らして俥居ぬ女主人《をんなあるじ》のやなぎの門《かど》に
清水を女坂より上り来る日傘の上に八重ざくら散る
京五日中の二日は春雨に傘して通ひぬ木屋町の家

全体に耽美的色彩が揺曳しているが、その中に二首目に見られるような感傷と自己凝視がうかがわれる。後半は京都詠なので、おのずと耽美的にもなるであろうが、五首目に見られる平叙の味わいは注目していい。京都の滞在の五日間のうち「中の二日」は木屋町に通ったという主旨の歌で、ふつうはこういうたい方をすると理屈がかった表現になり、なかなか佳作を生むことはできないのである。そのリスクを「春雨に傘して通ひぬ」という抒情的表現がみごとに救っている。

全体として掲出の五首は当時の短歌思潮（自然主義と耽美主義）の流れが想起され、先に見た「白樺」創刊号掲載作よりも歌壇をつよく意識しているようなおもむきがある。

以上見てきた木下利玄の歌風を思うとき、やはり注目したいのは事象を事象のままに悠揚と写しとるゆったりと落ち着いた調べであろうか。その一種の平叙的な作風が洗練されたところに、利玄の代表作とも目される、

我が顔を雨後の地面に近づけてほしいまゝにはこべを愛す

の歌があげられるであろう。この歌は利玄の最初の歌集『銀』（大正三年五月、洛陽堂）に収められた作だが、その初出は「白樺」大正二年七月号である。この歌について藤田福夫は『現代名歌鑑賞事典』（本林勝夫・岩城之徳編、昭和六十二年三月、桜楓社）において、

「ほしいまゝ」という口語表現が行動の自由さ、のびやかさをよく示している。「雨後の地面」に顔を近づけるという体の行動描写も伝統的表現に馴れた歌壇には驚きであったろう。人間解放の白樺派の一人でなくしてはなし得ない自在な表現であった。

と記している。「白樺」創刊から三年ほどを経て、利玄がこうした生涯の代表作を得たことの意義は大きい。とくに「ほしいまゝ」という口語表現は時期的にも早い時期の取り組みであり、注目すべきであろう。

　このように見てくると、利玄が「白樺」歌人として重要な存在であることはあらためて留意されるべきである。志賀直哉や武者小路実篤といった強烈な個性を示す「白樺」派の文学者に伍して、利玄もそれまでの短歌史に新たな一歩を加えたと言えるであろう。

「短歌滅亡私論」の周辺

一

近代短歌史に関する書物に必ず出てくる評論に、尾上柴舟の「短歌滅亡私論」がある。明治四十三年（一九一〇）十月の「創作」誌上に掲載されたものだが、明治末という時代思潮や「短歌滅亡」という衝撃的なタイトルの故もあって、大いに注目された。釋迢空の「歌の円寂するとき」や桑原武夫の第二芸術論と並んで文学史上有名な短歌否定論である。

が、実際に「創作」誌上の「短歌滅亡私論」の頁を開いてみて、いささか意外なのは、その論がわずか一頁の分量にすぎないという点である。一頁二段組だが、四百字詰原稿紙でわずかに三枚ほどのものである。しかしながら、この論が当時評判になったのは周知のところである。その反応についてここで細かに触れることは避けるが、一例だけあげると、同じく「創作」の明治四十三年十二月号の特集「最近詩歌壇の印象」の中で水野葉舟は、「今年の詩歌壇に起つた問題の一つであつた短歌滅亡論に就いて少し考へを述べて見やう《ママ》。」と記して私見を展開している。このような水野の書きぶりからも推し測られるように、柴舟の「短歌滅亡私論」は、わずか一頁にすぎないにもかかわらず大きな反響を呼んだのである。

それでは、柴舟の「短歌滅亡私論」とはどのような内容の評論であったのだろうか。

その第一は、近来の短歌が五首なり十首なり、あるいは何百首なり一括してまとまった形として扱われるようになった事実を指摘し、

数多の歌がたゞ一として見られるならば、何故に始めからそれらをたゞ一つとして現はさないか、それを一々に分解した形であらはす必要はないであらう。

と述べている点である。たしかに連作や歌集単位で短歌が鑑賞されているのは事実であるが、ただ一首一首独立した短歌作品がどう集合をなしているかという点が問題というところもあり、本来は即短歌否定に繋がるものでもないであろう。

柴舟が主張した第二の点は、後の第二芸術論にも繋がるもので、注目すべきと思われる。

私の議論は、また短歌の形式が、今日の吾人を十分に写し出だす力があるものであるかを疑ふのに続く。三十一音の連続した形式に、吾々は畢生の力を托するのを、何だか、まだろつこしい事のやうに思ふ。ことに、五音の句と、七音の句と重畳せしめてゆくのは、日本語が、おのづから五音七音といふ傾を有つた当時ならば、自然に出来る方式であつたであらうが、これを脱した、自由な語を用ゐる吾々には、これに従ふべくあまりに苦痛である。（中略）世はいよいよ散文的に走つて行く。韻文時代は、すでに過去の一夢と過ぎ去つた。時代に伴ふべき人は、とく覚むべきではあるまいか。

三十一音からなる短歌形式が、「今日の吾人」すなわちまさにその時代の「今」を生きつつある自分たちの存在を十分に写し出すことができるか否かを問うているのは、たしかに太平洋戦争後の第二芸術論の主旨と繋がるところがあろう。その意味で柴舟の着眼には注目すべきものがあろう。が、後段の韻文の時代はすでに過ぎ去ったとする考え方は、やや論調の勢いに押されたところがあるであろうか。たとえば、現代においてもなお日本語の音律を考えるとき、七音と五音の組み合わせが絶対的なものとして機能しているのは、短歌・俳句に限らず歌謡や各種コピーを見ても明らかであろうし、実際には小説・随筆等の散文においてもその文の流れの随所にいわゆる七五調の要素は取り入れられていると考えられるのである。そのあたりの事情は坂野信彦著『七五調の謎をとく—日本語リズム原論—』（大修館書店）等に詳しく論じられているが、柴舟の時代においては、ちょうど七五調の文語詩から口語的な詩歌へと表現が急速に移りつつある時代であったために、上述のような柴舟の言がなされたのであったろう。

「短歌滅亡私論」において注目すべき第三の点は、口語の提唱である。短歌においても今自分たちが駆使している言語表現を用いるべきことを論じている。この論は後の大正、昭和期の口語短歌運動の展開を考える時、その先駆をなすものとして傾聴に値しよう。

今日の生きた言語は、王朝以来、または時々にその以前の大分死んだ言語と同じくない。その生きたのを棄てゝ、ある度まで否むしろ多く死んだものを用ゐるには、何の意味をも発見しない。吾々は「である」また「だ」と感ずる。決して「なり」また「なりけり」とは感じない。これを感じたかの如く云ひまた感じた如く聞く。ともに憐れむべきことではないか。ことに、それを層々相重ねて用ゐるに至つては、いよいよ今日の吾々ではない。吾々は、十分正直に、吾々を現はすべき語を用ゐねばならぬ。

今日から見ても、きわめて典型的な口語の提唱論である。おそらくここには、当時がちょうど言文一致運動の完成期にあたっていたことが影響していると思われるが、こののち、とくに大正末から昭和初期の口語短歌、口語自由律運動が盛行を見る頃には、ほぼ同様の立論が多くなされてゆくことになるのである。

以上のように尾上柴舟が指摘した三つの点は、それぞれ今日的視点から見ればありうべき論と考えられるのであるが、ここであらためて問題と思われるのは、以上をふまえての次のような柴舟の結語であろう。

かくの如き理由の下に、吾々、少なくとも私は、短歌の存続を否認しようと思ふ。而して猶、その廃滅した時を以つて国民の自覚が真に起つた時として尊重したいと思ふ。しかし今日の私は、まだ古い私に捕はれてゐる。

ここで述べられている「短歌の存続を否認」「(短歌の)廃滅」といった言葉のインパクトは相当につよく、当時の読者にも一定の衝撃を与えたものと想像される。この結論はしかし前述の三つの論拠から見てもやや性急の感は否めないが、そこを思い切りよく断言したところに、こののちの盛んな議論を促したところがあったのであろう。

二

尾上柴舟の「短歌滅亡私論」はわずかに一頁の分量にすぎない。論点はさすがに整理されているが、前稿で述べたように結論部に若干の飛躍があるようにも見える。それに対して、実はその柴舟の論の次頁に（見開きの誌面の左頁に）、並んで太田水穂の評論が掲載されている。その表題は「疑問の解決と個性の質量—形式保存と新らしき内容—」というもので、一見しただけではその内容の把握しづらいものである。

ただ、この太田水穂の評論は、実際には二頁半に及ぶものであり、なおかつ柴舟の「短歌滅亡私論」と類似したテーマを論じている。（ただし、太田水穂の立つ位置は柴舟とは異なる）

やや長いが、冒頭部を引いてみよう。

自由詩の運動が起つてから、詩歌の形式を破壊するといふ論を唱へる人も有るやうであるが、自分の考へでは、在来の詩形は破壊すべきものではなく、寧ろ内容を濃密ならしめるといふ方面へ着目し努力もすべきものと思ふ。殊にこの頃に至つては、短歌の滅亡論、または三十一字破壊論を説く人さへあるやうだ。（中略）併しそれが何れ程の結果を新詩形上に持ち来す事が出来るか、従来の経験から見てもどうも不安に思ふのである。結局くりかへしといふことになりはせぬか、よしくりかへしにならないとしても、詩形の破壊といふやうな事は議論で決すべきではなからう。

尾上柴舟の「短歌滅亡私論」と関心事を同じくしながらも、「詩形の破壊」を説いてはおらず、そうした詩形の否定の運動も結局は史的にはくりかえしのものに終わるのではないかという推測さえ示している。こうした太田水穂の思考の基底には、詩歌における内容と形式を分けて捉える姿勢が顕著に見られるであろう。とくに詩歌における七五調の伝統を重視しているのは、現代の日本語の音律論から見ても妥当性を有すると思われる。その基本をなす部分を引く。

此の七もしくは五と云ふ節奏の基本は、日本人の感情のリズムが自然に斯う云ふ形を要求したのであつて、それから思ふと五乃至七と云ふ声音の組み合せは日本人の感情を発表するに、最も適当した形式であらうと思ふ。しかし短歌の形を責める人はいふであらう。それは在来のことで有る。三十一文字のやうな窮屈な詩形では、到底進歩した複雑な我々の現今の思想感情を充分に発表する事は出来ないであらうと。なる程それも一つの議論であらう。けれども、民族とともに言語までも声音の根本までも一変させるやうな時代が来たらば知らぬこと、思想が進歩した感情が複雑になつたと云ふ位では、此の基本律を全然棄却すると云ふことは、よし計画しても一時的のもの、もしくは彌縫的なものにならうと思ふのだ。

ここで太田水穂は、日本語のリズムにおいて七音および五音からなる七五調が根幹をなしていることを述べている。先に見た尾上柴舟の「短歌滅亡私論」においても七五調の伝統について論及されていたが、ただ七五調に対する見方には両者に共通ならざる部分があるように見受けられる。柴舟は

「日本語が、おのづから五音七音といふ傾を有つた当時ならば、自然に出来る方式であつたであらうが、それを脱した、自由な語を用ゐる吾々には、これに従ふべくあまりに苦痛である。」と記し、七五調がすでに時代に遅れている趣旨のことを述べている。これに対して太田水穂は、七五調を日本語の「基本律」と捉え、「思想が進歩した感情が複雑になつたと云ふ位では、此の基本律を全然棄却すると云ふことは」ありうるものではないと述べている。こうした太田水穂の七五調に対する考え方は、現代から見てもおおむね首肯されるものかと思われる。現代の口語文脈においても、コピー、標語をはじめ各種の文章に七五調の「基本律」は多く導入されていると思われ、やはり日本語表現における要諦をなしていると考えられるのである。このように見てくると、太田水穂の日本語の音律に関する見識には適確かつ穏当なものがあったと言えるであろう。

このように日本語の基本律について認識を示した水穂は、さらに短歌形式に焦点を絞って、その形式の特質と史的展開のあり方を分析する。水穂はまず、上述の基本律に根ざした短歌形式を重視する点において「自分は歌の形式に就いては或は保守的かも知れない」としつつも、「其内容に就ては古い思想古い感情を捨てた上に更に一層注意して、最も進んだ思想、最も新らしい感情を歌はなければならぬものと思つてゐる。」と述べている。そして、和歌史の展開に沿いながら次のように論を展開する。

和歌が同一形式の下に、あの万葉の諸天となり、それが新古今となり、更に景樹や蓮月にまで進み、またそれが明治に入つて晶子氏丼びにその前後の人達の変化となつて、進んで来てゐる過去の進化史を考へて見ることも大切なことゝ思ふ。而してそれは形式の進歩では無い、内容の進歩であるのだ。今は晶子氏の画いた地図をそのまゝで置くか、置かぬかの際疾《きはど》い一期である。若山君、前田君、北原君の試みは更に前進せねばならぬ、自分は此の方面の興味を、暫らく此の三人者の作物の上にかけて注目して居るものだ。

ほぼ首肯される考え方であろうが、ただ太田水穂が言うところの「内容」と「形式」両者を画然と区別できるものであるかは微妙なところがあるようにも思われる。たしかに大枠では五七五七七の短歌の音律は変わらないであろうが、表現手法を含めての「形式」として考えた場合、ある程度両者が表裏一体の関係にあるのではないかとも推察されるのである。現代の新しい思想、感情を盛るためには新たに口語や口語自由律が必要だと提唱した大正十年代から昭和前半期へかけての短歌運動も、そのことを物語っているように思われる。もっとも太田水穂の「形式」と「内容」についての論は和歌史を貫く大枠を論じているとも受け取れるので、短歌形式の五七五七七の音律が崩されぬ限りは「形式」は不変であると見なしているようにも考えられるのではあるが。

以上、近代短歌史上重要な位置を占める尾上柴舟の「短歌滅亡私論」と太田水穂の評論「疑問の解決と個性の質量」を見てきた。両者は「創作」誌上の見開き頁に並んで掲載され、同じく短歌形式の特質と可能性を論じたものだが、その主張は、柴舟が短歌形式の衰退を示唆したのに対し、水穂は短歌形式の不変のあり方を主張している。現代から見れば、水穂の論の方に妥当な点がやや多いかと思われるものの、言文一致運動の高まりなど当時の時代状況の中で柴舟の「短歌滅亡私論」が注目を集める素地が存したのであろう。明治四十年代の短歌史の動向を知る上で、柴舟・水穂の両論は併せ読まれることが必要であると思われる。

時代状況の暗黒と短歌

一

日露戦争後の日本は、経済不況の波が世をおおい、暗い不穏な世相がひろがるが、そんな中で起こった衝撃的な事件が大逆事件である。

この事件は当初、長野県明科で爆裂弾の製造と実験、そして明治天皇の暗殺を企てたという容疑で宮下太吉、新村忠雄らの拘束されたところから発覚する。その後、長野県地方裁判所検事正三家重三郎から大審院検事総長松室致にあてた「送致書」の中に、幸徳伝次郎（秋水）やその内縁の妻管野須賀子（スガ）の名があり、事は無政府主義者たちの共謀による天皇暗殺計画ではないかという予測がなされてゆく。実際には管野スガや新村忠雄、宮下太吉ら数名の者の企てであった由であるが、そこには当時の桂太郎軍閥内閣の思想弾圧の方向が潜められていたといわれる。周知のように大逆事件の捜査は全国にひろがり、無政府主義者らの一斉検挙という様相を呈したのである。

幸徳秋水に目を向ければ、管野スガが内縁の妻であったとはいえ、事件への直接的な関与は認められないものであったといわれる。

ところが、明治四十三年六月に平民社の幸徳秋水が逮捕され、つづいて紀州新宮の医師大石誠之助が逮捕されるに及んで、事件はひろがりを見せた。この事件では幸徳秋水以下二十六名が起訴され、大審院での裁判を経て、事件発覚からおよそ半年後の明治四十四年一月十八日、被告二十四名への死刑判決が言いわたされた。翌日十九日には十二名の被告が恩赦によって無期懲役に減刑されたが、残る幸徳秋水、大石誠之助、管野スガら十二名の者は、一月二十四日から二十五日へかけ死刑が執行された。

大逆事件についてはすでに多くの研究がなされており、小稿であらためて詳述するのは差し控えるが、この事件が一般に明治天皇の暗殺を企てた驚くべき事件として報道されていた裏で、その事件の現実、真相に注視の眼を向けていた人たちも少なくなかった。その中で、事件の経過、所感を詳しく書いているのが、当時「東京朝日新聞」につとめていた石川啄木である。啄木は、大逆事件の裁判の弁護を担当した平出修から事件の経過を聞かされていたが、二十四名の死刑判決という事実に強い衝撃を受けた。啄木は次のような思いをノートに記している。

幸徳はこれらの企画（論者注―管野スガ、宮下太吉、新村忠雄、古河力作らによる計画）を早くから知つてはゐたけれど、嘗て一度も賛成の意を表したことなく、指揮したことなく、ただ放任して置いた。これ蓋し彼の地位として当然の事であつた。さうして幸徳及び他の被告（有期懲役に処せられたる新田融、新村善兵衛の二人及び奥宮健之を除く）の罪案は、（中略）一時的東京市占領の計画をしたといふだけの事で、しかもそれが単に話し合つただけ―意志の発動だけにとどまつて、未だ予備行為に入つてゐないから、厳正の裁判では無論無罪になるべき性質のものであつたに拘らず、政府及びその命を受けたる裁判官は、極力以上相聯絡なき三箇の罪案を打つて一丸となし、以て国内に於ける無政府主義を一挙に撲滅するの機会を作らんと努力し、しかして遂に無法にもそれに成功したのである。予はこの事をこの事件に関する一切の智識（一件書類の秘密閲読及び弁護人の一人より聞きたる公判の経過等より得たる）から判断して正確であると信じてゐる。

大逆事件の弁護を担当した平出修はかつて「明星」に歌を出詠していたこともあり、啄木とは交流もあったのであろう。加えて啄木は「東京朝日新聞」の校正係として働いており、おのずとより詳細な情報を知りうる場にも居合わせたのである。

さて、この大逆事件は当時の文学にも影を落としている。啄木について言えば、前掲の文章のほか詩集『呼子と口笛』所収の社会主義、無政府主義をモチーフとした詩篇が広く知られている。また与謝野寛には、死刑となった大石誠之助をうたった「誠之助の死」（詩歌集『鴉と雨』所収）がある。書き出しを一部引く。

大石誠之助は死にました、／いい気味な、／機械に挟まれて死にました。／人の名前に誠之助は沢山ある、／然し、然し／わたしの友達の誠之助は唯一人。／わたしはもうその誠之助に逢はれない、（以下略）

錯綜した表現の中に「わたしの友達の誠之助」への思いがにじみ出ている。また、与謝野晶子や若山牧水にも大逆事件に触れた短歌作品が見られる。

産屋なるわが枕辺に白く立つ大逆囚の十二の柩　　晶子『青海波』

虚無党の一死刑囚死ぬきはにわれの『別離』を読みゐしときく　牧水『路上』

晶子は四女を出産の折りに（双生児であったが、一人は死産であった）、牧水は自歌集にまつわる挿話に接した折りに詠んだものである。

以上見てきたように、大逆事件については、石川啄木や与謝野寛、晶子、若山牧水などの文学にその反映を認めることができる。なお、この大逆事件と文学についてはすでに多くの研究が積まれており、今この小稿でこれ以上概説することは差し控えたい。そこで、以下、私の専門の研究分野である前田夕暮とその周辺の動向に関して、調べのつく範囲のことを言及することにしたいと思う。

前田夕暮の短歌作品において、大逆事件に直接触れたものは、現在確認できない。が、大逆事件前後の時代状況の中で作歌された夕暮の第二歌集『陰影』（大正元年九月、白日社）の作品には、その暗澹とした時代状況を反映したものが少なくないように思われる。こころみに数首引いてみよう。

疲れたる生命《いのち》のおもみ、行くかたは光うすらにまよふ世界か
摘みとればはやくろぐろと枯れそめぬ冬磯山の名も知らぬ草
日に焼くる青草のうへひそかにおきつかよわき生命のおもみ
おそろしき人のこころに触れぬやう世のすみに妻よ小鳥飼はまし

いずれも生の疲労感や不安感がつよくにじみ出ている作である。こうした暗澹としたモチーフは単に作者夕暮個人の生活感情にとどまるものではなく、時代の暗さを反映したものであることは明らか

であろう。とくに二首目の悲哀と四首目の怖れの感情には注目したい。

二

前田夕暮の第二歌集『陰影』（大正元年九月、白日社）の中で、大逆事件が象徴する暗い時代状況を浮かび上がらせた作品として、とくに次の歌に注目したい。

おそろしき人のこころに触れぬやう世のすみに妻よ小鳥飼はまし

「おそろしき人のこころ」とは何を暗示しているのだろうか。当時の夕暮の個人的事象によるものとも考えられようが、単にそれだけではない世相の暗さをも感受した表現であると思われる。「おそろしき人のこころ」を避け、身を隠して世間の一隅でひっそりと生活をいとなもうとする心情には、やはりある程度大逆事件に象徴される抑圧された世相が意識されているように想像される。夕暮自身、第一歌集『収穫』の刊行直後には、「東京朝日新聞」紙上で人妻との恋愛を題材とした不良少年の歌集として指弾され、「秀才文壇」編集者の職さえ辞めざるをえなかった体験がある。社会の取り締まりが強まる風潮の中で、夕暮はひときわ過敏になっていたと思われるのである。掲出歌は、下の句が「世のすみに妻よ小鳥飼はまし」と逃避的なモチーフを示しながらも、時代を感受し世相を写しとった作として一定の普遍性を有しているであろう。

次に、夕暮が主宰した雑誌「詩歌」に目を向けたい。夕暮の白日社から「詩歌」が創刊されたのは、明治四十四年の四月である。大逆事件の判決と死刑の執行がなされて二か月余りのちのことであり、「詩歌」の詠草欄に何らかの反映が見られるのではないかと予測される。ここでは、とりあえず「詩歌」の創刊号から第三号までを見てゆこうと思う。

まず、創刊号誌上に載せられた夕暮作品を見てゆくと、巻頭作であるにもかかわらず、先にも触れた無力感や怯えをモチーフとした作が目につく。

運命は遠まはりしつわが顔をうす笑ひして見てありしかな
人々の眼の鋭さにおびえたりうまき肉喰ふその時の顔
おそるおそる此方寄りくる犬の顔その表情の人間に似る

いずれも世の中に繋がって生きてゆくことに対して過敏なほどに怖れや怯えを感じている作者夕暮の姿が印象的である。ただ、先にも触れたが、夕暮短歌の場合には具体的に大逆事件に触れた表現はない。しかしながらやはり、大逆事件に象徴される時代の暗部を感受しつつ詠まれた作であることは否めないであろう。

また「詩歌」誌上（創刊号〜第三号）を見わたしても、実は大逆事件に直接触れたような作品はまず見られない。主要同人の詠草や一般の投稿作品においても、大逆事件に限らず政治、社会に言及した作品はきわめて少ないと言ってよいであろう。「詩歌」詠草作品のほとんどが、自らの個人的な生活の周辺を、いわば身めぐりをうたった作品ということができる。それはたとえば、昭和十年代の短歌誌に並ぶ戦争に触れた作品の多さとは対照的である。やはり、大逆事件のもたらす暗さ、恐怖感が、大状況を積極的にうたおうという姿勢を抑制していたと言えるのではないだろうか。

そんな中で、一人社会や政治に対して強くうたおうとする歌人がいる。それは、尾山篤二郎（秋人）である。この歌人は石川県金沢の出身で、上京して夕暮と交流があり、「詩歌」創刊時には主要同人の一人となっていた。十五歳のとき膝関節結核のため右足の切断手術を受けていたが、その気骨には激しいものがあった。尾山はのちに「異端」「自然」「藝林」等の歌誌を主宰し、近代の主要歌人の一人となってゆく。

尾山篤二郎の「詩歌」掲載作品を見てゆくと、他の多くの歌人の詠草とは異なり、政治に対しても言及しているのが目を引く。「詩歌」明治四十四年五月号、六月号から引いてみる。

何にても大動乱の来よとよぶ埃及記などひもときしあと　（五月号）
内閣の動揺もみずすぐるはる花咲きて散れどいらいらしさよ
乱臣か賊子かあはれはさまれて機械のもとに死ぬる子ならじ　（六月号）

これらの歌には、「大動乱」「内閣の動揺」「乱臣か賊子か」など不穏な政治・社会の動向を注視する姿勢が見えるが、これは他の歌人の詠草には見られない特色である。当時の「詩歌」誌上の短歌欄には、先述のように政治への言及はほとんど見られないと言ってよいであろう。前掲三首の尾山の歌にも直接大逆事件に触れた文言はないが、「大動乱」「乱臣」などの表現には明らかに大逆事件が影を落としていると考えられる。

なお、ここでとくに注目されるのは、掲出三首目の「はさまれて機械のもとに死ぬる子ならじ」という表現である。この機械に挟まれたという表現は、すでに見てきたように与謝野寛の詩作品「誠之助の死」と酷似している。「誠之助の死」では冒頭部に、「大石誠之助は死にました、／いい気味な、／機械に挟まれて死にました。」と記されており、機械に挟まれた死という捉え方が共通しているのである。この「機械」の暗示するところは、そうした死に追い込んだ政治の機構を想定しているのであろうか。きわめて苛酷な、一面で無機的表現であり、強い印象を残す。与謝野寛の「誠之助の死」の初出は「三田文学」明治四十四年四月号であり、尾山の前掲歌が発表される二か月前である。おそらく尾山篤二郎は与謝野の詩の表現をふまえた上で、前掲歌を詠んだものと考えられる。ただ、両作品を比べてみると、与謝野の「誠之助の死」には友人であった誠之助への錯綜した心理が滲み出ていたのに対し、尾山の歌は「機械のもとに死ぬる子ならじ」と断言している。与謝野寛の詩表現を拠りどころとしつつ、強く意思を表出している。尾山と大逆事件のかかわりについては、「自筆年譜によれば、在京中、訪問記者として幸徳秋水を訪ねたため、大逆事件後の数年、職を奪われる弾圧をうける」（『日本近代文学大事典』、武川忠一執筆）とも記されており、そうした背景があっての短歌表現であったことを理解しなければならないであろう。

以上見てきたように、「詩歌」誌上にも尾山篤二郎のような大逆事件を反映した作品を詠んだ歌人が認められるが、「詩歌」の創刊から第三号までを見る限りでは尾山のみであると思われる。むろん、詠草の投稿にはあったものの、主宰者の前田夕暮が削った可能性もあるのだが、やはり当時の暗澹とした時代状況の中では、社会批判的な言辞は慎重に避けられていたと考えるべきであろう。

結―明治短歌の水脈を越えて

明治短歌の流れをひとわたりたどって来て、あらためて思うことがある。明治は四十五年という相当に長い時間を包摂しているわけだが、一般的に近代短歌史の第一頁として語りはじめられる正岡子規や与謝野鉄幹、晶子の登場はほぼ明治三十年前後に至ってからなのである。つまり、ごく単純に考えれば、明治の四十五年間という時間の中の終わりの三分の一ほどが明治において語られる近代短歌史ということになる。

たとえば、私がこの二十年ほど机辺に置いている学燈社刊「国文学」臨時増刊「短歌創作鑑賞マニュアル」（平成二年九月）では、「短歌の鑑賞」の項目が「佐佐木信綱」「正岡子規」「与謝野寛」という順にはじまり「俵万智」で終わっている。信綱や寛は明治二十年代に活動をはじめているにしても、いわゆる近代短歌の代表歌人はおおむね明治三十年代以降に主たる活動を展開しているということになる。このような明治短歌史の現象をどのように捉えればよいのだろうか。

和歌の伝統が西洋の文芸・文化と遭遇したとき、小説や戯曲ほどに西洋が受け入れられることは、おそらくはなかったと思われる。御歌所を中心とした旧派和歌は、『古今集』の伝統を重んじる桂園派の流れを継ぎ、花鳥風月の美意識を基盤とするものであった。八田知紀、三条西季知、渡忠秋、高崎正風など宮中の歌道をあずかる彼らはまぎれもなく専門歌人であった。和歌はとくに上流階層の人々が身につけるべき素養であり、旧派和歌は一定の層を占めつつ各地にひろがっていた。樋口一葉が入門したことで知られる中島歌子の萩の舎が民間において多くの門弟を抱えていたのもその一例であろう。その間、文明開化の文物を取り入れた開化新題和歌が作られたり、『新体詩抄』の刊行、和歌改良運動などがあったが、短歌のあり方を大きく変えるところまでは至らなかった。やはりそこには、近代市民社会の成立と、それに伴う浪漫性やリアリズムの精神の定着が必要であったと考えられ、その具体的な担い手として、正岡子規、与謝野鉄幹、晶子らが活躍し、さらに彼らを継ぐ若山牧水、前田夕暮、石川啄木、北原白秋らが登壇することになるのである。

そうした明治短歌の見取り図は指摘できるのだが、ここで留意すべき点がある。こうした一連の史的展開は一見かの『坂の上の雲』が描いたごとく日本の近代化の上昇的指向によってもたらされたように見えるのだが、これを必ずしも短歌文芸の進展とのみ言い切れないところに短歌固有の問題があろう。牧水、夕暮の歌の師にあたり、古典への造詣の深い尾上柴舟が、明治四十三年十月「創作」誌上に「短歌滅亡私論」を書いて、小説・戯曲など散文が隆盛を見る状況下と比し短歌文芸の詩形の制約を論じたのもそれを裏書きしているであろう。

概して近代短歌は西洋を受け入れつつその展開と確立を見たと言ってよいであろうが、一方で、正岡子規の「歌よみに与ふる書」にも明らかなように、しばしば万葉・古今・新古今など和歌の伝統と密接な相関性を有する形でその存立をはかってきたと言いうるであろう。近代という激動の時代に歌人が自らの指針を模索するとき、折りにふれ和歌の伝統に回帰してゆくことは明らかであり、小説や戯曲等の近代化と大きく異なるのはその点である。

ここで、明治短歌の実作のいくつかをふり返ってみよう。

瀧つ波さかまくふちに散る花はいくめぐりして流れいづらむ
たもとほるわが影うすくあらはれぬ花のひまもる月の光りに

長く宮中の御歌所長をつとめた高崎正風の作である。高崎正風には類型的な作が見られるのは事実であるが、この二首には、伝統的な歌材を伝統的な技法で詠んだ作でありながら、「いくめぐりして流れいづらむ」「わが影うすくあらはれぬ」に着眼の妙が見られるであろう。浪漫主義、リアリズムを標榜する歌人たちとは別の道すじをたどりながら、その短歌世界にはおのずから至りついた歌境が感じられる。

また、あさ香社を設立した落合直文、「心の花」を主宰した佐佐木信綱のように、伝統的和歌の詠法と新派的な要素を結びつけたところにその歌風を形成する歌人たちもあった。

緋縅《ひをどし》の鎧をつけて太刀はきてみばやとぞ思ふ山桜花　　落合直文
いつの世に作らしましていつの世に砕きますべき此世なるらむ　　佐佐木信綱

両歌とも伝統的な和歌の技法に拠りながら、明治という時代の空気や思惟がひそめられているように思われる。

こうした傾向は、明治三十年代の「明星」派においても色濃く認められる。

その子二十櫛《はたち》にながるる黒髪のおごりの春のうつくしきかな　与謝野晶子
われ男の子意気の子名の子つるぎの子詩の子恋の子あゝもだえの子　与謝野鉄幹

近代浪漫主義、理想主義の潮流が高まるこの時代において、短歌はその感情、思想を盛る器として機能しつつ、その詠法には典雅な古典和歌の調べを宿している。

さらに明治四十年代の自然主義、生活派の時代に至ると、近代短歌の写実性が一定の確立を見たと言いうるであろう。

風暗き都会の冬は来りけり帰りて牛乳《ちゝ》のつめたきを飲む　前田夕暮
白鳥《しらとり》は哀《かな》しからずや空の青海のあをにも染まずただよふ　若山牧水
いのちなき砂のかなしさよ／さらさらと／握れば指のあひだより落つ　石川啄木

夕暮は大都市東京に生きる青年の生活感情をうたい、牧水は鮮明な絵画的形象の中に漂泊の孤独をつづり、啄木は繊細な感覚と感傷を通して時代の虚しさを暗示させている。夕暮の歌は都会的な切れ味鋭い韻律を構成しているが、牧水・啄木の作には近代的モチーフとともに、そこに和歌の伝統的韻律が潜められているようである。

以上、明治短歌の流れから任意に数首振り返ってみた。畢竟、明治短歌の四十五年の歩みは近代的なモチーフと技法を確立する道程であったろうが、同時に和歌の伝統を常に確認しそこに立ちかえる指向をはらみつつ、展開していったとも言えるのではなかろうか。その明治短歌の水脈を越えて、大正期アララギの写生短歌、大正末から昭和初期へかけての口語短歌運動、昭和十年代の伝統への回帰の潮流があり、さらに戦後派短歌や前衛短歌運動、短歌の口語化などさまざまな短歌運動の興亡を経て、短歌史は現在へと至りついている。

後　記

明治という激動の時代に関心を抱いて久しい。もともとは歌人前田夕暮を研究対象とする中で、夕暮が登場する明治三十年代以前の短歌史の形成に思いが及ぶことが多かった。さらにまた、明治が四十五年という長い時間を包摂しているにもかかわらず、近代歌人の最初に取り上げられるのが落合直文や正岡子規、佐佐木信綱、与謝野鉄幹らであって、おおむね明治二十年代中頃以降に登場し活躍する歌人たちであることも気になった。いわば彼らは明治という四十五年に及ぶ時間の後半二十年ほどに論及される存在なのであり、それならば明治の前半期にはどのような短歌史の展開が認められるのかという点におのずと心惹かれていったのである。

そのような思いから、ともかくも明治の時代の流れに沿いつつ、いわゆる近代短歌史の歩みを私なりにたどってみようと思って稿を起こすことになった。ただ、当然のことながら明治短歌の全体像を把握するのは本来膨大な仕事であり、それゆえ本書では明治短歌のおおよその流れに沿いながらも、私自身の関心のおもむくところをたどり私見をつづるという体裁をとることにした。表題を『明治短歌の河畔にて』としたゆえんである。

果たして、私の専門とする前田夕暮のほか、子規や旧派和歌について比較的多く触れることになったけれども、できるだけ明治短歌史の基本的な流れをおさえる形で書き進めようとつとめた。ただ、取り上げる対象によって深浅の生じた点は諒とされれば幸いである。

まがりなりにも五年余の時間を費やして稿を終えることができたが、それはまた私の五十代の歩みとも重なっている。多少の感慨はあるが、それにしても未だ道遠しというのが実感である。本書は歌誌「氷原」の連載稿にその他の原稿を加えてまとめた。連載時にご指導ご鞭撻いただいた方々に御礼申し上げたい。

終わりに、本書の出版にあたりご尽力いただいた短歌研究社堀山和子氏に厚く御礼申し上げる。

平成二十六年二月五日

山田吉郎

検印
省略

二〇一四年五月九日　印刷発行

明治短歌の河畔にて

定価　本体二五〇〇円（税別）

著者　山《や》田《だ》吉《よし》郎《ろう》
郵便番号二五七―〇〇二八
神奈川県秦野市東田原一

発行者　堀山和子

発行所　短歌研究社
郵便番号一一二―〇〇一三
東京都文京区音羽一―一七―一四　音羽YKビル
電話〇三（三九四四）四八二二・四八三三
振替〇〇一九〇―九―二四三七五番

印刷者　豊国印刷
製本者　牧製本

ISBN 978-4-86272-402-1　C0095　¥2500E